KB134641

BAD TRIP

배드트립

이나래 소설

차례

프롤로그
압구정 호랑이

남자들의 우정은 피보다 진하다. 철없던 시절 흑역사를 나눈 친구라면 더욱 그렇다. 박재호에게도 그런 친구들이 있다. 바로 서도준, 최은수, 정의건, 김민기다. 고등학교 1학년, 같은 반에 배정되며 친해졌고 서른을 앞둔 지금까지 질긴 인연을 이어나갔다. 그들은 서로 모르는 게 없는 사이였다. 어떤 여자를 만났는지, 주식에 돈을 얼마나 물렸는지, 부모님께 감추고 있는 비밀까지 다 알고 있었다.

스무 살이 되자마자 같이 클럽에 놀러 가서 테이블을 잡고 제일 비싼 술을 시켜서 마셨다. 두 달 동안 유럽 여행을 가고, 여름이면 슈퍼카를 끌고 바다를 보러가서 헌팅을 했다. 압구정에서 태어나고 자란 호랑이띠의 다섯 남자는 일명 '압구정 호랑이'라고 불렸다. 지인들이 모임에 끼어달라고 해도 '압구정 호랑이'는 다섯명뿐이라고 거절했다. 그렇게 요란하게 우정을 과시하던 그들이 연락을 안 한 지 1년이 다되어 가고 있다.

재호는 와인을 한 병 꺼내와 거실 창가 테이블에 앉았다. 창가로 보이는 아름다운 한강뷰를 보며 와인을 땄다. 그는 와인잔을 채운 붉은 와인의 향을 맡기 위해 가볍게 흔들었다. 잠시 잔을 바라보던 재호가 와인을 마시지 않고 자리에서 일어났다. 안방 침대 옆 협탁을 열고 작은 지퍼백을 꺼내왔다.

"이 좋은 걸 혼자 하려니 쓸쓸하네."

재호가 지퍼백에서 알약을 꺼내 와인잔에 넣었다. 알약은 금세 형체도 알아볼 수 없게 녹아 사라졌다. 재호는 와인을 입에 머금었다. 맛을 음미하며 삼킨 재호는 천천히 눈을 감았다. 마약은 코로 하는 게 더 오래간다고 하지만 자주 하면 코뼈가 무너진다고 해서 최근에는 자제하는 중이었다. 증기로 마약을 하는 것도 좋지만, 가장 쉬운 건 음료나 술에 타 먹는 거였다.

천천히 눈을 뜬 재호는 실실 웃음이 났다. 쓸쓸하고 외로웠던 감정은 모두 사라지고, 도파민이 분비돼 기분이 좋아졌다. 같이 놀 여자가 없으려나. 재호는 핸드폰을 꺼내 메신저를 확인했다. 작은 프로필 사진을 클릭해 확대하며 예쁜 여자들을 구경했다.

"오, 김나영 왜 이렇게 예뻐졌어?"

그는 늘씬한 여성이 수영복을 입고 포즈를 취하는 사진에서 눈을 떼지 못했다. 여자들 사진만 확인하며 친구 목록을 쭉 내리던 재호의 눈에 의건의 프로필사진이 들어왔다. 손에는 드라마 대본을 든 채 동료 배우들과 어깨동무를 하고 있었다. 프로필 사진을 클릭한 재호는 의건이 아닌, 옆의 배우를 확대했다. 청순하게 아름다운 얼굴로 국민 첫사랑이라고 불리는 유명 배우였다.

"와씨. 정의건 이 자식 천민아와 친한가 보네. 개부러워."

연락을 안 한 지난 1년간 의건은 말 그대로 빵 떴다. 그전에는 조연으로 몇 번 얼굴을 비췄는데, 이제는 공중파 저녁 드라마의 남자주인공을 꿰찼다. 핸드폰 광고 모델, 화장품 광고 모델은 물론, 명품 앰배서더로 발탁됐다. 그야말로 톱스타가 된 것이다.

"이 새끼… 잘살고 있네."

정치계를 쥐락펴락하는 국회의원의 외동아들로 어려서부터 부족함 없이 자란 의건이 연예인이 되겠노라 선포했을 때, 비웃었던 기억이 선명히 떠올랐다. 의건의 외모나 연기력이 부족해서 그런 반응을 보인 게 아니라, 친한 친구가 TV에 나오는 연예인이 된다는 게 상상이 안됐다. 남자끼리 "넌 잘될 거야", "응원할게" 같은 말을 하기도 쑥쓰러웠다. 그래서 "연예인은 아무나 하는 줄 아냐", "최은수도 잘생겼으니까 연예인 준비하자"라고 비웃었다. 정의건이 이렇게 유명한 연예인이 될 줄도 모르고. 작년 연말시상식에서 최우수상을 받았으니, 대상도 멀지 않았다.

약기운이 올라서였을까. 갑자기 친구들과 전화 통화를 하고 싶어졌다. 재호는 전화번호부에 들어가 의건의 연락처를 찾았다. 그리고 통화버튼을 꾹 눌렀다. 통화연결음이 들리고 한동안 연결되기를 기다렸지만, 끝내 의건은 전화를 받지 않았다.

"하여튼 정의건은 연락을 한 번에 받는 법이 없어."

의건은 핸드폰을 자주 들여다보는 편이 아니라서 연예인이 되기 전에도 연락을 잘 받지 않았다. 재호는 여기서 물러서지 않았다. 다음 타자는 김민기였다. 술과 여자 없이 못 사는 그는 '압구정 호랑이' 중 연락이 제일 잘 됐다. 통화버튼을 누르고 기다리니, 곧 통화연결음이 멎고 민기의 목소리가 들렸다.

"어, 박재호. 오랜만이다."

오랜 만에 듣는 친구의 목소리에 재호는 가슴이 찡했다. 약기운이 돌면서 감정 기복이 심해졌다. 재호가 센치해진 기분으로 물었다.

"잘 지내냐?"

"나야 늘 잘 지내지. 너는?"

"나도 존나 잘 지내. 나 펜트하우스로 이사했잖아."

재호가 기다렸다는 듯이 허세를 부렸다. 남자란 자신의 성공을 과시하고 싶어 한다. 그도 다를 바 없었다.

"진짜? 강남 아파트는 처분했고?"

"어. 나 코인 대박 났거든."

재호가 거드름 피우며 말했다. 그동안 재호에게는 좋은 일이 많았다. 주식 트레이더로 활동하던 그가 코인에 손을 댔다. 평단가 십 원대에 사뒀던 코인이 불과 일주일 만에 백 원대가 되면서 엄청나게 돈을 벌었다. 신내림이라도 받은 듯, 사는 코인마다 며칠 안 돼서 '떡상'했다.

코인판에 입성한 지 3개월 만에 3억이 50억이 됐다. 아침에 눈을 뜰 때마다 투자한 돈이 불어나 있어 말 그대로 '돈복사'였다. 쉽게 번 돈은 쉽게 나갔다. 차도 바꾸고, 집도 이사했다.

"근데 무슨 일이야? 그거 자랑하러 전화한 건 아닐 테고."

"야이 씨… 우리 사이에 무슨 일 있어야 전화하냐? '압구정 호랑이' 우정 다 죽었네~"

재호가 서운한 마음을 드러내자 민기가 변명했다.

"너무 오랜만에 연락하니까 그랬지. 난 너 결혼이라도 하는 줄 알았어."

"결혼은 무슨. 나 지금 솔로야."

"너 혜민이랑 헤어졌어?"

"혜민이? 그 뒤로 여자가 두 번이나 바뀌었는데 언제적 이야기야."

재호가 낄낄거리며 웃었다. 핸드폰 너머 민기의 한숨소리가 들렸다.

"어떤 정신 나간 여자가 박재호를 만나주는 거야. 네가 차였지?"

"아니? 나한테 매달리고 난리도 아니었어. 간신히 헤

어졌다."

"입만 산 건 여전하네."

오랜만에 민기와 이야기를 나누자 재호는 점점 신나기 시작했다. 1년이라는 시간은 짧은 듯 길었다. 그동안 전하지 못한 이야기가 산더미였다.

"너는 지우랑 잘 만나고 있고?"

"저번 주에 헤어졌어."

민기의 이별에 재호는 마음 아파하기보다 누구보다 즐거워했다.

"너희 세기의 사랑을 하는 척 꼴불견 떨더니 결국 헤어졌냐!"

"이 새끼는 친구가 이별했다는데 위로는 못 해줄망정 놀리고 있네."

"이게 '압구정 호랑이' 스타일 아니냐. 야, 안 되겠다. 다 모여! 내가 지인 통해서 요트 빌린 거 있거든? 요트파티하자. 내가 예쁜 여자 싹 모아볼게. 연말에 꿀꿀하게 솔로로 보내면 되겠냐."

재호가 신난 목소리로 외쳤다. 이렇게 재미있는데 왜 이제야 연락했을까, 후회됐다. 새로 알게 된 지인들과 모임을 가져도 이 친구들과 함께했을 때만큼 즐겁지 않았다.

“요트파티? 게네들이 좋아하겠냐. 어쩌면 안 올 수도 있고…”

“안 와? 왜?”

“아무래도 그런 일도 있었고… 얼굴 보기 껄끄러울 수 있지.”

“됐어! 안 오는 새끼 있으면 내가 지구 끝까지 쫓아갈 거야.”

재호가 우기자, 민기는 포기했다. 그는 ‘압구정 호랑이’에서 가장 똥고집이 심했다.

“에휴. 진상 새끼. 네 마음대로 해라. 난 모르겠다.”

“너희는 그냥 형님만 믿고 따라오면 돼.”

재호가 의기양양한 목소리로 말했다. 핸드폰 너머 옅은 한숨 소리가 들렸으나 개의치 않았다.

“자세한 이야기는 만나서 하자. 나 초대 전화 돌려야 해. 장소와 일정은 내가 문자메시지로 보낼게.”

“알겠어.”

전화를 끊은 재호는 남은 와인을 입에 털어 넣었다. 약기운에 술기운까지 더해져 용기가 솟아났다. 재호는 전화번호부에서 최은수라는 이름을 터치했다. 통화연결음이 들리더니, 은수가 전화를 받았다.

"최은수! 이 새끼~잘 지냈냐? 나다, 박재호."

아주 늦은 밤까지 재호의 전화는 끝나지 않았다.

눈부신 햇살이 재호의 얼굴을 비췄다. 눈을 뜬 곳은 거실 테이블 의자였다. 밤새도록 친구들과 전화를 하다가 자신도 모르게 잠들어 버렸다. 어제 와인을 마시고 민기와 통화한 것까지 기억이 났다. 그러나 정확히 무슨 이야기를 나눴는지 기억이 나지 않았다. 재호는 테이블 위에 올려둔 핸드폰을 쥐었다. 간밤에 통화내역을 확인하자 한숨이 절로 나왔다.

"박재호, 미쳤네…"

마약을 하거나 술을 마실 때는 핸드폰을 멀리해야 한다. 그렇지 않으면 흑역사를 생성하기 마련이다. '압구정 호랑이'부터 시작해서 전화번호부에 저장된 여러 명의 지인에게 연락했다. 완전히 기억이 나진 않았지만 그렇다고 블랙아웃도 아니었다. 기억의 파편이 퍼즐 조각처럼 맞춰졌다.

요트 파티를 할 테니 모두 모여라!

쏟아냈던 많은 말 중 이것만큼은 확실하게 기억났다. 지인에게 전화를 걸어 요트파티를 할 테니 꼭 오라고 진상을 부렸던 것이 떠오르자 재호는 얼굴이 화끈거렸다. 오랜만에 연락해서 대뜸 요트 파티를 하자고 설친 자신의 혀를 자르고 싶었다. 아니다, 핸드폰을 잡은 손을 먼저 잘라야 할지도.

메시지함을 들어가자 답장하지 못한 메시지가 쌓여 있었다. 얼핏 보이는 '압구정 호랑이' 친구들의 이름을 확인하고, 핸드폰을 테이블 위로 던졌다. 차마 볼 자신이 없었으나 마주해야 했다. 재호는 테이블 위 핸드폰을 쥐고 제일 마지막에 온 은수의 메시지를 확인했다.

알겠어. 일정 잡으면 말해.

긍정적인 답변이었다. 재호는 다른 친구들에게서 온 메시지를 확인했다. 결론은, 오겠다는 말이었다. 거절하거나 읽고 무시할 거라고 생각했는데 의외였다. 한 사람도 빠짐없이 파티에 참석하겠다는 말에 재호는 가슴이

벅차올랐다. 1년 만에 용기를 내서 먼저 연락한 만큼 거절했다면 손절한 것이라고 받아들일 생각이었다. 다들 같은 마음이다. 비 온 뒤 땅 굳는다고, 이번 만남을 계기로 예전처럼 관계가 회복될 것이다.

요트 파티를 성공적으로 마치고, '압구정 호랑이'도 부활한다. 친한 지인들 앞에서 우정이 건재하다는 걸 보여주고, 즐거운 시간을 보낼 것이다. 재호는 의지로 활활 타올랐다.

1 다시 만난 친구들

"눈 오네?"

의건이 밴에 올라타며 말했다. 오전 내내 광고 촬영을 하느라 지하 스튜디오에 갇혀 이제야 눈이 내리는 걸 알아챘다. 운전석에 앉은 매니저가 룸미러를 통해 의건과 눈을 마주치며 대답했다.

"올해 첫눈이래요. 금방 그칠 거라고 하더라고요."

안전벨트를 맨 의건이 의자 시트를 뒤로 젖혔다. 아직 오후 2시밖에 되지 않았지만, 이른 아침부터 시작된 촬영으로 몸이 녹초가 됐다. 열선이 켜진 뜨듯한 시트에 몸을 파묻으니 잠이 솔솔 쏟아졌다. 무거운 눈꺼풀을 들어 올리며 핸드폰을 꺼내 들었다. 메시지와 부재중 전화가 몇 통 도착해 있었다.

"형, 집으로 가실 거죠?"

"어."

부드럽게 차가 출발했다. 의건은 안정적인 승차감을 느끼며 메시지를 확인했다. 연예인, 스태프 등에게 온 메시지를 미리보기로 확인하고 넘기던 중 시선을 사로잡는 이름이 있었다.

박재호 : 오고 있냐? 제일 늦게 오는 놈은 지각비 낼 준비해라

재호의 메시지를 확인한 의건이 탄식했다. 2주 전, 재호에게 온 연락을 받지 못했다. 그러자 문자 메시지가 30통이나 왔다. 연예인병 걸려서 전화도 안 받냐며, 쓸데없는 이야기를 잔뜩 하더니 요트파티를 하겠단다. '압구정 호랑이'는 필참이라며 오지 않으면 인생 피곤하게 만들겠다고 으름장을 놓았다. 다른 놈도 아니고 박재호라면 그러고도 남을 인간이었다. 이들 중 가장 진상이었기 때문이다. 그래서 촬영 스케줄이 없으면 가겠다고 답

장하고 까맣게 잊고 있었다. 며칠 전에 재호가 요트 선착장 주소를 문자 메시지로 보내줬는데 영화 촬영 중이라 대충 읽고 넘겼다. 그게 오늘이었던 것이다.

솔직히 피곤해서 가고 싶지 않았지만, 1년 만에 모임이라 빠지기 눈치 보였다. 어쩌면 만나기 싫어한다는 인상을 남길지도 몰랐다. 그런 오해는 받고 싶지 않았다. 인생에서 가장 소중한 친구들이었다. 희로애락을 함께 했고 흑역사까지 나눈 사이였다. 그 일 이후 서먹해졌지만, 요트 파티를 통해 관계를 회복할 수 있다. 다른 놈들도 다시 전처럼 지내고 싶어서 나올 거라고 확신했다. 재호의 말대로, 이번 파티 빠진다는 건 '압구정 호랑이' 멤버라고 할 수 없다. 의건은 재호의 문자메시지에 답장을 작성했다.

지금 촬영 끝났다. 바로 갈게.
ㅇㅋ 빨리 와라. 김민기가 1등으로 도착함

의건이 메시지를 보내기가 무섭게 재호에게 답장이 왔다. 메시지를 확인한 그는 운전 중인 매니저에게 말을 걸었다.

"미안한데 집 말고 갈 데가 있어. 거기에 드롭해주고, 픽업은 내일 오후에 시간 봐서 연락해 줄게."

"네, 알겠어요. 주소만 알려주시고 눈 좀 붙이세요."

의건은 재호가 보낸 주소를 읽어줬다. 매니저가 내비게이션의 목적지를 수정하는 걸 확인하고, 의건은 눈을 감았다.

"형, 도착했어요."

수마(睡魔)에 빠져든 의건을 현실로 끌고 온 것은 매니저의 목소리였다. 간신히 눈을 뜬 의건은 주섬주섬 짐을 챙겼다. 옆 시트에 둔 코트와 핸드폰을 챙겨 들고 자동차 문을 열었다.

"내일 연락할게."

"네, 형. 좋은 시간 보내세요."

매니저의 인사에 고개를 까딱이며 차 문을 닫았다. 서늘한 겨울바람에 의건은 들고 있던 캐시미어 코트를 입었다. 눈은 이미 그쳤으나, 선착장의 칼바람은 매서웠다. 차가 출발한 것을 확인한 의건이 주머니에서 담배를 꺼냈다. 소속사에서 반듯하고 건실한 이미지로 마케팅을 해준 덕에 금연 캠페인 모델로 활동 중이었다. 물론 대외적으로 비흡연자인 척했다. 철없던 중학생 시절, 일진 무리에 속하게 되며 담배를 배웠지만, 지금의 의건은 순수하고 바른 이미지로 큰 사랑을 받고 있었다. 매니지먼트 팀장은 의건에게 담배 피우는 걸 들키면 이미지에 타격을 입을 수 있다며 금연을 권했다. 그러나 오랫동안 피운 담배를 한순간에 끊기는 어려웠다. 그래서 이렇게 몰래 피우고 있다. 전에는 하루에 한 갑을 피웠다면 이제는 하루에 2~3개비만 피운다. 장족의 발전이었다.

"후…"

의건은 두 볼이 패도록 담배를 깊이 빨아들인 후 하얀 연기를 내뱉었다. 언제 봐도 편한 친구들이었는데 이상하게 긴장이 됐다. '압구정 호랑이' 완전체로 만나는 건 꼭 1년 만이었다. 기쁘고 설렜지만, 긴장도 되고 걱정도 됐다. 복합적인 감정이 들었지만, 역시 여기에 왔다는 건 만나고 싶다는 생각이 더 컸다는 반증이었다.

생각이 많으면 머릿속만 복잡해진다. 의건은 담배를 바닥에 던지고 구둣발로 비벼껐다. 코트의 옷깃을 정리하는데 알싸한 담배 냄새가 나 손으로 툭툭 쳤다. 마치 패션쇼장 런웨이를 걷듯이 의건이 코트 자락을 휘날리며 긴 두 다리를 움직였다. 선착장에 정박한 요트에 탑승해 내부를 살폈다. 1층은 실내로 객실과 파티홀이 있고, 2층은 야외로 테이블이 설치되어 있었다. 의건은 말소리가 들리는 곳을 따라갔다. 객실의 문은 활짝 열려있었고, 그곳에서 친구들의 웃음소리가 들렸다.

"형님 오시는데 앉아있냐?"

객실로 들어간 의건이 문을 닫으며 거드름을 피웠다. 낯간지럽게 '잘 지냈냐' 따위의 말을 하는 것보다 평소처럼 행동하기로 했다. 그게 '압구정 호랑이'다웠으니까. 미리 도착해서 이야기를 나누고 있던 재호와 은수, 민기가 그를 발견하고 누가 먼저라고 할 것도 없이 환영했다.

"이게 누구야? 우리 탑배우 정의건님이잖아~"

"연예인병 단단히 걸렸네. 주인공은 늦게 나타난다, 이거냐?"

"방송물 먹더니 저 새끼 얼굴 달라진 거 봐. 너 성형수술 했지? 어디 손댔는지 싹 다 불어. 나도 가게."

의건은 얼굴을 보자마자 덕담을 내뱉는 친구들에게 가운뎃손가락을 들어 올리며 남은 자리에 앉았다.

"호박에 줄 긋는다고 수박 되냐? 박재호, 네 와꾸를 나처럼 고치면 죽어. 다시 태어나는 게 빠를걸?"

"재수 없는 새끼. 너 과거 사진 인터넷에 올린다."

"정의건 과거 사진? 굴욕 없이 존잘이었는데 올려서 뭐하냐. 자연미남 인증해 줬다고 팬들만 좋아하겠네."

재호의 협박 아닌 협박에 은수가 비웃으며 의건의 편을 들었다. 그러자 재호는 장난스럽게 불만을 토로했다.

"너희 나만 따돌리냐? 내가 파티 주최한 거 알지? 쫓겨나기 싫으면 알아서 잘해라."

"이 몸에 여기에 와준 걸 감사히 여겨. 근데 요트는 산 거야?"

의건이 고개를 돌려 주위를 살폈다. 테이블과 의자, 침대, 벽걸이 TV에 화장실까지 딸린 객실 내부는 5성급 호텔이 부럽지 않았다. 요트라기보다는 미니 크루저 같았다. 재호가 큰소리치며 지인들을 초대할 만했다.

"아니. 빌린 거야. 아는 형님이 사업한다고 직접 제작한 건데 사정이 생겨서 내년부터 본격적으로 시작할 거래. 올해는 안 쓴다고 필요하면 말하라고 하길래 빌렸지. 정식 오픈하면 지인 할인해 준다고 하니까 관심 있으면 말해."

"할인은 얼마나 해줘? 여기서 회사 송년회하고 싶은데."

민기가 관심을 표하며 적극적으로 물었다. 샐러드 체인점 대표인 민기는 서울에 본사 사무실을 운영하고 있었다. 전국에 점포가 30개가 넘는 성공한 CEO였다.

"정확한 할인 퍼센테이지는 몰라. 근데 내 지인이라고 하면 저렴하게 빌릴 수 있을 거야. 송년회 날짜 정해지면 알려줘. 내가 비용 알려줄게. 정의건, 너도 연예인 지인들과 프라이빗 파티하고 싶으면 말해. 나도 초대해주면 무료로 대여해줄게."

재호가 사심이 가득한 얼굴로 말했다.

"좋지."

의건이 순순이 대답하자, 재호의 얼굴에 화색이 돌았다. 기다렸다는 듯이 의건이 사악하게 웃으며 입을 열었다.

"남자 연예인만 초대할 건데 괜찮지?"

"에라이. 꺼져."

재호가 미간을 잔뜩 찌푸리며 몸서리쳤다. 그 모습을 본 은수와 민기가 웃음을 터트렸다. 오랜만에 만났지만 전혀 어색하지 않았다. 테이블 위에 놓인 고급 와인을 보고 갈증을 느낀 의건이 와인잔을 가져 왔다. 재호와 은수, 민기는 와인을 한 잔씩 마신 상태였다.

"그동안 얼마나 잘 지냈길래 다들 얼굴에 기름이 꼈냐."

재호가 민기의 빈 잔을 채웠다. 민기가 와인으로 목을 축이며 말했다.

"박재호 펜트하우스로 이사했대."

"진짜? 어디로?"

"한남동 UK빌리지."

의건이 놀란 듯 눈을 크게 떴다. 기업 총수, 유명 연예인 등이 사는 부촌이었다. '압구정 호랑이'는 모두 부유한 집안의 금수저였지만 차이는 분명히 존재했다.

"나와 이웃사촌이었네."

국회의원 아들인 의건도 연예인으로 성공하고 얼마 전 입성한 곳이었다. 의건이 턱짓으로 와인병을 가리키며 말했다.

"그래서 와인도 신경 썼구나?"

얼마 전, 유명 아이돌 멤버의 집에서 마셔본 고급 와인이었다. 한 병에 무려 8천만 원이나 호가한다고 들어 놀랐던 게 떠올랐다. 주종을 가리지 않고 주는 대로 마시는 민기와 은수는 이게 어떤 와인인 줄 모르고 홀짝거렸다. 재호는 직접 말하지 않아도 와인의 가치를 알아준 것에 크게 기뻐했다.

"역시 정의건! 알아보는구나. 이거 한 병에 8천만 원짜리야."

재호가 거들먹거리자, 은수가 믿을 수 없다는 듯이 소리쳤다.

"와인 한 병에 8천만 원이나 태운다고?"

"술맛을 모르는 것들이 뭘 알겠냐. 내가 오늘을 위해 비싼 와인을 준비했어. 그리고…"

재호가 뜸을 들이자 세 남자의 시선이 쏠렸다. 그는 어깨에 힘이 잔뜩 들어갔다. '압구정 호랑이'에서 부유한 순위를 나누자면 재호는 하위권에 속했다. 그러나 1년간 많은 게 변했다. 코인이 대박 났고, 순보유 자산으로 따지면 중위권을 노릴 수 있겠다는 생각이 들었다. 남자란 서열에 예민한 동물이었다. 그게 아무리 친한 친구라도 말이다. 재호는 이들의 기선을 제압하기 위해 무려 8천만 원이나 하는 와인을 구입했다. 이게 끝이 아니다. 화룡점정을 찍을 '그것'도 준비했다. 재호는 주머니에서 알약이 담긴 지퍼백을 꺼냈다.

"내가 아주 대단한 걸 가져왔다고."

재호가 꺼낸 지퍼백에 세 남자의 시선이 꽂혔다. 눈

을 가늘게 뜨고 지퍼백 속 알약을 살핀 민기가 흥미로운 얼굴로 물었다.

"뭐야? 캔디(*엑스터시)? 아니면 아이스(*필로폰)?"

"정키(*마약 하는 사람) 사이에서 완전 핫한 신종 마약이야. 해봤는데, 장난 아냐."

'압구정 호랑이'는 좋은 것도, 나쁜 것도 같이 했다. 그중 마약도 있었다. 의건이 곤란한 표정을 지었다.

"산통 깨서 미안한데. 나 약 끊었어."

최근 연예계 마약 파문으로 사회면을 장식한 가수와 배우가 수두룩했다. 그래서 의건은 몸을 더 사려야 했다. 금연 홍보대사인 바른 청년 의건이 담배도 아닌 마약이 적발되면 씻을 수 없는 타격을 입는다. 자숙 후 재기할 수 있을진 몰라도 지금처럼 건실한 이미지는 사라지고 말 것이다.

"야. 이번만 해봐. 이게 그 유명한 '캐치'야. 들어봤지? 강한 환각과 환청, 그리고 쾌락을 주는 신의 선물. 다른 것과는 비교가 안 돼."

"'캐치'? 와. 이거 구하기 힘들다는데 어떻게 구했냐."

민기가 눈을 반짝이며 흥미로워했다.

"역시 술에 대해선 잘 몰라도 마약은 척척박사구나."

"요즘 '캐치' 모르는 사람이 어디 있어? 궁금했는데 잘 됐네."

두 사람은 '압구정 호랑이' 중에서도 마약을 즐겨했다. 재호는 먼저 민기의 잔에 알약을 넣은 후 의건과 은수의 잔에도 똑같이 알약을 떨어트렸다. 마지막으로 자신의 잔에도 알약을 넣고 그윽한 미소를 지었다. 신이 난 재호와 민기를 본 의건이 은수와 눈을 마주치며 옅은 한숨을 내쉬었다. 은수의 표정도 좋지 않았다. 같이 마약을 해도 분위기를 맞춰주느라 한 것이지, 찾아다니지는 않았다. 민기는 마약공급책이었던 재호와 연락이 뜸해지면서 대마초밖에 구하지 못했는데 오랜만에 다른 마약을 마주하자 가슴이 두근거렸다.

"내가 이것도 가져왔어."

재호는 자랑하듯이 유리 파이프관을 꺼냈다. 마약을 파이프관 속에 넣고 아래에 라이터를 꽂아 가열해 증기로 흡입할 수 있게 하는 기구였다.

"탑배우도 있는데 코로 약했다가 코뼈 무너져서 얼굴 망가지면 어떡해. 알약으로 먹으면 지속시간이 짧으니 증기로 뒷받침해 줘야지."

"역시 박재호! 최고다. 의건아, 은수야. 1년 만에 만났는데 안 반갑냐? 즐겁게 짠해야지."

민기와 재호가 잔을 들고 은수와 의건을 쳐다봤다. 눈치가 보여 은수가 잔을 들자 의건도 마지못해 동조했다. 네 잔의 잔이 허공에서 부딪혔다.

"'압구정 호랑이' 영원하자!"

재호의 화통한 건배사가 끝나고 와인을 마셨다. 목을 타고 넘어가는 씁쓸하고 깊은맛이 술맛을 돋궜다.

"어때, 맛있지?"

"맛이 없을 수가 없지. 이거 더 있어?"

의건이 와인병을 가리키며 물었다. 당연히, 없을 거라는 걸 알면서도. 재호가 입술을 씰룩이며 말했다.

"아주 밑도 끝도 없이 바라네. 쟈니빔은 몇 병 있어."

"쟈니빔? 난 그거 좋아해. 블루 맛있지."

"블루는 시발, 네 입에는 블랙이지."

재호가 쟈니빔 위스키 중 제일 높은 등급인 블루 타령을 하는 민기에게 면박을 줬다. 좋은 걸 준비해서 먹여줘도 비싼 걸 요구하니 짜증 났다. 재호의 표정을 살핀 은수가 적당히 듣기 좋은 말을 던졌다.

"그래도 재호 덕에 좋은 거 먹네. 고맙다고 인사라도 해라, 염치없는 놈들아."

"역시 좋은 와꾸에 좋은 정신이 깃든다고. 은수가 얼굴처럼 마음도 예쁘구나."

재호의 낯간지러운 칭찬에 은수가 어깨를 으쓱했다. 약기운이 오르고, 기분이 두둥실 떠올랐다. 그때, 민기가 객실문을 손가락으로 가리키며 말했다.

"어. 서도준 왔네."

의건과 은수, 재호는 민기가 가리키는 곳을 향해 느리게 고개를 돌렸다. 도준이 네 사람을 바라보며 거만한 미소를 지었다. 그는 테이블 쪽으로 걸어와 의건과 은수 사이, 빈자리에 앉았다. 화기애애했던 분위기가 순식간에 가라앉았다. 무거운 적막을 깬 건 의건이었다.

"이게 얼마만이냐. 얼굴 보니까 잘 지냈나 보네."

의건이 도준의 어깨를 툭 쳤다. 고등학생 때 알게된 민기, 재호, 은수와 다르게 두 사람은 초등학생 때부터 절친한 친구였다. 1년 만에 보는 도준은 전과 똑같았다. 앞 머리카락을 넘겨 이마를 드러낸 헤어스타일과 깔끔하게 갖춰 입은 명품 수트는 그를 모델처럼 보이게 만들었다. 어려서부터 받은 재벌가의 후계자 교육으로 행동 하나하나가 기품이 넘쳤다.

"너희도 여전하네."

도준이 증기를 뿜어내는 유리 파이프관을 보며 입꼬리를 끌어올렸다. 그는 의자에 기대어 앉아 한 사람씩 눈에 담았다. 그들은 진득하게 들러붙는 시선을 회피했다. 은수는 오한이라도 든 것처럼 몸을 떨었다. 불편한 분위기를 끊기 위해 재호가 나섰다.

"와씨. 서도준 한 명 왔다고 분위기 가라앉은 거 봐."

"왜? 너희 나한테 뭐 죄지은 거 있냐?"

도준이 큭큭거리며 물었다.

"이상한 소리 하지 말고. 분위가 다운될 때는 약만 한 게 없지."

"역시 박재호. 여전히 약쟁이네."

"솔직히 다른 사람도 아니고 너한테 약쟁이 소리 듣는 건 웃겨. 너나 나나, 약 없이 못 사는 몸 아니냐."

"이번에는 어떤 약인데?"

재호가 잔에 와인을 따른 후, 그 안에 약을 떨어트려 내밀었다. 도준은 코앞에 들이민 와인잔을 가만히 쳐다보다가 받아서 들었다.

"야. 너 한번 해보면 이제 정신 못 차릴걸? 요즘 제일 핫한 약이야. 쉽게 구하지 못하는 거다, 이거? 캐치라고, 필리핀에서 건너온 약이야."

도준이 흥미로운 눈으로 와인잔을 쳐다봤다. 이미 약은 녹아서 사라진 뒤였다.

"얼마나 좋길래 다들 정신을 놓은 거야?"

"일단 한 번 마셔봐."

재호가 재차 권유하자, 도준이 와인잔에 입술을 댔다.

"어때. 맛있지?"

도준은 와인잔을 비우고 테이블 위에 내렸다. 맛을 음미한 그는 고개를 끄덕였다.

"어. 괜찮네. 이 와인은 누가 산 거야? 정의건? 아니면 김민기?"

"나."

재호가 거들먹거리며 나섰다. 도준이 예상하지 못했다는 표정을 지었다.

"로또라도 됐어? 가격이 꽤 부담될 텐데."

"나 코인 대박 났잖아. 안 그래도 애들한테 이야기 중이었는데 한남동 UK빌리지로 이사했어. 그것도 펜트하우스로 말이야."

재호는 어깨에 힘이 들어갔다. 남자들의 세계란 그렇다. 미성년자일 때는 힘 좋은 놈이 우두머리라면, 성인이 되면 돈 많은 놈이 최고였다. 재호는 이번 요트파티를 위해 많은 돈을 썼다. 지인들에게 대접할 와인과 위스키, 음식까지 최고급으로 준비했다. 돈을 많이 쓴 만큼 인정받고 싶었다. 국내 최대 카지노 호텔 회장의 손자 도준 앞에서도 허세를 부렸다.

"우리 재호, 출세했네."

도준은 친구가 아니라 아랫사람을 대하는 것처럼 말했지만 아무도 딴지를 걸지 않았다. 그는 원래 안하무인이었기 때문이다. 재호는 오늘 자신의 성공을 친구들 앞에서 공표한 것만으로도 만족했다. 얼마 전 새로 산 롤렉스 시계가 잘 보이도록 소매를 걷어 올렸다.

"와인 말고, 약은 어때? 그동안 했던 거와 좀 다르지?"

재호가 네 남자의 소감을 물었다. 먼저 입을 연 건 도준이었다.

"똥(*하급 마약) 아닌 것 같네."

"똥? 이거 한 알 구하기도 어려운 거야."

도준의 평가절하에 재호가 발끈했다. 캐치는 지금 제일 구하기 어려운 약 중 하나였다. 수요는 많지만 공급이 따라가지 못해서 가격이 천정부지로 치솟았다. 혼자

하기도 아까웠지만 친구를 위해 큰맘 먹고 준비했는데 그걸 몰라주니 섭섭했다. 재호는 민기와 은수, 의건에게 물었다.

"너희들은 어때? 약빨 좀 받는 것 같아?"

"박재호. 정의건, 최은수가 약에 대해 뭘 알겠냐. 나는 이거 마음에 들어. 정키들이 캐치, 캐치하는 이유가 있었네."

민기가 후하게 평가하자 재호는 금세 기분이 좋아졌다. 테이블 위 유리 파이프관을 타고 마약 증기가 계속 나왔다. 민기는 증기를 크게 들이마시며 물었다.

"이거 얼마나 지속돼? 알약과 증기라서 좀 짧지?"

"잘 맞으면 최대 24시간."

"24시간? 말도 안 돼."

"진짜야. 나는 12시간 정도 지속되더라. 비싼 만큼 다른 약보다 오래 가는 것 같아."

마약은 사람에 따라 지속 시간이 달랐다. 그러나 캐치를 복용한 사람들은 대부분 다른 마약보다 훨씬 약기운이 오래간다고 했다. 재호 역시 그들의 말에 동의했다. 기분 탓이 아니라, 확실히 효과가 강했다. 이거 한 알만 먹으면 반나절은 기분이 하이했다.

"파티에서도 뿌릴 거야?"

의건이 걱정스러운 목소리로 물었다. 주최자가 재호니, 누굴 불렀는지 모르지만 마약파티를 하다가 걸리면 뒷수습이 골치 아팠다. 무엇보다 탑배우인 의건의 커리어가 한 방에 무너질 수 있는 일이었다.

"아니. 이거 구하기도 어렵고, 비싼 거야. 미쳤다고 이걸 뿌리냐. 아깝게."

재호는 파티에서 약을 풀 생각이 전혀 없었다. 마치 고등학생 때, 어렵게 구한 담배를 친구들끼리 돌려 피우는 것과 같았다. 친한 친구들 앞에서 엄청난 걸 구해왔다고 우쭐거리고 싶었을 뿐이다. 게다가 이건 가격도 다른 마약과 비교해 훨씬 비쌌다. 중독되면 파산신청을 해야 한다고 해서 '파산 마약'이라고 불렸다. 다시 말하자면, 캐치를 즐긴다는 건 돈이 많다는 의미를 내포했다. 그래서 재호가 다양한 종류의 마약 중 캐치를 선택한 것이다.

"파티는 잡음나지 않게 할 거야. 한 번 대접하고 싶은 사람들로 불렀어. 예지 누나, 준영이 형처럼 도움을 주는 분들과 분위기 띄워줄 귀여운 동생들도 올 거야. 오랜만에 보는 건데, 우리만 보는 것보다 다른 사람들도 있으면 더 재미있을 것 같더라고."

물론 다른 이유도 있었다. 이번 파티를 통해 자신이 '압구정 호랑이'의 실세라는 걸 지인들에게 보여주고 싶었다. '압구정 호랑이'하면 서도준, 정의건이 아니라 박재호를 떠올릴 수 있도록 각인할 것이다. 이번 파티의 주인공은 바로 나 박재호다. 재호는 입술을 씰룩이며 남은 와인을 마셨다.

우웅. 우우웅. 테이블 위에 올려둔 핸드폰이 요란하게 진동했다. 그 소리에 깜빡 잠에 들었던 의건이 눈을 떴다. 핸드폰 액정에 뜨는 이름을 확인하고 전화를 받았다.

"어, 정우야."

정우는 재호를 통해 알게 된 동생이었다. 같은 고등학교 출신인 정우는 '압구정 호랑이'를 우상처럼 생각했다.

"형님! 도착하셨어요?"

"나는 아까 왔어. 너도 오는구나."

정우는 열등감이 없고 밝은 성격이라 남을 띄워주는

걸 잘했다. 재호같이 허세를 부리는 사람들이 아주 좋아할 성격이었다. 재호가 주최한 파티니, 비위를 맞춰줄 동생을 부른 것이다.

"전 지금 선착장에 도착했는데, 재호 형님이 전화를 안 받으시네요."

"박재호?"

의건이 고개를 돌려 재호를 쳐다봤다. 술과 약에 취한 재호가 핸드폰 벨소리를 반주 삼아 노래를 흥얼거리고 있었다. 의건이 그에게 다가가 재킷에서 핸드폰을 꺼냈다. 핸드폰을 확인하니 이미 부재중 통화와 메시지가 여러 통 와 있었다.

"무슨 일 있으신 건 아니죠?"

"어… 술 좀 마셔서 취했나 봐. 내가 데리러 갈게."

"감사합니다, 형님!"

전화를 끊은 의건이 주위를 둘러보았다. 테이블에 머리를 박고 깊은 잠이 든 도준, 노래를 흥얼거리는 재호, 허공을 쳐다보며 의미 없는 대화를 나누는 은수와 민기. 다들 제정신이 아닌 것처럼 보였다. 의건은 혀를 찼다.

"지인들 도착했어. 내가 데리고 올 테니까 그동안 정

신 차리고 있어."

의건의 말을 귀담아듣는 사람은 아무도 없었다. 그럴 줄 알았다는 듯이 고개를 절레절레 저으며 객실을 나갔다.

* * *

"대박. 의건오빠와 아는 사이였어요?"

정우가 전화를 끊자, 수진이 긴 생머리를 뒤로 넘기며 물었다. 아침부터 공들여 세팅한 머리카락이 바람에 날려 헝클어졌다. 정우는 수진의 앞에서 한껏 으스댔다. 현재 대한민국에서 제일 핫한 20대 남자배우는 바로 의건이었다. 주말 드라마에서 여자주인공에게 헌신하다가 죽는 서브 남자주인공 역으로 빵 뜬 그는 화장품, 향수, 치킨 광고 모델을 꿰찼다. 인기 작가의 차기작으로 기대를 모으고 있는 드라마의 남자주인공으로 캐스팅되며 주가를 올리고 있었다.

"의건형님 데뷔하기 전부터 알았지."

수진의 눈이 반짝였다. 그가 오늘 이곳에 온 이유는 바로 의건과 친해지기 위해서였다. 처음 재호에게 요트

파티를 한다는 전화를 받았을 때는 크게 관심이 없었다. 맛있는 걸 잘 사주긴 했지만, 자랑과 허세가 너무 심해서 만나고 나면 피곤했다. 그러나 '압구정 호랑이'가 모인다는 말에 무조건 참석하겠다고 했다. 강남 8학군 출신이라면 한 번은 들어봤을 사교모임이었다. 수진은 그중 재호, 민기와 친분이 있었다. 도준, 의건, 은수와 친해질 수 있는 기회였다. 네 남자와 모두 친해져도 좋지만, 의건과 더 특별한 관계가 되고 싶었다. 여자친구가 될 수 있다면 더할나위없이 좋고.

마침 요트에서 내린 의건이 수진과 정우를 발견하고 다가왔다. 긴 다리로 성큼성큼 걸어오는 모습에서 후광이 보였다. 수진이 손으로 입을 가린 채 정우에게 소곤거렸다.

"카메라가 실물을 못 담아내는구나…"

수진은 태어나서 이렇게 잘생긴 남자는 처음 봤다. 지역 방송의 아나운서로 일하면서 외모가 근사한 남자를 많이 봤지만 의건과 비교가 안 됐다. 조명판이 없어도 얼굴에서 빛이 났다. 의건에게 첫눈에 반한 수진의 표정이 느슨하게 풀렸다. 정우가 팔을 지그시 잡으며 조용하게 말했다.

"창피하게 연예인 처음 보는 티 내지 마."

"연예인을 처음 본 게 아니에요. 이렇게 잘생긴 남자를 처음 봐서 그런 거예요."

수진이 사실을 정정해 줬다. 정우가 그게 그거 아니냐고 반문하려는데, 지척에 다가온 의건의 목소리에 그러지 못했다.

"정우야, 안녕. 오랜만이야."

"안녕하세요, 형님! 그동안 더 잘생겨지셨네요."

정우의 넉살 좋은 칭찬에 의건이 부드럽게 미소지었다. 의건은 정우의 옆에 있는 수진을 발견하고 인사했다.

"안녕하세요. 재호 친구 정의건이에요."

"안녕하세요. 김수진이에요."

수진은 자신이 낼 수 있는 가장 예쁜 목소리로 대답했다. 의건은 얼굴만 완벽한 게 아니었다. 듣기 좋은 저음의 목소리는 사랑에 빠지게 만들기 충분했다. 수진은 온몸으로 호감을 느끼고 있음을 발산했다. 의건뿐만이 아니라 모든 사람이 눈치챌 수 있도록. 정우는 수진의 행태를 더 이상 보고 있을 수 없어 끼어들었다.

"그런데 재호형님은 왜 연락이 안 되는 거예요?"

의건은 재호가 마약에 취했다고 말할 수 없어 적당한 핑계거리를 만들었다.

“파티를 준비하느라 고생했는지, 깜빡 잠들었더라고.”

“재호오빠가요?”

수진이 의아해하며 물었다. 예상하지 못한 반응이 아니었다. 재호 성격이라면 자신이 파티를 주최했다는 것을 자랑하고 싶어서 한시도 입을 가만히 두지 않고 시끄럽게 떠들어야 했다. ‘압구정 호랑이’에서 입과 행동이 가장 가벼운 남자였다. 의건은 미소를 잃지 않고 요트를 가리키며 말했다.

“우선 들어가서 이야기하자.”

“네. 작은 요트를 생각했는데 상당히 크네요.”

정우가 정박한 요트를 바라보며 말했다. 50인승 요트로 1층 실내와 2층 실외 선상이 구분되어 있었다. 2층에도 테이블과 의자가 깔려있어 바다를 보면서 파티를 즐길 수 있게 되어있다. 의건은 요트를 가리키며 말했다.

“안에는 더 좋아. 가자, 구경시켜 줄게.”

의건은 정우와 수진을 요트로 안내했다. 수진은 걷는 동안, 의건에게 어떻게 말을 걸지 고민했다. 출연작을 언급하며 팬이라고 밝히고 호감을 드러낼 생각이었다. 누군가와 대화할 때 이렇게 떨리는 건 처음이었다. 수진은 속으로 할 말을 정리한 후 입을 열었다.

"의건 오빠!"

수진의 입에서 나온 말이 아니었다. 뒤에서 들리는 하이톤의 목소리에 세 사람이 멈춰 섰다. 고개를 돌려 목소리의 주인공을 확인한 의건의 얼굴이 새하얗게 질렸다. 자연스럽게 수진도 의건의 시선이 머문 곳을 따라갔다. 그곳엔 수진도 아는 사람이 있었다. 박해주였다.

"어, 해주야!"

해주를 반갑게 맞이한 건 수진이었다. 수진은 오른손을 번쩍 들어 크게 흔들었다. 두 사람은 3년 전, 민기의 생일파티를 통해 만났다. 아주 친한 사이는 아니고 SNS를 맞팔로우해서 가끔 메시지를 주고받는 사이였다. 오늘 오전, 수진은 해주의 연락을 받았다. 핸드폰이 고장 나서 수리를 맡기는 바람에 재호의 메시지가 삭제됐다고 했다. 수진은 별다른 생각없이 요트파티 주소를 알려줬다. 하늘색 원피스에 밤색 코트를 입은 해주는 눈에 띄는 미인이었다. 남자는 본능적으로 아름다운 여자에게 약하기 마련이지만, 의건과 정우의 표정이 좋지 않았다. 해주는 세 사람을 향해 다가왔다.

"수진아, 안녕. 오랜만이야."

해주가 수진을 보며 인사했다. 부드러운 목소리였지만 싸늘한 분위기를 풍겼다. 한껏 예쁘게 웃는 입과 달리 눈은 웃지 않았다. 불청객의 등장에 두 남자의 표정이 굳었다.

"의건오빠, 안녕하세요."

해주가 시선을 맞추며 인사하자, 의건은 불편한 표정을 지우고 반갑게 받아줬다.

"어, 해주야. 잘 지냈어?"

역시 배우였다. 처음 해주를 발견했을 때, 질렸던 얼굴은 찾아볼 수 없었다. 입가에 부드러운 미소를 띠며 반겼다. 가까이 있던 수진은 180도 변한 의건의 태도를 눈치챘으나 굳이 티를 내거나 물어보지 않았다. 그들 사이에 어떤 사연이 있었다고 짐작했다.

"네. 요트파티를 한다고 들어서 왔어요. 괜찮죠?"

"…내 동의를 구할 필요는 없지. 가자."

의건이 정우와 수진을 돌아보며 말했다. 그는 조금 전 수진에게 발걸음을 맞춰서 천천히 걷던 것과 달리 긴 다리로 성큼성큼 걸었다. 정우도 의건의 페이스에 맞춰

보폭을 넓혔다. 굽 높은 구두를 신은 수진과 해주는 종종걸음으로 따라가야 했다. 해주는 싸늘한 눈으로 의건의 뒷모습을 쳐다봤다. 앞만 보고 걷는 의건의 얼굴 역시, 해주 못지않게 차가웠다. 정우는 의건의 눈치를 살피며 아무 말도 하지 않았다. 요트 안으로 들어온 의건은 언제 그랬냐는 듯이 부드러운 표정을 지었다. 그는 이들에게 내부를 구경시켜 줬다. 1층홀, 화장실, 휴게실을 차례대로 보여주고, 객실은 건너뛰었다. 호기심이 많은 정우가 놓치지 않고 물어봤다.

"여기는 뭐하는 곳이에요?"

"우리가 쉬는 곳이야. 먼저 만나서 술을 마셨는데 금세 뻗어버려서 가둬뒀어. 이해해 줘."

의건의 말에 정우가 고개를 끄덕였다. 그냥 지나치는 정우, 수진과 달리 해주가 객실 앞에 서서 문을 뚫어져라 쳐다봤다. 의건이 해주의 관심을 끌기 위해 손뼉을 치며 말했다.

"2층에도 올라가 볼래?"

"네, 좋아요!"

의건이 계단을 올라가자 정우와 수진이 따라 올라갔다. 그러나 해주는 움직일 생각은커녕, 객실에서 눈을 떼지 못했다.

"해주야."

계단을 오르던 의건이 멈춰서서 해주를 불렀다. 해주는 대답하지 않고 가만히 고개만 돌려 그를 쳐다봤다. 의건이 부드러운 미소를 지으며 말했다.

"2층 가자니까. 따라 와."

"네."

그제야 해주가 계단을 올라갔다. 네 사람이 2층 선상으로 올라가자, 탁 트인 바다가 보였다. 중앙에는 테이블과 의자가 놓여있어 바다뷰를 보며 술을 마시기에도 좋았다. 갑판에 서서 바다를 내려다본 정우가 신이 나서 말했다.

"와! 진짜 좋네요. 저 요트파티는 처음이거든요. 얼마나 기대했는지 몰라요."

"기대한 만큼 재미있게 놀고 가. 이번에 재호 돈 많이 쓴 거 같더라. 이따가 보면 치켜세워줘. 재호가 칭찬에 약하잖아."

"그런 건 제가 전문이죠."

정우가 익살스러운 표정을 지었다. 의건은 주머니 속에서 진동하는 핸드폰을 꺼내 들었다. '예지누나'라는 이름을 확인하고 전화를 받았다.

"네, 누나."

"의건아! 너 지금 어디야?"

"저 지금 요트에 있어요. 재호가 아직도 연락 안 받아요?"

"재호한테는 연락 안 했어. 바로 너한테 한 건데?"

파티를 연 건 재호지만, 예지는 '압구정 호랑이'가 모두 참석하는 걸 알고 있었다. 그래서 재호를 패싱하고 의건에게 연락했다. 남자의 외모에 엄격한 예지는 '압구정 호랑이'에서도 의건, 도준, 은수를 아꼈다. 안타깝게도 민기와 재호는 얼굴에서 아웃이었다.

"바로 들어가면 돼?"

"네. 누나. 제가 모시러 나갈게요."

예지는 챙김받는 걸 좋아했다. 자신에게 집중하지 않으면 금세 삐져서 계속 관심을 가져줘야 했다. 철저히 미남의 관심만 요구했기에 의건과 은수가 예지를 담당했다. 도준은 타인의 비위를 맞춰주며 행동할 사람이 아니어서 제외됐다. 자존심 세고 오만한 재벌 3세에게 기대하기 어려운 일이었다. 예지도 도준의 관심은 일찍이 포기했다. 전화를 끊은 의건은 정우에게 말했다.

"나 손님 모시고 올 테니까 그동안 구경하고 있어."

"네, 다녀오세요."

정우가 재깍 대답했다. 의건이 그의 어깨를 가볍게 토닥이자, 마치 왕의 승은을 입은 궁녀처럼 감동한 표정을 지었다. '압구정 호랑이'는 그에게 우상이었다. 계단을 내려가는 의건을 쳐다보던 정우는 그의 모습이 아예 보이지 않자, 그제야 시선을 돌렸다. 정우는 테이블 의자에 앉아 주위를 둘러보았다. 바닷바람이 시원하게 불어 속이 뻥 뚫렸다.

"여기서 술 마셔도 좋겠다. 밤바다 보면 술맛 제대로 날 듯."

수진은 정우를 마주 보고 앉았다.

"오빠는 '압구정 호랑이' 오빠들과 다 친하죠?"

"그럼. 나는 형님들과 안면을 튼 사이지."

"어떻게 알게 됐어요?"

수진은 정우가 '압구정 호랑이' 모두와 친하다는 게 신기했다. 정우는 어깨가 높이 솟았다. '압구정 호랑이'와 친한 것만으로도 주위에선 부러운 눈길을 보냈다.

"같은 고등학교 출신이야. 내가 1학년 때 형님들은 3학년이었거든. 남자가 봐도 너무 멋있잖아. 친해지기 위해서 내가 열심히 들이댔지. 먼저 재호형님과 친해지고 의건 형, 민기 형, 은수 형, 도준 형도 소개받았어."

정우는 그들과 같은 고등학교를 나왔다는 게 자랑스러웠다. 마치 아이돌을 좋아하는 팬처럼 말이다.

"오늘 '압구정 호랑이' 오빠들과 친해지고 싶어요. 저는 재호오빠와 민기오빠 밖에 모르거든요."

수진은 주먹을 꽉 쥐고 의지를 불태웠다. 그중에서 더 친해지고 싶은 사람은 의건이지만 굳이 말하지 않았다.

"오늘 나한테 잘 붙어있으면 형님들과 친해질 수 있을 거야."

정우가 으스대며 말했다. 그는 '압구정 호랑이'와 친하다고 거짓말 치며 허세 부리는 사람들과 달랐다. 깍듯하게 예의를 차리면서 유머러스한 성격으로 그들의 예쁨받는 동생이 됐다. 오늘 파티에도 초대를 받았으니 두 말하면 입 아팠다.

"정우오빠가 마당발인 건 알았지만 대단하네요. 이따가 잘 부탁드려요."

"그럼. 나만 믿어. 형님들은 예의 없이 구는 거 싫어해. 그것만 조심하면 재미있고 좋은 형들이야."

정우의 말이 끝나자, 해주가 옆자리에 털썩 앉았다. 수진과 웃고 떠들던 정우는 해주가 끼어들자 당황스러운 표정을 지었다.

"오빠들과 여전히 잘 지내나 봐요."

"어? 어… 그렇지."

"알죠? 저는 다른 오빠들은 필요 없어요. 도준오빠만 있으면 돼요."

"그래… 잘 해봐."

해주의 말에 정우가 서둘러 일어나 부산스럽게 주위를 둘러봤다. 누가 봐도 어색한 행동에 수진이 눈을 동그랗게 뜨고 쳐다봤다. 해주와 두 남자 사이에, 자신만 모르는 게 있다. 수진은 너무 궁금했지만 쉽게 물어볼 수 없어 입을 다물었고 곁눈질로 살폈다. 해주는 정우의 뒷모습을 물끄러미 바라볼 뿐이었다.

* * *

의건은 파티 주최자보다 바쁘게 움직였다. 선착장에 도착한 지인들은 재호가 전화를 안 받자, 짠 듯이 의건에게 연락했다. 재호가 요트파티에 지인들을 초대하며 의건도 참석한다고 홍보했기 때문이다. 재호만 아는 게 아니라, '압구정 호랑이'와 인연이 있는 지인들이었다. 그래서 의건은 책임지고 손님을 요트 안으로 모셔야 했다. 선착장에 서 있는 그들을 요트로 데리고 와서 간단히 내부를 소개하고, 파티를 즐길 1층홀로 안내했다.

뒤늦게 정신을 차린 재호가 객실에서 나왔다. 그는 1층홀에 앉아있는 지인들이 지루하지 않게 핑거푸드와 와인을 꺼내 대접했다. 총 10명의 지인을 태운 요트는 제시간에 맞춰 출발했다.

"다른 애들은 어디 있어?"

와인을 마시던 준영이 물었다. 그는 명품 구매대행 쇼핑몰의 대표로, 지인들에게 합리적인 가격으로 명품을 판매했다. 준영을 통해 구입한 롤렉스 시계가 잘 보이게 소매를 걷어 올린 재호가 말했다.

"저희끼리 먼저 만나서 술을 좀 마셨는데, 피곤했는지 다 뻗어버렸어요. 객실에 있으니 데리고 올게요."

1층홀을 빠져나가는 재호를 따라 의건도 자리에서 일어났다. 바로 옆에 앉아있던 예지가 의건의 손을 잡아 세웠다.

"어디 가?"

"객실에 가보려고요."

"재호 혼자 가면 되지, 우르르 몰려가?"

예지는 오랜만에 보는 의건을 쉽게 놔주고 싶지 않았다. 의건과 도준, 은수를 자신의 테이블에 앉히고 말겠다는 의지를 불태웠다. 대부분의 파티에 초대받은 사람들이 '압구정 호랑이'와 친해져서 콩고물이 떨어지길 기대하고 왔지만 예지는 달랐다. 오직 잘생긴 남자들과 놀 생각뿐이었다. 의건과 사진을 찍어서 SNS에도 올리고, 메신저 프로필 사진도 바꿔야 했다. 이미 의건과 사진을 약 30장 정도 찍었지만, 부족했다.

"객실에 지갑을 두고 와서요. 금방 올게요."

의건이 눈꼬리를 휘며 부드럽게 웃었다. 그는 무표정할 때는 차갑지만, 활짝 웃을 땐 아이처럼 순수해 보이는데, 그게 매력포인트였다. 예지가 미소에 사르르 녹아내렸다.

"알았어. 이따가 내 옆에 앉아야 해. 다른데 가지 말고."

"당연하죠. 술 조금만 마시고 계세요."

"응. 빨리 와."

예지가 의건을 잡고있던 손에 힘을 풀었다. 파티홀에

서 나온 의건은 객실로 향했다. 객실 문을 열자, 유리 파이프관에서 나온 증기가 흘러나왔다. 누가 볼세라 객실로 들어가 문을 닫았다. 먼저 도착한 재호는 침대에 누워서 핸드폰을 보고 있었다. 의건은 테이블 위에 올려둔 지갑을 바지 뒷주머니에 넣었다.

"뭐하고 있냐. 나갈 준비 안 하고."

"애들 꼴 좀 봐라. 네가 오면 같이 깨우려고 했지."

침대에서 뒹굴거리던 재호가 몸을 일으켜세웠다.

"얘네들은 아직도 정신 놓고 있네."

의건이 세 남자를 보며 혀를 찼다. 기분이 좋아진 민기와 은수는 콧노래를 흥얼거렸다. 민기는 의자에 깊이 기대며 말했다.

"나 멀쩡해. 근데 이거 진짜 좋다."

은수도 나른해진 얼굴로 고개를 끄덕였다. 무엇보다 알약이라 마음에 들었다. 마약을 즐기지 않지만 굳이 한다면 가루보다 알약을 선호했는데, 죄책감이 덜하기 때문이다. 작정하고 코로 흡입하는 것보다 감기약 먹듯이 꿀꺽 삼키는 게 좋았다.

"서도준은 완전 갔네."

의건의 시선은 테이블 위에 머리를 박고 엎드린 도준

을 향했다. 이런 모습은 처음이었다. 도준은 술이 세서 늘 마지막까지 남아서 정신을 잃은 모습이 희귀했다. 그냥 넘어가긴 아쉬웠다. 의건은 핸드폰을 꺼내 카메라 앱을 켰다.

"이런 건 몇 장 찍어둬야지."

친구의 흑역사는 무조건 박제해서 저장해야 했다. 테이블에 얼굴을 박고 엎드린 모습을 흑역사로 치기엔 약소하지만, 술부심이 있는 도준이라면 충분히 창피해할 만했다. 찰칵, 찰칵. 사진을 몇 장 찍은 의건이 주머니에 핸드폰을 집어넣었다. 그리고 도준의 어깨를 잡아 흔들었다.

"서도준, 정신 차려."

도준은 쉽게 깨어나지 않았다. 의건은 꼼짝도 하지 않는 그의 어깨를 더욱 세게 흔들었다. 크게 흔들린 도준의 몸이 의자에서 미끄러져 바닥에 쓰러졌다.

"뭐, 뭐야?"

놀란 의건은 바닥에 쓰러진 도준을 일으켜 세울 생각도 하지 못하고 소리쳤다. 오류가 난 컴퓨터처럼 멀뚱히 서서 눈알만 굴리며 상황을 파악했다. 만약 재호였다면 100% 장난이라고 치부했겠지만 도준은 이런 장난을 치는 성격이 아니었다. 만취해서 몸을 가누지 못해 바닥에 쓰러진 거라면 비명이라도 지르는 게 정상이었다. 그러나 도준은 아무 소리도 내지 않고 인형처럼 가만히 누워 있었다. 이상함을 감지한 의건이 허리를 굽혀 도준의 어깨를 잡아 흔들었다.

"너 왜 그래?"

도준은 대답하지 않았다. 의건은 그의 뺨을 가볍게 쳤다. 몸에 손대는 걸 끔찍이도 싫어하니 반응을 보일 거라고 생각했다. 그러나 도준은 미동도 하지 않았다.

"너희 뭐하냐?"

침대에서 일어난 재호가 두 사람에게 다가왔다. 의건은 도준의 코밑에 검지를 댔다. 숨결이 느껴지지 않자, 이번에는 도준의 오른쪽 가슴 위에 손을 올렸다. 펄떡거리며 뛰어야 할 심장이 잠잠했다.

"야, 야… 얘 지금 숨을 안 쉬는데?"

"뭐? 그게 무슨 소리야."

재호가 깜짝 놀라 물었다. 의건은 그에게 대답해 줄 여유가 없었다. 급하게 도준의 재킷을 벗기고 명치를 세게 압박했다. 얼마 전 예능 방송에서 배운 심폐소생술이었다. 상태의 심각성을 눈치챈 민기와 은수도 다가와 도준의 머리맡에 섰다.

"무섭게 왜 그래…"

은수가 재호의 팔뚝을 잡으며 말을 흐렸다. 심폐소생술을 하는 의건의 이마에 땀이 송골송골 맺혔다. 몇 번 더 명치를 압박한 후 도준의 호흡을 확인했다. 여전히 도준은 숨을 쉬지 않았다.

"씨발…"

의건이 다시 도준의 명치를 압박했다. 겁이 많은 은수가 울먹이며 물었다.

"수, 숨 안 쉬어?"

"어."

의건이 심폐소생술을 쉬지 않으며, 짧게 대답했다. 놀란 재호가 바닥에 주저앉았다. 믿을 수 없는 현실에 민기의 표정이 심각해졌다. 즐거운 파티날, 이게 무슨 날벼락이란 말인가.

"서도준 지병 같은 거 있었어? 멀쩡하던 놈이 갑자기 왜 죽어?"

타고난 신체 조건을 가진 도준은 운동을 좋아하고, 또 잘했다. 그랬던 그가 갑작스러운 심정지라니, 네 남자는 혼란스러웠다.

"1, 119… 119 불러야 하는 거 아니야?"

은수가 핸드폰을 꺼내며 말했다. 긴장해 굳은 손가락은 세 개의 숫자도 제대로 터치하지 못했다. 의건도 심폐소생술을 포기한 채 은수를 바라봤다. 간신히 키패드에 119를 누른 은수가 통화 버튼을 터치하려는 순간, 민기가 핸드폰을 뺏었다.

"뭐 하는 거야, 김민기?"

"우리가 뭘 했는지 잊었어?"

민기의 말에 세 남자의 표정이 다양하게 변했다. 이들은 모두 마약을 했다. 도준의 사인(死因)을 밝히기 위해 부검하면 마약을 했다는 걸 들키는 건 시간문제였다. 은수가 민기의 손에 들린 자신의 핸드폰을 거칠게 낚아챘다.

"우리? 마약 했지. 그런데 그게 무슨 상관이야?"

"그래. 초범이라 집행유예 정도 받을 테니까 별로 타격이 없다고 생각하겠지. 그러나 나는 달라. 샐러드 체인점 대표가 마약으로 집행유예라니… 이미지를 회복하기 어려워."

민기는 바닥에 주저앉아 있는 의건을 내려다보며 말했다.

"그리고 정의건. 너도 곤란할걸? 금연 홍보대사가 마약이라니… 네 순수하고 건실한 청년 이미지는 어떻게 할 건데?"

의건이 아랫입술을 깨물었다. 대중에게 좋은 이미지를 각인하고 배우로서 자리매김을 해야하는 중요한 시기였다. 이런 때 마약이라니 커리어에 찬물을 끼얹는 꼴이었다. 계약기간이 남은 광고와 상영을 앞둔 영화가 떠올랐다. 물어줘야 할 위약금이 어마어마했다.

"그리고 박재호는? 우리는 마약을 같이 한 것뿐이지만 박재호 너는 마약 공급으로 잡혀들어갈걸? 집행유예도 어려울 거야. 실형을 받을 확률이 높지."

"시, 실형이라니. 그런 좆같은 소리는 하지도 마!"

재호는 현실을 받아들일 수 없었다. 은수가 민기를 똑바로 쳐다보며 말했다.

"그래서 어떻게 하자는 건데? 서도준이 죽었어. 이걸 숨기자는 거야? 그게 가능할 것 같아?"

"숨기는 건 불가능하겠지. 내가 하고 싶은 말은, 지금이 아니라 나중에 죽은 거로 만들자는 거야."

"그게 무슨 소리야?"

의건이 이해할 수 없다는 목소리로 물었다. 도준의 시

체를 내려다보던 민기가 돌아서 세 남자를 바라봤다. 민기의 말을 알아듣지 못한 건 비단 의건뿐만이 아니었다. 재호와 은수도 서로를 쳐다보며 이해할 수 없다는 표정을 지었다. 민기는 더 자세히 설명하기로 했다.

"서도준은 마약을 하다가 죽은 거지, 우리가 죽인 게 아니잖아. 알리바이를 만들자는 거야. 요트파티가 끝나고, 서도준이 혼자 마약을 하다가 죽은 것처럼. 지금 신고하면 우리 모두 마약 검사를 받겠지만, 내가 말한 대로 하면 경찰이 우리를 조사할 명분이 없어."

민기의 말에 의건이 반문했다.

"말이야 쉽지, 어떻게 숨겨? 우리가 오늘 왜 모인건지 잊었어? 여기는 바다를 항해하는 요트 안이야. 우리만 있는 게 아니라 파티에 초대된 사람이 열 명이나 된다고. 그런데 서도준이 죽었다는 걸 숨기는 게 가능할 것 같아?"

"우리가 입만 잘 맞춘다면 불가능한 일은 아니라고 생각해. 오늘 서도준은 컨디션이 좋지 않아서 객실 밖으로 나올 수 없다고 하면 되잖아. 서도준이 누구 눈치 볼 성격이야? 꼴리는 대로 사는 놈인 거 누가 모르냐고. 파티에 얼굴 한 번 안 비쳐도 누가 뭐라고 할 건데? 찍소리도 못할걸."

민기의 말은 묘하게 설득력이 있었다. 도준은 늘 제멋대로였다. 돈 많은 집에서 오냐오냐 자라서 무서운 게 없었다. 행동과 말투는 늘 오만했고, 아무도 그를 나무랄 수 없었다. 오히려 친하게 지내고 싶어서 비위 맞추기에 급급했다. '국내 최대 카지노 호텔 회장의 손자'라는 지위는 대단했다.

의건은 지끈지끈한 머리를 감싸쥐며 이성적으로 생각하기 위해 노력했다. 알리바이를 만든다고 경찰의 수사에서 완전히 자유로울 수는 없다.

"그래. 네 말대로 하루만 속이면 돼. 가능할 수도 있지. 그렇지만 배에서 내리면? 그때 서도준의 시체를 어떻게 처리할 건데?"

"그건 그때 생각해도 늦지 않아. 나는 지금 어떻게 할지 이야기하자는 거야. 지금 경찰에 신고하고 밝힐 건지, 아니면 서도준의 죽음을 숨길 건지."

네 사람 사이에 정적이 흘렀다. 민기는 다시 이들을 설득했다.

"우리에게 주어진 시간이 많으면 많을수록 우리는 더 안전해. 그동안 탈색도 하고, 제모도 할 수 있어. 변호사를 고용하면 우리가 어떻게 행동하는 게 유리할지 더 확실해질 거고."

의건과 재호, 은수는 깊은 생각에 빠져 심각한 표정을 지었다. 일반적으로 마약 검사는 소변과 모발을 통해서 한다. 소변 검사는 7일 이내 투약만 확인할 수 있으나, 모발에 남아있는 마약 성분은 1년이 지나도 검출될 수 있다. 그래서 전신 체모를 제거하거나 멜라닌 색소를 없애는 탈색을 해서 양성 반응을 피하는 편법을 사용한다. 재수없으면 증거인멸로 인식되어 구속되거나 수색영장이 청구될 수 있다. 신중하게 판단하고 움직여야 했다. 민기는 의자에 앉아 그들을 지켜봤다.

"나는 김민기 말에 따를래."

오랜 고민 끝에 재호가 입을 열자, 민기의 표정이 크게 밝아졌다. 은수는 깜짝 놀란 표정으로 재호를 쳐다보며 말했다.

"야. 이거 그렇게 가볍게 생각할 일이 아니야. 충분히 생각하고 대답해."

"고민하고 말한 거야. 우리에게 선택지는 두 개뿐이잖아. 바로 119에 신고하거나, 아니면 시간을 끌면서 알리바이를 만들거나. 그렇다면 나는 후자야."

"너… 파티에 온 사람들을 상대로 끝까지 속일 자신 있어?"

은수가 두려운 목소리로 물었다. 다음날 오전까지 이어질 파티다. 그 시간 동안 파티에 참석한 사람들이 도준의 죽음을 눈치채지 못하도록 감쪽같이 속여야 한다. 은수는 자신이 없었다.

"난 자신 없어…"

민기는 은수와 눈을 마주치며 자신 있게 말했다.

"만약 중간에 걸리면 우리도 그때 알았다고 하면 돼. 다시 한번 말하지만, 서도준은 우리가 죽인 게 아니야. 부검하면 약물로 인한 사망으로 나올 거니까 문제 될 게 없어."

"그래도 나는…"

"나도 김민기의 의견을 따르겠어."

의건도 민기의 말에 힘을 실었다. 은수가 혼란스러운 눈으로 의건을 바라봤다. 두 사람이 민기의 생각에 동의했으니, 남은 사람은 은수뿐이었다. 의건은 은수의 양어깨에 손을 올렸다.

"은수야. 이건 모두가 마음을 모아야 가능한 일이야. 네가 걱정하는 건 나도 이해해. 도준이에겐 미안하지만 우리가 받게 될 벌이 너무 커. 그걸 조금이라도 줄일 수 있다면 나는 그렇게 하는 게 맞다고 생각해."

의건이 가만히 은수의 눈을 바라봤다. 두 사람은 '압구정 호랑이' 중에서도 유독 친했다. 성격이나 결이 잘 맞았기 때문이다. 도준은 누구한테나 인성이 안 좋기로 소문이 자자했고 재호는 부유한 사람과 그렇지 않은 사람을 대하는 태도가 달랐다. 민기는 여자와 유흥을 너무 좋아해서 문제였다. 그들 중 제일 상식이 통하고 성격이 유한 건 의건과 은수뿐이었다. 그 외에도 둘은 통하는 게 많았다. 같은 일에 분노했고, 연민했으며, 기뻐했다. 외동아들로 태어난 은수에게 의건은 친구이면서도, 형 같은 존재였다. 재호나 민기, 도준이 모르는 고민 상담을 하고, 조언도 받았다. 의건은 똑똑했고, 늘 옳은 선택을 했다. 그런 의건이 내린 결정이니, 은수는 따라갈 수밖에 없었다.

"…알았어."

"잘 생각했어."

마치 동생을 대하듯이, 의건이 은수의 머리를 쓰다듬었다. 민기는 손뼉을 치며 시선을 모았다.

"우리 모두의 의견이 일치했군. 자, 그럼 우리가 어떻게 하면 좋을지 이야기해보자."

세 남자의 시선이 민기에게 집중됐다.

2 초대받지 않은 손님

재호의 초대를 받은 사람들은 한 명도 빠지지 않고 파티에 참석했다. 오늘 '압구정 호랑이' 모두가 모이기로 했기 때문이다. 즉, 이들 모두와 친해질 절호의 기회였다. 파티를 주최한 호스트 재호가 없지만 이야기가 끊기지 않았다. 서로 알거나, 한다리 건너 이름을 들어본 사이였기 때문이다. 무엇보다 재호가 부른 인맥인 만큼 사회적인 지위와 부가 뒷받침을 하고 있어, 서로 친해지기 위해 노력했다. 좋은 날씨만큼이나 분위기도 화기애애했다.

"의건이와 재호는 친구들을 데려오겠다고 하고 가더

니, 영 돌아오지 않네."

여기서 유일하게 불만이 있는 사람은 예지였다. 그의 옆에 앉아있던 준영이 기분을 풀어줄 겸 입에 치즈를 넣어주며 장난스럽게 말했다.

"너 때문에 안 오는 거 아니야?"

"나? 왜?"

예지가 어이없다는 듯이 묻자, 준영이 능글맞게 웃었다.

"몰라서 물어? 얼굴 좀 생겼다 싶으면 들러붙어서 귀찮게 하잖아."

"말을 참 서운하게 하네… 김준영, 내가 언제 귀찮게 굴었어? 귀여워해 준 거지."

예지는 반박했지만, 준영은 귓등으로도 듣지 않았다. 영앤리치로 통하는 '압구정 호랑이'이지만, 예지는 영앤핸섬만 중요하게 생각했다. 그래서 재호와 민기에게는 관심이 별로 없었다. 대놓고 남자의 얼굴을 보고 차별하지만 아무도 뭐라고 하지 못했다. 예지의 아버지가 백화점 계열사를 운영하고 있기 때문이다. 그에게 핀잔을 줄 수 있는 건 소꿉친구인 준영뿐이었다.

"너무 티 나게 귀여워하니까 문제지. 오늘 파티는 재

호가 준비했다고 하니까 예뻐해 줘. 안 그러면 박재호 삐질걸?"

"일단 누구라도 좀 오라고 해. 그래야 예뻐하든, 뭘 할 거 아니야."

예지가 답답하다는 듯이 테이블을 손으로 가볍게 내리치며 말했다. 수진은 두 사람의 대화를 들으며 웃었다. '압구정 호랑이'와 친해질 생각으로 왔지만 친해지고 싶은 사람들이 많았다. 그중에는 예지와 준영도 포함되어 있었다. 수진이 앞에 앉은 정우에게 조용히 물어봤다.

"무슨 일 있는 거 아니에요? 왜 아무도 안 올까요?"

정우도 손꼽아 기다린 파티였다. 그런데 '압구정 호랑이'는 코빼기도 비추지 않으니 궁금하긴 마찬가지였다.

"글쎄… 뭘 준비하나? 혹시 누구 생일이야?"

"이즈음에 누구 생일이었던 거 같은데 기억이 잘 안 나네."

조용히 듣고 있던 해주가 입을 열려고 했으나 수진이 빨랐다.

"오빠가 가서 불러오면 안 돼요?"

해주는 입을 다물고 상황을 살폈다. 수진의 말에 정

우는 곤란한 표정을 지었다.

"형님들이 못 오는 건 이유가 있겠지. 괜히 방해하면 어떡해."

정우는 몸을 사렸다. 재호만 있다면 편하게 물어볼 수 있지만 도준이 무서웠다. 괜히 그의 심기를 거스르는 행동을 할까 봐 걱정됐다.

"맞아. 걔네는 그냥 놔둬야 해."

예지도 그의 말에 동의했다. 준영은 잔에 와인을 따르며 말했다.

"오랜만에 도준이 얼굴을 보겠네. 그동안 뭔 일 있는 줄 알았잖아, 너무 연락이 안 돼서."

예지가 그의 옆구리를 팔꿈치로 쿡 찔렀다. 눈짓으로 해주를 쳐다보며 고개를 저었다. 전 여자친구 앞에서 서도준을 언급하지 말라는 무언의 경고였다. 그제야 준영은 자신의 실수를 알아챘다.

"내가 괜한 이야기를… 다들 잘 지냈지? 오랜만에 이렇게 얼굴 보니까 정말 좋다."

준영이 빠르게 화제를 전환했다. 표정의 변화 없이 테이블 위 음식을 쳐다보고 있던 해주가 시선을 들어 그를 쳐다봤다.

"도준 오빠에 대해 이야기해도 괜찮아요."

"아니야, 아니야. 전 여자친구 앞에서 예의가 아니지."

해주의 말에 준영이 손사래 치며 말했다. 수진은 깜짝 놀란 표정으로 물었다.

"어? 너 도준 오빠와 사귀었어?"

해주가 조용히 웃으며 고개를 끄덕였다. 수진은 전혀 몰랐던 사실이었다. 그제야 의건과 정우가 해주를 불편하게 대한 게 이해됐다. 친구의 전 여자친구가 파티에 참석했으니 당황할 수밖에 없었다. 수진은 재호와 그의 친구들이 돌아오기 전에 물어보고 싶은 게 많았다. 과거 연애를 묻는 건 예의 없는 행동이라는 걸 알지만, 너무 궁금해서 참을 수 없었다.

"진짜? 언제? 얼마나?"

수진의 질문 폭탄이 이어졌다. 정우뿐만 아니라, 해주를 제외한 모든 사람이 필사적으로 눈치를 줬지만, 안타깝게 알아채지 못했다. 그래서 이런 사달이 나고 만 것이다. 준영은 탄식했다. 이게 다 자신이 서도준의 이름을 입에 올린 탓이었다.

"구백이십육…"

"헤엑! 그렇게 오래 만났어?"

해주의 말이 끝나기도 전에, 놀란 수진이 말을 끊었다. 그는 토끼처럼 눈을 동그랗게 뜬 수진과 눈을 마주치며 빙긋 웃었다. 그리고 하지 못한 말을 덧붙였다.

"…시간."

"어?"

수진이 바보처럼 얼빠진 소리를 냈다.

"분으로 따지면 오만오천오백육십분, 초로 따지면 삼백삼십삼만삼천육백초."

"……"

"도준 오빠와 내가 사랑한 기간이야."

홀 안에 있던 열 명의 사람 모두 숨을 죽였다. 도준을 향한 해주의 집착은 주위 사람들을 공포에 빠지게 만들었다. 해주의 악명은 이미 자자했다. 아무것도 모르는 수진도 그가 비정상이라는 걸 눈치채기 충분했다. 재호의 초대로 이곳에 모인 사람들과 달리, 해주는 초대받지 않은 손님이었다. 불청객의 등장은 다른 손님을 불편하게 만들었다.

박해주에 대해 말하자면, 우리나라 최고 명문대 경영학과에 재학하며 행정고시를 준비하고 1년만에 합격했다. 22살의 나이에 최연소 행정고시 합격생으로 인터뷰까지 했다. 그는 뛰어난 두뇌에 아름다운 외모까지 갖춘 재원(才媛)이었다. 시험에 합격했으니, 찐한 연애를 하고 싶었다. 주변에 한 번만 만나달라고 쫓아다니는 남자가 한둘이 아니었다. 그러나 그놈이 그놈이었고, 데이트도 별거 없었다. 밥 먹고 영화 보고, 밥 먹고 드라이브 가고… 그랬던 해주가 민기의 생일파티에서 도준을 만나며 180도 변했다. 도준은 꿈에서 본 왕자님이었다. 큰 키에 넓은 어깨, 탄탄한 몸은 어떤 옷도 모델처럼 소화했다. 선이 굵어 뚜렷한 티존은 도준의 남성미를 더욱 돋보이게 했다. 게다가 집안은 어떤가. 언젠가 카지노 호텔을 물려받아 경영할 것이다. 거만한 성격마저 매력 포인트였다. 이유 있는 자신감이었고 늘 여유가 넘쳤다. 여자라면 누구라도 반할 수밖에 없는 완벽한 남자였다. 그와 연애를 시작하게 됐을 땐 날아갈 것 같이 행복했다. 그 행복이 지속되기를 바라고 또 바랐다. 그러나 너무 잘난 남자와 연애한다는 건 쉬운 일이 아니었다.

해주는 연애하면서 이렇게 불안하고 조급했던 건 처음이었다. 어린 나이였지만, 도준과 먼 미래도 함께하고 싶었다. 다른 여자를 만나지 못하도록 제 옆에 꼭 잡아두고 싶었다. 그래서 자꾸 결혼 이야기를 꺼냈다. 묻지도 않은 가족계획을 주절주절 늘어놓았다. 아빠를 닮은 아들 한 명, 엄마를 닮은 딸 한 명 낳아서 단란한 가정을 꾸리고 싶다고 말했다. 도준의 부모님을 직접 만나뵙고 인사를 드리고 싶다고 입에 침이 마르도록 이야기했다. 당연히 도준은 부담됐다. 예쁜 외모에 지성까지 갖춘 멋진 여자라고 생각하고 연애를 시작했는데 만날수록 매력이 반감됐다. 결국 도준은 한 달 만에 해주에게 이별을 통보했다. 해주는 이별을 받아들일 수 없었다. 그날 밤, 결국 손목을 그어버렸다. 응급실로 달려온 도준에게 한 번만 기회를 달라며 애원했다. 도준은 한 여자를 살리는 셈 치고 다시 만났지만, 해주의 집착은 더욱 심해졌다. 결국 두 사람은 일주일 후, 다시 헤어졌다. 해주는 다시 자신의 목숨을 볼모로 삼았다. 만나주지 않으면 차도로 뛰어들겠다고 협박했지만 도준은 듣지 않았다. 해주는 망설이지 않고 차도에 뛰어들었다. 다시 만날 수만 있다면 크게 다쳐도 상관없었다. 운 좋게 가벼운 찰과상만 입고 병원에 입원했지만, 도준은 찾아오지 않았다. 이미 해주의 전화번호를 차단한 것이다.

도준이 없는 삶은 의미가 없었다. 식음을 전폐한 해주에게 친구가 위로의 말을 건넸다. 적어도, 살아있어야 다시 그 남자를 만날 수 있지 않겠냐고. 이 말은 해주에게 살아갈 용기를 줬으나, 비뚤어진 인식도 심어줬다. 살아있는 동안 수단과 방법을 가리지 않고 도준을 만나겠다고 집착했다. 그 결과 도준의 지인들만 피해를 봤다. 도준이 만나주지 않으니, 지인들에게 전화를 걸어 무작정 그를 불러내달라고 부탁했다. 사진을 몰래 찍어달라거나, 그의 손이 닿았던 커피잔이라도 가져다 달라고 하니 무서울 수밖에 없다. 두 사람이 사귄 건 22살 때였고, 벌써 3년이 지나 25살이 되었지만 해주의 마음은 변치 않고 도준만을 향해있었다. 그동안 도준의 지인 사이에서 '박해주'의 이름은 금기시됐다. 그런 해주가 요트 파티에 왔으니, 다들 깜짝 놀랐다. 도준의 최측근인 '압구정 호랑이'는 해주에게 더 시달렸으면 시달렸지, 덜 당했을 리 없다. 재호가 불렀을 리가 없는데 어떻게 알고 이 자리에 있는지 의문이었다. 즐거워야 하는 파티가 묘하게 불편한 이유도 바로 해주 때문이었다. 물론, 해주는 자신의 행동이 민폐라는 생각을 전혀 하지 않았다. 사랑에 미친 여자는 정상적인 사고를 하기 어려웠다.

준영은 가라앉은 분위기를 띄우기 위해 활기찬 목소리로 말했다.

"오랜만에 이렇게 모이니까 좋네. 오늘 처음 보는 사람들도 있지만 파티가 끝나기 전에 모두 친해지면 좋겠네요. 우리 즐겁게 놀아요~"

준영의 노력에 몇 사람들이 호응을 해줬다. 그러나 해주는 끝까지 도와주지 않았다.

"오빠들이 너무 안 오는 거 같죠?"

해주가 준영을 똑바로 쳐다보며 물었다. 준영은 무슨 대답을 해야 할지 몰라 눈알을 굴리며 눈치를 봤다. 믿었던 예지마저도 핸드폰을 들여다보며 외면했다. 해주와 엮이기 싫다는 강력한 의지의 표현이었다.

"너무 걱정돼서요."

"에이… 혼자 있는 것도 아니고 성인 남자 다섯 명이 함께 있는데 뭐가 걱정돼? 파티 같은 걸 꾸미고 있을 수도 있지."

그러나 해주는 준영의 말이 들리지 않는 듯했다.

"만약 생일파티를 꾸미는 거라면… 도준 오빠가 객실에 있으면 안 되는 거잖아요. 내일은…"

"뭐?"

웅얼거리는 해주의 목소리를 잘 못 들은 준영이 되물었다. 해주는 하던 말을 멈췄다. 굳이 하지 않아도 되는 말이었다.

"아까 의건 오빠가 객실에서 쉬고 있다고 했거든요. 제가 가서 데리고 올게요."

해주가 자리에서 일어나자, 주위에 있던 사람들이 모세의 기적처럼 길을 터줬다. 그가 홀을 나가는 동안, 아무도 말하지 않았다. 그들은 해주가 완전히 홀을 빠져나가자 그제야 숨을 돌렸다.

"와… 서도준과 박해주의 맞대면인가…"

준영이 긴장된 얼굴로 예지를 바라보며 말했다. 예지는 질렸다는 얼굴로 고개를 저으며, 걱정된다는 목소리로 말했다.

"무슨 일 나는 거 아니겠지…"

"몰라, 우리와 상관없는 일이야. 남녀 사이 일은 둘이 해결해야지."

준영은 빠르게 선을 그었다. 차라리 해주가 주위 사람을 괴롭히느니 도준과 직접 만나 이야기를 하는 게 나았다.

"박재호는 제정신이야? 여기가 어디라도 해주를 불러…"

"내 눈을 의심했어. 진짜 박해주일 줄이야…"

예지와 준영이 볼멘소리를 냈다. 해주에게 요트파티 주소를 알려준 수진은 입을 꾹 다물었다. 자신 때문에 일어난 일이라고 자백할 수 없었다.

“재호 형님이 다 뜻이 있지 않을까요?”

정우의 말에 준영이 고개를 저었다. 두 사람은 오늘 처음 보는 사이였지만, 옆자리에 앉아서 몇 번 말을 섞었다.

“뜻은 무슨 뜻이 있겠어요? 딱 봐도 술에 취해서 전화 돌리다가 실수한 거죠.”

준영의 말에 예지는 적극적으로 동감했다.

“맞아. 아무튼 서도준 얼굴, 볼만하겠네.”

예지가 재미있는 구경을 할 생각에 절로 웃음이 났다. 언제나 여유로운 표정을 짓던 도준의 얼굴이 당황으로 물들 걸 생각하니 소름 돋을 정도로 기분이 좋아졌다.

“괘, 괜찮겠죠?”

수진이 불안한 얼굴로 준영에게 물었다. 괜히 자신이 해주를 불러 분란을 일으킨 것 같아서 마음이 불편했다. 혹시 재호나 다른 사람들이 해주에게 어떻게 알고 왔냐고 물어보면 난감해해질 게 뻔했다.

"에이. 너무 걱정하지 마요. 해주는 여자이고, 도준이는 남자인데 무슨 일이 있겠어요? 그런데 이름이 뭐라고 했죠?"

"강수진이에요."

"수진 씨. 나이도 한참 어린 거 같은데 말 편하게 해도 돼요?"

"네, 그럼요."

수진이 고개를 끄덕였다. 옆에 앉아있던 준영도 넉살 좋게 끼어들었다.

"저는 한정우예요. 올해 26살이에요. 저도 편하게 대해주세요."

붙임성 좋은 정우가 마음에 들었는지, 준영이 호탕하게 웃었다.

"그래. 나는 민준영이고, 얘는 한예지."

예지가 정우와 수진을 향해 손을 들어 인사했다. 해주가 자리를 비우니 분위기는 한결 부드러워졌다. 준영이 잔에 와인을 채우고 자리에서 일어났다.

"내가 부른 건 아니지만… 다들 아는 얼굴이라 편하네. 오늘 재미있게 마시고 놀자."

준영이 허공에 건배하는 동작을 취했다. 즐거운 분위

기 속, 수진만 불안한 눈빛으로 해주가 빠져나간 문을 쳐다봤다.

* * *

"우리들이 해야 하는 일은 많지 않아. 도준이는 술에 취해서 쓰러진 거야. 토를 하고, 인사불성이 돼서 홀에 나올 수가 없는 거라고 입을 맞추자."

"서도준이 술을 잘 마신다는 거, 다들 알지 않아? 이 말을 믿을까?"

은수는 사람들이 그대로 믿어줄지 걱정이었다.

"그건 말하기 나름이지. 컨디션이 안 좋으면 술 잘 마시던 사람도 금방 취하잖아. 하나만 명심해. 당당하게 말해야 해. 괜히 소심하게 말하면 뭔가 숨기고 있다고 더 오해받아."

민기는 은수에게 단단히 일렀다. 재호는 구렁이 담 넘어가듯 자연스럽게 말을 지어낼 거고, 배우인 의건은 말할 것도 없다. 은수는 마음을 다잡으며 고개를 끄덕였다. 민기는 이어서 남은 작전도 설명했다.

"서도준만 객실에 두고 가기에 불안하니까 한 명은 여

기에 남아있고, 나머지는 파티에 참석하자. 그래야 의심을 받지 않을 거야."

"객실 문을 열고 들어오는 사람은 없겠지?"

의건의 질문에 민기가 즉각 대답했다.

"없게 만들어야지. 만약 들어온다고 하면…"

민기는 바닥에 쓰러진 도준의 시체를 바라봤다. 누가 봐도 수상해 보였다. 민기는 도준의 겨드랑이 사이에 손을 넣어 상체를 일으켜 세웠다.

"야! 뭐하는 거야?"

민기의 행동에 깜짝 놀란 의건이 물었다. 그는 아랑곳하지 않고 도움을 요청했다.

"정의건, 나 좀 도와줘."

"내가? 뭘 어떻게 할 건데?"

"다리를 잡아. 침대 위로 옮길 거야."

민기와 의건은 힘을 합쳐 도준의 시체를 침대 위로 옮겼다. 그리고 하얀 이불로 도준의 몸을 덮었다. 민기는 자신을 보고 있는 세 남자에게 말했다.

"어때? 감쪽같지? 누가 죽었다고 생각하겠어? 그냥 자는 줄 알지."

민기의 말대로 이불을 덮고 누워있는 도준은 잠이 든

것처럼 보였다.

"얘들아… 진짜 괜찮은 거 맞는 거야? 일을 더 키우고 있는 거 아닐까?"

은수의 목소리가 심하게 떨렸다. 옆에 앉아있던 의건이 그의 어깨를 가볍게 토닥였다. 재호가 차가운 눈으로 은수를 쳐다보며 말했다.

"최은수, 부정타는 말할 거면 차라리 입닥치고 있어."

재호의 까칠한 말투에 의건이 그를 고깝게 쳐다봤다.

"박재호. 말 좀 예쁘게 하자. 은수가 일부러 이러겠냐? 무섭고 불안하니까 이러는 거 아니야."

"여기서 마음 편히 먹고 걱정 안 하는 사람이 어디 있어? 불안하지만 참는 거잖아. 저런 말이나 하는 게 눈치 없는 거지."

재호의 말에 은수의 표정이 굳었다. 또다시 말싸움이 시작될 것 같은 분위기가 되자 민기가 끼어들었다.

"우리끼리 싸울 때가 아니야. 제일 먼저 누가 객실에 남을지 정해야 하는데…"

똑똑똑. 민기의 말이 끝나기도 전에, 노크 소리가 들렸다.

"의건 오빠 여기 있어요? 저 해주예요."

객실 문을 두드린 것은 해주였다. 그의 목소리를 듣고 가장 놀란 건 민기였다. 그는 곧바로 재호를 쳐다봤다. 아니, 노려봤다. 민기는 목소리가 문밖으로 새어 나가지 않도록 작게 속삭였다.

"야… 제정신이야? 박해주를 불렀어?"

"몰라, 시발… 나도 존나 놀랐어. 오라고 안 했는데 어떻게 알고 온 건지."

재호가 머리를 감싸쥐며 주저앉았다. 그가 초대했던 사람 중에 해주는 없었다. 이미 해주의 존재를 알고 있었던 의건도 한숨을 내쉬었다. 민기는 예상치 못한 인물의 등장에 머리가 지끈거렸다.

"좆됐네… 이런 중요한 걸 왜 이야기 안 했어? 박해주가 있으면 계획에 차질이 생기잖아."

"말할 시간이 있었냐? 객실 돌아오니까 서도준이 죽어있는데 박해주가 떠오르겠냐고."

민기가 손으로 이마를 짚었다. 파티에 초대받은 사람 중 서도준에게 쉽게 접근할 수 있는 자는 없다고 생각했다. 그러나 박해주가 있다면 상황이 달라진다. 그라면 침대에 누워있는 도준을 보고 기꺼이 자신의 몸을 내던질 사람이었다. 사랑에 미친 여자였다. 일반적인 상식이 통하지 않으니, 어떻게 행동할지 감히 상상하기도 어려웠다.

쿵쿵쿵! 아까보다 힘이 실린 노크 소리가 들렸다. 해주가 다시 의건을 불렀다.

"오빠! 왜 대답이 없어요?"

"어, 해주야. 무슨 일이야?"

의건이 간신히 대답했다. 해주와 말을 섞고 싶지 않지만, 무시할 수 없었다. 문 너머 해주의 목소리가 들렸다.

"오빠들이 너무 안 오길래… 제가 데리러 왔어요."

"우리 곧 갈 거니까 홀에 가 있어, 해주야."

의건이 단호하게 말했다. 지금 제일 중요한 건, 해주를 1층홀로 되돌려보내는 것이다. 그러기 위해서 의건은 필사적으로 해주를 설득해야 했다. 그러나 해주는 대답하지 않았다. 그들의 사이를 문이 가로막고 있어 해주의 표정을 볼 수 없으니 더욱 무서웠다. 네 명의 장정(壯丁)이 잔뜩 긴장한 채로 문을 바라봤다.

"여기 도준 오빠도… 있는 거죠?"

해주의 입에서 나온 도준의 이름에 네 남자의 몸이 크게 움찔했다. 객실 안의 상황을 알 리 없는 해주는 꿈을 꾸는 것 같은 목소리로 말했다.

"도준 오빠 얼굴 좀 보여주세요…"

하이톤의 애교 있는 목소리였지만, 이들의 귀에는 귀엽기보다 무섭게 들렸다.

"해주야, 도준이가 술에 취해서 인사불성이야. 토하고 난리였는데, 간신히 재웠어. 이런 상황이라서 얼굴을 보여주긴 어려워."

미리 준비한 각본대로 민기가 상황을 설명했다. 문 너머 아무 소리도 들리지 않았다. 사람은 대화를 나눌 때 표정을 살피며 생각을 읽기 마련이다. 그에 따라 행동이나 말이 달라지기도 한다. 눈치가 기가 막히게 빠른 민기지만, 해주가 어떤 얼굴을 하고 있을지 상상이 되지 않았다.

"…그럼, 얼굴만 보고 가면 안 돼요?"

해주는 쉽게 포기하지 않았다.

"그건 안 돼."

이번에는 재호가 나서서 거절했다. 네 남자는 숨을 죽이고 문 너머 소리에 집중했다. 민기는 문 쪽으로 다가가 조심히 귀를 댔다. 거칠고 불안정하게 내뱉는 해주의 호흡소리가 선명하게 들렸다.

"제가… 도준 오빠를 얼마나 사랑하는지 알면서…

얼굴도 못 보여줘요?"

뒤에서 조용히 지켜보던 의건이 문으로 다가갔다. 그는 문에 귀를 대고 있던 민기를 빤히 쳐다보며, 문고리에 손을 댔다.

"야, 너…!"

재호의 말이 끝나기도 전에, 의건이 문을 열었다. 바로 옆에 있던 민기가 깜짝 놀란 표정으로 의건을 쳐다봤다. 의건은 해주와 눈이 마주치며 등 뒤로 문을 닫았다. 그 사이에 유리 파이프관을 통해 나온 증기가 복도로 새어나왔다. 해주는 허공으로 퍼지는 하얀 연기를 쳐다봤다.

"방안에 연기가…"

"해주야, 1층홀로 가자."

해주의 말이 끝나기도 전에, 의건이 어깨에 손을 두르고 복도로 이끌었다. 부드러운 손길 같지만, 분명히 힘을 주고 있었다. 해주는 객실 안을 엿보려고 했으나 의건의 힘에 끌려갈 수밖에 없었다.

"자, 잠깐만요. 잠깐만…"

"해주야. 너 이러면 안 돼."

멈춰 선 의건이 단호하게 말했다. 해주는 아쉬운 듯

객실문쪽으로 고개를 돌렸다.

"저는 도준 오빠 얼굴이 보고 싶어서…"

"도준이가 많이 취해서 상태가 안 좋아. 너도 다른 사람들에게 추한 모습 보이기 싫듯이, 도준이도 똑같아. 이런 상황이라면 누구라도 만나기 싫을 거야."

"전 도준 오빠가 어떤 모습을 하고 있더라도 사랑하는걸요."

해주는 진심이었다. 도준의 추한 모습은 쉽게 볼 수 없어 오히려 특별하게 느껴졌다. 의건은 해주의 눈을 바라봤다. 은은한 광기로 빛나는 눈을 보니 대화가 통할 상대가 아니었다.

"해주야. 안녕. 오랜만이야."

그때, 은수가 두 사람에게 다가와 밝게 인사했다. 느슨하게 풀어졌던 해주의 얼굴이 딱딱하게 굳었다. 의건은 해주의 태도가 묘하게 변했다는 걸 눈치챘다.

"역시 은수 오빠도 있었네요."

해주는 의건과 대화할 때보다 훨씬 경계했다. 안타깝게도 은수는 변화를 전혀 눈치채지 못했다.

"'압구정 호랑이'가 모이는데, 내가 없으면 안 되지! 잘 지냈지?"

은수가 천천히 걸어가며 물었다. 의건이 해주의 팔을 가볍게 잡고 건자, 마지못해 따라 걸었다.

"네. 그냥 지냈어요. 오빠는 잘 지냈어요?"

"응. 나도 너무 잘 지내고 있었지."

"…잘 지낸 것처럼 보여요."

은수의 대답에 해주가 웃었다. 눈은 웃지 않고, 입꼬리만 올라간 이상한 웃음이었다.

"그때 행정고시 합격했다고 했지? 일은 할만해?"

"여름에 병가냈어요."

"병가? 어디 아파?"

"이별의 상처가 아물지 않아서요."

해주의 말에 은수는 입을 다물지 못했다. 헤어진 지 3년이 다 되어가는데 병가라니. 누가 봐도 이상했다.

"뭐 좋은 놈이라고…"

"저에겐 도준 오빠뿐이에요."

"…그래. 밥은 먹었어?"

"케이터링 된 음식 먹었어요."

"그래. 재호가 파티는 제대로 준비하잖아. 맛있지?"

"그럭저럭 괜찮았어요."

은수는 다른 이야기로 화제를 전환했다. 그의 머릿속

에는 온통 해주를 1층홀에 데려가야 한다는 생각뿐이었다. 객실에서 멀어지고 1층홀에 다가오자 마음이 놓였다.

"의건이와 은수가 같이 왔구나!"

1층홀로 들어오는 의건과 은수를 본 예지가 자리에서 일어나 기쁜 목소리로 외쳤다. 의건은 해주에게 안쪽 자리를 양보했다. 양보가 아니라 강제였다. 홀을 나가려면 의건의 앞을 지나가야 하므로 감시하기 수월했다. 은수는 의건과 마주 보고 앉았다. 예지의 옆자리이기도 했다.

"누나, 안녕하세요."

"우리 고양이~ 잘 지냈어?"

예지가 은수의 하얗고 말랑한 볼을 꼬집었다. 곧 서른을 앞둔 남자에게 할 행동이 아니었지만 개의치 않았다. 예지는 종종 은수를 '고양이'라고 불렀다. 얇게 쌍꺼풀진 눈의 꼬리는 살짝 올라가 있고, 버선처럼 얄쌍하게 빠진 콧대는 영락없이 고양이상이었다.

"저 고양이라고 부르는 거 싫다니까요."

그러나 은수는 고양이라고 불리는 걸 굉장히 싫어했다. 전에는 이렇게 싫어하지 않았는데 어느 순간부터 예민하게 반응했다. 예지가 은수에게 팔짱을 끼며 애정을 드러냈다.

"왜? 할머니들이 손주에게 '우리 똥강아지~' 하잖아. 똑같은 거야."

"제가 누나의 손자는 아니잖아요."

"의건아. 고양이라고 부르면 안 돼?"

은수가 뜻을 굽히지 않자, 예지는 의건에게 물었다.

"호칭은 당사자끼리 해결하세요."

의건이 웃는 얼굴로 선을 그었다. 예지의 성격을 잘 알고 있어서 끼어들고 싶지 않았다. 편을 들어주지 않으면 삐질 게 뻔했다. 삐지는 건 예지만이 아니라, 은수도 마찬가지였다.

"여러분, 드디어 오늘의 주인공인 제가 왔습니다."

기가 막힌 타이밍으로 민기가 홀에 도착했다. 그는 능글맞은 인사를 건네며 분위기를 휘어잡았다. 예지와 은수의 호칭 논쟁은 흐지부지됐다.

"이게 누구야? 우리 김 대표님 아니야?"

준영이 민기를 보고 과하게 아는 체했다.

"아휴. 형님. 대표님이라니 쑥스럽네요."

"어울리지 않게 겸손은. 전국 체인점이 몇 개야?"

"이번에 부산점 오픈하면 34개예요."

민기의 샐러드 체인점은 대한민국에서 모르는 사람이 없을 정도로 유명했다. 서울에서 시작한 사업은 점차 반경을 넓혀가더니, 대전과 부산에도 진출했다. 민기는 슬그머니 올라가는 입꼬리를 내리기 위해 노력했다. 사람들 앞에서 부와 명예를 자랑하는 건 즐거운 일이었다. 스스로 떠들면 자기 자랑 같아서 민망한데, 주위에서 판을 깔아주면 마다할 이유가 없었다. 민기의 속마음을 읽기라도 한 듯, 준영은 여기서 멈추지 않았다.

"김민기가 이렇게 잘 될 줄 누가 알았냐. 지인 할인 있어? 우리 직원들이 다이어트하겠다고 샐러드 도시락을 시켜달래."

"에이. 여기 오신 분들이 어떤 분들인데 채소값을 깎습니까. 풀떼기 팔아서 얼마나 벌겠어요. 우리나라가 전 세계 명품 소비 1위 국가라는데, 형님이 더 많이 버셨겠죠."

이번에는 민기가 준영을 치켜세워줬다. 스타트업으로 시작한 준영의 회사는 어느새 유명 배우를 내세워 TV 광고를 진행할 정도로 자리 잡았다.

"나도 남는 거 없어~ 직원 월급주고, 복지 챙겨주면

손에 쥐는 건 얼마 안 돼. 다른 건 몰라도 내가 너희들은 합리적인 가격에 구해줄 테니까 명품은 꼭 나한테 사. 백화점 가지 말고."

"백화점을 왜 가요, 형님이 있는데."

"내가 얼마 전에 재호에게 시계 하나 좋은 거 구해줬잖아. 이번에 주식과 코인으로 재미 좀 봤다고 현금다발을 들고 와서 사더라."

준영은 고개를 두리번거리며 재호를 찾았다.

"잠깐. 박재호는 어디 갔어?"

객실에서 가장 마지막에 나온 민기가 마른침을 삼켰다. 재호는 지금 객실에서 도준의 시체를 감시하고 있다. 민기는 좁은 객실 안에서 시체와 단둘이 있기 무섭다는 재호를 뿌리치고 객실문을 닫고 나왔다.

"재호가 요즘 주식 선물 거래하잖아요. 아시죠, 선물은 잠깐만 안 봐도 청산당하는 거? 이번에 요트파티하면서 돈을 많이 썼는지, 그거 좀 보다가 오겠대요."

주식을 하지 않는 민기는 평소 재호가 했던 말을 적당히 조합해서 핑계를 댔다. 그러자 예지가 고개를 갸웃하며 물었다.

"지금 주식장 마감한 시간 아니야?"

“해외 주식이요. 해외 주식 선물 거래는 지금도 할 수 있잖아요.”

“하긴 명색이 주식 트레이더인데 국내 주식만 하진 않겠구나.”

예지가 고개를 끄덕이며 납득했다. 준영이 해주의 눈치를 보며 조용히 물었다.

“도준이는?”

의건이 혀로 아랫입술을 축였다. 거짓말을 하려면 입에 침이나 바르라는 옛말은 틀린 게 없었다. 그는 연기 실력이 뛰어난 배우였지만 긴장되는 건 매한가지였다.

“저희도 오랜만에 보는 거라 미리 만나서 간단히 술을 마셨거든요. 도준이가 컨디션이 안 좋았는지 금세 취하더니, 구토를 하기 시작하더라고요. 아까 간신히 잠들어서, 파티에 참여하지 못할 것 같아요.”

걱정과 다르게 아주 자연스러운 표정과 억양이었다. 예지가 카나페를 집어 들며 의문을 표했다.

“도준이 술 잘 마시지 않나? 너희는 이렇게 멀쩡한데 걔만 취했어?”

예지는 별생각 없이 던진 말이지만, 민기와 은수는 크게 당황했다. 다행이라면, 예지와 눈을 마주치고 있는 의건은 포커페이스를 유지하고 있었다.

“글쎄요. 몸이 안 좋다길래 그러면 술을 마시지 말라고 했는데 혼자서 빠르게 마시더라고요. 걔를 누가 말려요.”

“서도준이 남이 말린다고 그대로 따를 사람이 아니긴 하지. 오랜만에 얼굴 좀 보려고 했는데 아쉽네.”

예지가 고개를 끄덕이며 말했다. 이래서 사람은 평소 행실이 중요했다. 의건은 새삼 도준의 평판에 감사했다. 안하무인 재벌 3세, 그게 바로 도준이었다. 그는 마음먹은 건 무슨 일이 있어도 해야 했고, 하기 싫은 건 절대 하지 않았다. 그 누구도 도준이 객실에서 나오지 않는다고 뭐라고 하지 않았다. 무엇보다 이곳에는 해주가 있었다. 두 사람이 마주쳤다가 어떤 일이 일어날지 모르니 차라리 안 보는 게 편했다.

“그래도 여기에 누나, 형들도 있는데 얼굴 한 번 안 비추는 건… 서도준 그렇게 싸가지 없이 굴다가 땅을 치고 후회하는 날이 올 거야.”

준영이 팔꿈치로 예지의 옆구리를 쿡 찔렀다. 도준의 친구들 앞에서 그를 험담하지 말라는 행동이었다.

“아, 왜~ 서도준은 인성에 문제있어. 진짜 걔는 재벌

3세만 아니었어도…"

예지는 끝까지 도준을 욕하려고 했다.

"예지야."

결국 준영은 대놓고 예지에게 눈치를 줬다. 예지는 은수와 의건, 민기의 눈치를 보며 말했다.

"…재호는 도대체 언제 와? 오늘 같은 날도 주식을 보다니, 손님을 찬밥 취급하네."

예지는 엄한 재호를 걸고넘어졌다. 도준에게 뭐라고 하면 준영이 자꾸 눈치를 주니, 만만한 게 재호였다. 준영도 동의하며 말을 덧붙였다.

"그러니까. 내가 직접 런던에 가서 바잉해온 시계라서 자랑 좀 하려고 했는데. 여기서 재호가 제일 비싼 시계를 차고 왔을걸?"

준영이 주위를 둘러보며 말했다. 민기는 시계를 차지 않았고, 의건은 재호와 같은 브랜드의 저가 라인이었다. 그때, 조용히 있던 해주가 입을 열었다.

"은수 오빠. 시계가 참 예쁘네요."

해주의 칭찬에 사람들의 시선이 자연스레 은수에게 몰렸다. 그러나 은수는 자랑하기는커녕 손을 테이블 아래로 내렸다. 옆에 앉은 예지가 장난스럽게 그의 손목을 잡아 올렸다.

"뭐야, 어떤 시계길래?"

예지가 은수의 소매를 걷어 올리자 고급 명품 시계가 보였다. 준영의 눈이 휘둥그레졌다. 재호의 시계보다 훨씬 고가의 브랜드였다.

"와… 최은수가 조용히 강하네. 다른 애들은 입 다물고 있어야겠다. 은수는 손목에 외제차 한 대를 차고 다니네."

준영이 은수의 시계를 보며 감탄했다. 명품에 일가견이 있는 준영이 자세히 뜯어 봐도 가품이 아니었다.

"제 거는 아니고, 아버지 거예요."

은수가 테이블 아래로 손을 내리며 겸손을 떨었다. 해주는 턱을 괴고 그가 하는 행동의 일거수일투족을 지켜보며 말했다.

"저 시계, 국내에 딱 한 점만 들어왔잖아요."

조금 전까지만 해도 조용했던 해주가 물 만난 물고기처럼 행동했다. 준영은 시계에 일가견이 있어 보이는 해주를 보며 신기하게 생각했다.

"해주는 시계에 대해서 잘 알고 있네. 대부분 남자가 관심 두지, 여자들은 잘 모르던데 너는 어떻게 이렇게 잘 알아?"

"저도 시계는 잘 몰라요. 저 브랜드만 좀 아는 거예요."

해주가 은수의 얼굴을 똑바로 쳐다보며 또박또박 말했다. 묘하게 불편한 시선에 은수는 온몸의 솜털이 삐쭉 서는 걸 느꼈다. 예지가 눈치 없이 은수의 손을 잡아 테이블 위로 올렸다.

"시계를 왜 이렇게 가려? 혹시… 가품이야?"

예지가 은수의 손을 눈앞까지 끌고 와서 꼼꼼하게 살폈다. 돈이 많다고 모두 진품만 사는 게 아니었다. 오히려 교묘하게 가품과 섞어 쓰는 경우가 많았다. 브랜드의 스펠링이 틀리지 않는 이상 아무도 의심하지 않았다. 쥐꼬리만 한 월급을 받는 직장인이 매일 다른 명품을 들고 다니면 의심을 받지만, 있는 건 돈뿐인 사람들은 가품을 들어도 진품일 거라고 믿었다.

"그럴 리가요. 아버지의 시계인데…"

은수는 절대 가품이 아니라고 부인했다. 준영도 한마디 거들려고 하는데, 해주가 먼저 입을 열었다.

"가품 아니에요. 여기서 봐도 진품인데요."

해주가 차분하게 말했다. 그는 아무렇지 않은 것 같으

면서도, 질투하는 것 같았고, 화가 나보이기도 했다.

"잘 어울려요."

해주가 싱긋 웃으며 말했다. 은수는 본능적으로 두려움을 느꼈다. 이상하게 입술이 떨어지지 않아, 대답할 타이밍을 놓치고 말았다. 해주는 와인을 마시며 은수의 손목에서 시선을 떼지 않았다. 진득한 시선이 불편한 은수는 손을 테이블 아래로 내렸다. 그러나 해주의 시선은 여전히 그를 향해있었다.

"오랜만에 얼굴 보니 좋네요."

의건이 화제를 전환하기 위해 입을 열었다. 해주만 끼어들면 분위기가 흐려져서 난감했다. 준영이 과일을 집어 먹으며 동조했다.

"의건이가 요즘 워낙 바빠서 못 올 줄 알았거든. 시간 내줘서 고마워."

"에이, 아무리 바빠도 우리 형, 누나, 동생들 보러 당연히 와야죠. 제가 바쁘다는 핑계로 평소에 잘 챙기지도 못해서 죄송할 뿐인걸요."

"우리 의건이는 어쩜 이렇게 말도 예쁘게 하니?"

예지가 애정이 듬뿍 묻어나는 목소리로 의건을 칭찬했다. 묘하게 가라앉았던 분위기가 다시 화기애애해졌다. 의건과 민기, 은수의 시선이 허공에서 마주쳤다. 그들은 티 나지 않게 해주를 의식했다. 불청객의 등장은 위기가 아닌 기회였다. 도준이 해주를 피하고자 객실에서 나오지 않는다고 생각할 수 있다. 파티에 초대받은 사람들은 도준에게 관심이 많지만, 해주가 자극받을까 봐 암묵적으로 말을 아꼈다. 우려했던 것과 달리 상황이 무탈하게 흘러가고 있었다. 이대로 아무 문제 없이 파티를 마칠 수 있겠다는 자신감마저 붙었다. 불안감이 가시고, 얼굴 가득 미소를 띤 민기가 와인을 채운 잔을 들고 일어나며 말했다.

"자, 다 모였으니 건배할까요?"

"…다 모인 건 아닌데."

해주가 말을 덧붙였으나 모두 못 들은 척하고 술잔을 들었다.

"연말에 모이니 송년회 분위기도 나서 좋네요. 신년회는 더 좋은 곳에서 하죠."

술잔이 부딪치고, 즐거운 파티가 시작됐다.

3 남자들의 일그러진 우정

의자에 앉은 재호의 고개가 천천히 뒤로 젖혀졌다. 혼자 남겨진 그는 공포심을 이겨내기 위해 다시 마약에 손을 댔다. 약기운이 오르자 방안에 시체가 있다는 무서움은 사라지고, 마음에 안정이 찾아왔다. 가라앉았던 기분도 두둥실 떠오르기 시작했다. 고개를 뒤로 젖힌 재호는 뒤집힌 세상을 보며 낄낄거렸다. 180도 뒤집힌 세상, 날뛰는 감정, 친구의 죽음. 모든 게 이상했다.

"사람 죽는 거 참 쉬워, 그렇지?"

재호가 동의를 구하듯 말을 내뱉었다. 죽은 도준은 대답이 없었다. 재호는 그가 무시했다는 생각이 들어 기분이 나빠졌다. 은근히 주위 사람을 깔보던 도준은 특히 재호를 더 무시했다. 아무리 친해도 한 번도 싸우지 않는 친구는 없다. 재호는 의건, 은수, 민기와 싸운 적이 있지만, 도준과는 그러지 못했다. 엄연히 서열이 달랐기 때문이다. '압구정 호랑이'는 동아리가 아니라서 리더나 장이 없다. 그러나 모임을 주도하는 건 언제나 도준이었다. 서열의 우두머리가 도준이라면 밑바닥은 재호였다. 카지노 호텔 회장의 손자인 도준은 말 그대로 로열패밀리였다. 의건의 할아버지와 아버지는 정치계를 주름잡고 있는 거물 국회의원이었고, 은수의 부모님도 작긴 하지만 자본이 탄탄한 공장을 운영했다. 민기의 부모님은 연구원으로 대통령상까지 받은 엘리트 집안이었다. 그에 비해 재호의 부모는 대기업에 다니는 회사원이었다. 재호는 부모를 존경했지만, 친구들 사이에 있으면 기가 죽었다. 그들에게 대기업 직장인 연봉 1억은 해외 여행 경비로 탕진할 정도로 적은 돈이었다.

마약에 취한 걸까, 아니면 술기운을 이기지 못한 것일까. 아니면 둘 다 일 수도 있다. 재호는 도준에게 복잡한 감정이 들기 시작했다. 질투로 시작한 감정은 이내 분노로 변했고, 마침내 마음속 깊은 곳에 눌러 담았던 열등감이 폭발했다. 도준이 은연중에 자신을 무시했던 걸 떠올리자 가만히 있을 수 없었다. 재호는 자리에서 벌떡 일어나 침대 위에 눕힌 도준의 멱살을 잡아 일으켜 세웠다.

"서도준… 네가 그렇게 잘났어?"

재호는 축 처진 도준의 몸을 바닥에 내팽개쳤다. 시체는 반항도 못하고 우습게 널브러졌다. 그 모습을 본 재호는 희열을 느꼈다. 고귀하고 자기 잘난 줄만 아는 도준이 이런 모욕을 당하고도 가만히 있다니.

"이 새끼 존나 웃기네… 왜 가만히 있어?"

재호는 발끝으로 도준의 뺨을 톡톡 건드렸다. 그의 입꼬리가 길게 올라갔다. 자신의 발아래 있는 서도준의 모습을 보게 될 줄이야! 가슴이 두근두근 뛰었다.

"네가 이렇게 될 거라고 생각해본 적도 없는데…"

재호의 머릿속에 도준과 있었던 일이 떠올랐다. 그 '일'로 인해 재호는 도준의 눈치를 보며 머리를 숙여야 했다. 그동안 서열이 낮다고 도준이 대놓고 면박을 준 적은 없었다. 은근한 괄시만 있었을 뿐이다. 그러나 그 일이 벌어진 후로 도준은 재호를 협박해서 돈을 뜯어냈다. 친구라면 절대 할 수 있는 행동이 아니었다.

"네가 인간이냐?"

재호는 화가 치밀었다. 몸을 부들부들 떨다가 화를 참지 못하고 도준의 몸을 발로 짓밟았다. 오랫동안 참았던 만큼 쌓인 게 많았다. 도준의 수트 위에 재호의 발자국이 새겨졌다.

"하하. 야, 서도준. 지금 네 꼴이 어떤 줄 알아? 아주 보기 좋아!"

재호는 발길질을 멈추지 않았다. 성인 남성의 힘을 실은 발길질의 위력은 대단했다. 도준의 팔과 다리가 부러지며 기괴하게 뒤틀렸다. 더 처참한 모습으로 망가트리고 싶었다. 친구에게 협박이나 하던 놈의 마지막 가는 길은 추할수록 좋았다.

"어때? 죽어서 이렇게 처맞을 줄 몰랐지?"

재호는 객실 문이 열리는 소리도 듣지 못하고 발길질을 했다. 문을 열고 들어온 의건과 은수는 그 모습을 보고 깜짝 놀랐다.

"박재호, 뭐 하는 짓이야?"

의건이 재호를 뒤에서 끌어안으며 말렸다. 재호의 발길질은 멈추지 않고 허공을 갈랐다. 바닥에 쓰러진 도준의 시체를 본 은수가 손으로 입을 틀어막았다. 부러져

꺾인 팔과 다리는 맨정신으로 보기 어려웠다. 재호는 아직도 화가 풀리지 않았다는 듯이 씩씩거리며 도준을 노려봤다.

"이거 놔!"

"너 도대체 왜 그래?"

의건이 날뛰는 재호의 멱살을 거칠게 잡았다. 혼자 있을 재호가 걱정되어 객실에 왔더니 생각하지도 못한 광경을 목격했다. 시체에 발길질하는 미친놈이 있을 줄이야.

"너… 또 약했어?"

"약? 약은 우리 모두 했잖아."

재호가 한쪽 입꼬리를 올리며 비웃었다. 의건이 악문 잇새로 화를 억누르며 말했다.

"우리가 나간 후에 또 했냐고 묻는 거잖아."

"그건 왜? 내가 제정신이 아닌 것 같아서 그래? 나 멀쩡해."

의건은 깐족거리는 재호의 얼굴에 주먹을 꽂아버리고 싶은 충동을 간신히 억눌렀다. 가까스로 정신을 차린 은수가 두 사람에게 다가왔다.

"박재호. 어떻게 죽은 친구의 시체를… 훼손할 수가

있어?”

“친구? 친구우? 최은수. 말은 바로 하자. 우리가 서도준의 친구였던 적이 있었냐? 똘마니였지.”

친구라는 단어에 발작 버튼이 눌린 재호가 눈을 희번덕이며 말했다. 무서운 기세에 눌린 은수는 한 발짝 뒤로 물러섰다. 의건은 재호가 더 이상 은수에게 다가갈 수 없도록 팔뚝을 잡아 세웠다.

“일단 좀 진정해. 도대체 왜 이런 거야?”

의건은 이해할 수 없었다. 이미 죽은 시체를 발로 밟다니, 도대체 무슨 생각으로 이런 행동을 한 건지 궁금했다.

“너희는… 몰라. 이 새끼가 나한테 무슨 짓을 했는지!”

재호가 분하다는 듯이 소리쳤다. 의건과 은수의 시선이 마주쳤다. 둘 사이에 다른 사람들은 모르는 일이 있었다. 이미 죽은 도준을 짓밟을 정도로 큰 사건이 말이다. 은수는 도준과 재호를 번갈아 보며 제멋대로 추측했다. 한 번 시작된 상상은 가지를 뻗어나갔고, 이내 결론을 냈다.

“박재호… 혹시 서도준을 일부러 죽인 거야?”

"…뭐?"

은수의 말에 재호가 얼빠진 소리를 냈다.

"두 사람 사이에 무슨 일이 있었는지 모르겠지만… 시체를 짓밟을 만큼 사이가 안 좋았던 거잖아."

"내가 서도준에게 악감정이 있는 건 맞는데 도대체 무슨 인과관계로 그런 말을 하는 거야?"

"갑자기 요트파티를 하겠다며 우리를 초대하고, 마약을 권했지. 일부러 서도준을 죽이기 위해 판을 짠 거 아니야? 다 같이 마약을 했는데 서도준만 죽었잖아."

은수의 주장에 재호가 거칠게 머리를 쓸어 넘겼다.

"말이 되는 소리를 해. 우리 오랫동안 못 만났잖아. 너희가 보고 싶어서 부른 것뿐이야. 마약도 우리 같이 했잖아. 이거, 되게 구하기 어려운 거야. 좋은 거 구해서 너희와 함께하겠다고 나눈 건데 이런 모함까지 들어야 해?"

"네 입으로 말했잖아. 서도준이 너에게 무슨 짓을 했다고. 그 일 때문에 시체까지 짓밟을 정도라면, 충분히 죽일 수도 있다고 생각해."

재호는 억울했다. 은수의 논리는 짜증 날 정도로 그럴싸했다. 의건도 재호를 바라보는 눈빛이 달라졌다. 재호는 자신의 결백함을 증명해야 했다. 결국 숨겨둔 이야기를 하는 수밖에 없었다.

"나 서도준에게 협박받았어."

재호의 입에서 나온 말은 의건과 은수를 깜짝 놀라게 하기 충분했다. 협박이라니, 친구 사이에 어울리지 않는 단어였다. 협박을 당했다는 건 약점을 잡혔다는 말이었다.

"협박이라니… 그래서 홧김에 서도준을 죽인 거야?"

의건은 재호가 도준을 죽였다고 확신에 차서 물었다. 은수도 자신의 추리가 망상이 아니라고 생각했다. 그러나 재호는 당황하지 않았다. 오히려 은수를 보며 이죽거렸다.

"서도준과 무슨 일이 있었던 게… 과연 나뿐일까?"

"그게… 무슨 소리야?"

은수의 눈동자가 흔들렸다. 그걸 놓칠 재호가 아니었다.

"최은수. 너야말로 서도준과 무슨 일이 있었던 거야?"

"갑자기 왜 나를 물고 늘어지는 거야? 나는 서도준과 아무 일도 없었어."

은수는 떨리는 손을 감추기 위해 뒷짐을 졌다. 눈을 마주치지 못하고 바닥만 보는 모습은 무언가 숨기는 게 있어 보였다. 재호는 시치미 떼는 은수를 비웃으며 말했다.

"왜 서도준이 너에게 매달 돈을 보내줬을까? 그것도 500만 원씩 말이야."

의건이 눈을 크게 뜨고 은수를 쳐다봤다. 은수의 하얀 얼굴이 더욱 하얗게 질렸다. 사시나무 떨듯이 몸을 덜덜 떨었다. 재호가 거짓말을 한 게 아니라고 온몸으로 보여주는 셈이었다. 의건은 은수가 도준에게 매달 돈을 받고 있다는 걸 전혀 몰랐다. 두 사람은 다른 친구들에게는 말하지 않는 고민이나 걱정을 털어놓는 돈독한 사이였다. 의건은 생각지도 못한 재호의 폭로에 충격을 받았다.

"최은수. 이게 무슨 소리야? 너 서도준에게 돈을 받았어?"

의건이 날카롭게 물었다. 은수의 행동으로 봐서 절대 좋은 의미의 돈거래는 아니었다. 의건에게 말하지 못하는 모종의 사건이 두 사람 사이에 있던 게 분명했다.

"아, 아니. 나는 받은 적 없어."

은수는 고개를 저으며 도준에게 돈을 받았다는 걸 부인했다. 그냥 넘어갈 재호가 아니었다.

"내가 이걸 어떻게 아는지 알아? 너에게 돈을 보내준 사람이 바로 나였거든."

"뭐? 네, 네가 왜?"

은수의 반응은 재호의 예상을 빗나가지 않았다. 재호는 무덤까지 가져가겠다고 다짐한 비밀을 이런 식으로 털어놓게 될지 몰랐다. 어차피 이렇게 된 거, 그동안 이상하다고 생각한 것까지 물어볼 생각이었다. 재호는 크게 숨을 들이마시며 입을 열었다.

"나에겐 입막음비였어. 서도준이 알려준 계좌의 수취인이 네 이름이더라고. 송금할 때 이름은 서도준으로 수정하라고 했어. 이상했지만 물어볼 수 없었지. 나는 서도준의 말을 거역할 수 없었거든."

"입막음비? 이게 다 무슨 소리야… 너는 도대체 무슨 짓을 저질러서 서도준에게 협박당한 거야?"

이 상황이 제일 이해가 안 되는 건 의견이었다. 재호가 한쪽 입꼬리를 길게 올리며 말했다.

"내가 먼저 이야기할 테니까, 최은수 너도 한치의 거짓 없이 모두 이야기해."

* * *

2년 전.

“내가 고속도로 타자고 했지?”

미간을 한껏 찌푸린 도준이 볼멘소리를 냈다. 승차감 좋은 외제차도 비포장도로 위에서는 소용없었다. 정신없이 흔들리는 차로 인해 멀미까지 났다. 운전대를 잡은 재호는 조수석에 앉은 도준의 눈치를 살폈다. 그의 상한 기분을 풀기 위해 노력했다.

“이게 낭만이지. 삭막한 고층 빌딩만 보다가 시골 경치를 보니까 얼마나 좋냐?”

“경치를 보고 싶으면 스위스에 가. 이 조그마한 땅덩어리에 볼 게 뭐가 있다고…”

도준이 창밖의 풍경을 보며 말했다. 추수를 앞둔 들판은 황금빛으로 물들었다. 좁고 울퉁불퉁한 시골길을 달리는 고급 외제차가 이질적이었다. 재호가 도준의 기분을 살피기 위해 고개를 돌리는 순간, 무선충전기에 거치한 핸드폰에 주식앱 알람 메시지가 떴다.

[한국증권] 한국전기전자/09:00 기준/목표가 10만 원에 도달했습니다

"와! 드디어 십만 원이 됐구나!"

알람 메시지를 확인한 재호가 환호했다. 5만 원일 때부터 사 모았던 주식이 드디어 목표가에 진입했다. 그때 창밖을 보던 도준이 고개를 돌리다가 깜짝 놀라 소리쳤다.

"야, 야! 앞을 봐!"

"왜, 무슨… 으악!"

끼이익, 쿵! 재호가 급하게 브레이크를 밟았지만 너무 늦었다. 사람을 치고 말았다. 차는 멈췄으나 재호는 핸들에 박은 고개를 들지 못했다.

"쳐, 쳤지?"

"시발! 당연히 쳤지. 지금 소리 못 들었어? 너는 운전 중에 왜 한눈을 팔아서…!"

도준이 화를 내며 소리쳤다. 핸들을 쥐고 있는 재호의 손이 떨렸다.

"어, 어떻게 하지…"

"뭘 어떡해! 일단 내려서 상태부터 확인해. 보험 들어놨을 거 아냐."

도준이 차 문을 열고 내려 프런트 범퍼를 확인했다. 움푹 들어간 범퍼만 봐도 가벼운 사고는 아니다. 재호가 사지를 떨면서 운전석에서 내렸다. 그는 가만히 서 있는 것도 버거워 보였다.

"어, 어디 있어?"

"뭐가?"

"사, 사람…"

"아까 논밭으로 날아가던데."

도준이 턱 끝으로 벼가 심어진 논을 가리켰다. 그의 말을 들은 재호는 머리를 감싸쥐고 주저앉았다.

"나, 날아갔다고?"

도준은 재호를 한심한 눈빛으로 내려다봤다. 운전 하나도 제대로 못 해서 사람을 치고 이런 상황을 만든 게 짜증 났다. 패닉에 빠진 재호와 달리 도준은 차분했다. 교통사고는 그와 전혀 관계없는 일이기 때문이다. 운전대를 잡은 것도 재호, 사람을 친 것도 재호다. 도준은 빨리 상황을 정리하고, 운전기사를 불러 집에 가고 싶은 마음뿐이었다.

"아래로 내려가 보자."

도준이 앞장서서 논두렁 아래로 내려갔다. 재호는 굳어서 뻣뻣한 다리에 힘을 줘 간신히 그를 따라갔다. 벼를 손으로 젖히며 피해자를 적극적으로 찾는 도준과 달리 재호는 고개를 들지 못하고 벌벌 떨고만 있었다. 도준은 촘촘하게 심어진 벼가 유독 쓰러진 곳을 발견하고 다가갔다. 그곳엔 그들이 찾던 피해자가 있었다.

"아…"

피해자를 발견한 도준이 낮게 탄식했다. 피해자의 얼굴은 하늘을 향해있었지만, 가슴은 땅에 맞닿아있었다. 목이 180도 돌아가 있었다. 의학지식이 없는 사람이 봐도 절대 살아있다고 생각할 수 없는 모습이었다.

"박재호. 너 좆됐어."

"주, 죽었어?"

재호가 울먹이는 목소리로 말했다. 도준은 턱 끝으로 피해자가 누워있는 논을 가리켰다.

"네 눈으로 확인해."

"장난, 장난치는 거 아니야? 진짜야?"

도준은 재호의 말에 대답하지 않았다. 얼굴에는 짜증이 역력했다. 재호는 그의 눈치를 살피며 다가갔다.

"으, 으악!!"

피해자를 확인한 재호가 그대로 뒤로 나자빠졌다. 축축한 진흙에 바지가 젖어 들어갔지만 신경쓸 틈이 없었다. 도준은 피해자와 재호를 번갈아 쳐다봤다. 차가운 도준의 눈동자는 동정이나 연민은 조금도 담겨있지 않았다. 그는 긴 다리로 우아하게 논두렁을 올라갔다.

"야, 빨리 올라와. 신고해야지."

그제야 정신을 차린 재호가 차도로 올라왔다. 도준은 인상을 잔뜩 찌푸린 채 구두에 묻은 진흙을 휴지로 닦고 있었다. 그는 진흙으로 엉망진창이 된 재호를 불결하게 쳐다봤다.

"시간 없어. 빨리 전화해."

"해, 핸드폰은 차 안에 있어…"

"그럼 차에 타서 신고하면 되겠네."

도준이 재호를 지나쳐 조수석에 탔다. 재호는 그를 따라 차에 타지 않고, 생각에 빠졌다. 그걸 가만히 보고 있을 도준이 아니었다. 그는 열린 창문 사이로 고개를 내밀고 소리쳤다.

"빨리 안 타고 뭐해?"

그의 말에 재호가 빠른 걸음으로 차에 다가와 운전

석 문을 열었다. 도준이 차 안에 있던 물티슈를 내밀었으나, 재호는 곧바로 시트에 앉아버렸다. 물티슈를 들고 있던 도준은 찝찝한 표정으로 재호가 앉은 시트를 쳐다봤다. 진흙이 잔뜩 묻은 바지를 보고 그대로 눈을 돌렸다. 어차피 도준의 차도 아니니까 신경 쓸 필요가 없었다. 재호는 넋이 나간 채로 물었다.

"…죽은 거… 맞지?"

"그렇게 됐는데 살아있으면 그것도 문제 아니냐."

"처벌… 받겠지?"

"그건 경찰서 가봐야 알지. 내가 경찰이나 변호사도 아니고 어떻게 알아."

노심초사하는 재호와 달리 도준이 심드렁하게 말했다. 재호는 떨리는 손으로 핸드폰을 쥐고 키패드에 119를 입력했다. 그러나 그는 통화 버튼을 누르는 대신, 엑셀을 밟는 걸 선택했다. 갑작스럽게 차가 출발하자 깜짝 놀란 도준이 재호를 쳐다봤다. 재호가 그의 시선을 느끼지 못했을 리 없지만 고개를 돌리지 않았다.

"너 뭐 하는 거야?"

"그냥 가자."

"너 이거 뺑소니야. 범죄라고."

"한 번만 그냥 넘어가 줘. 여기 CCTV도 없고, 목격자도 없잖아. 두메산골에서 일어난 차 사고라고. 아무한테도 들키지 않을 수 있어."

재호는 간절한 목소리로 빌었다. 인적이 드문 시골에서 일어난 사고였다. 외지인의 뺑소니라면 들키지 않을 확률이 높았다. 갑자기 도준이 크게 웃었다. 그의 알 수 없는 행동에 앞만 보고 운전을 하던 재호가 고개를 돌려 쳐다봤다. 도준은 재호와 눈을 마주치며 말했다.

"목격자가 없는 건 아니지."

"…뭐?"

"나도 목격자야."

끼익. 재호가 브레이크를 밟았다. 안전벨트를 하지 않은 도준의 몸이 그대로 앞으로 쏠려 대시보드에 부딪혔다.

"아씨! 이 새끼가 운전을 개좆같이 하네."

"그, 그게 무슨 소리야."

"귀 막혔어? 운전 개좆같이 한다는 게 무슨 말인지 몰라?"

도준이 멸시하는 눈빛으로 재호를 쳐다봤다. 당황한 재호가 시선을 피하며 물었다.

"그거 말고… 그 전에…"

"그 전에? 아… 목격자라는 말? 말 그대로지. 네가 목격자가 없다고 이야기했잖아."

"우리 같이 차를 타고 가던 중이었잖아…"

"근데? 운전대를 잡고 사람을 친 건 너야. 나는 조수석에 앉아있을 뿐이었고."

"그래도… 우리 친구잖아?"

재호가 얼빠진 얼굴로 말했다. 그 말을 들은 도준의 얼굴에 비웃음이 떠올랐다.

"너는 가해자이고, 나는 목격자야. 네 실수로 사람을 죽인 건데 그게 친구인 거와 무슨 상관이지?"

도준은 입바른 소리를 했다. 그렇지만 재호는 친구끼리 너무하다는 생각이 들었다. 도준은 룸미러 뒤에 설치된 블랙박스의 USB를 꺼내 재킷 주머니에 넣었다. 재호는 그가 하는 행동을 멍하니 쳐다보고 있었다.

"내가 입을 다물어주면 너는 뭘 해줄 수 있는데?"

재호는 도준이 블랙박스 USB를 뺀 이유를 알아챘다. 증거물을 챙겨 협박하기 위함이었다. 도준은 장난기 하나 없이 진지한 얼굴이었다. 상황 파악을 마친 재호는 모든 걸 내려놓았다. 도준은 원하는 걸 주지 않으면 경찰에 신고하겠다는 의지를 선명히 드러냈다.

"바라는 게 뭔데?"

"…돈?"

도준의 입에서 나온 '돈'이라는 단어에 재호는 어이없었다. 다른 사람도 아니고, 재벌 3세의 입에서 나온 게 돈이라니. 있는 사람이 더 무섭다고, 이 상황과 딱 맞는 말이었다.

"돈? 너 돈 많잖아."

"돈은 많으면 많을수록 좋은 거 모르냐?"

도준은 절대 이런 장난을 치는 성격이 아니다. 재호는 쓸데없는 입씨름을 하지 않고 본론으로 넘어갔다.

"…얼마나 필요해?"

"어. 한 오백 정도?"

"오백?"

고작 500만 원이라니. 재호는 생각보다 적은 금액에 가슴을 쓸어내렸다. 그러나 도준은 안도하는 재호를 비웃기라도 하듯이 말을 덧붙였다.

"매달."

재호의 눈이 커졌다. 매달 500만 원이면, 1년이면 무려 6000만 원이었다. 주식 트레이더인 재호가 버는 돈을 연봉으로 치환하자면 몇억이 되지만, 1년에 6000만 원은 결코 적지 않았다. 그는 실낱같은 희망을 버리지 않고 물었다.

"…어, 언제까지? 1년? 아니면 2년?"

"아니. 평생이지."

도준이 부드럽게 웃으며 말했다. 다른 사람이 본다면 협박하는 사람의 표정이라고 생각하지 못할 정도로 근사한 미소였다. 재호에겐 선택권이 없었다. 그들의 기한 없는 돈거래가 시작됐다.

* * *

재호의 이야기를 들은 의건과 은수는 할 말을 잃었다. 뺑소니를 친 재호나 협박해서 돈을 뜯어낸 도준이나 도긴개긴이었다. 둘 사이에 이런 비밀을 가지고 있을 줄 상상도 하지 못했다.

"내가 잘못한 건 맞아. 그런데 서도준의 태도도 정상은 아니잖아? 차라리 경찰서에 가서 자수하라고 했으면 이해라도 하겠어. 협박해서 돈을 뜯어내는 놈이야. 아주 쓰레기라고."

재호가 화를 참지 못하고 몸을 부들부들 떨었다.

"최은수. 이젠 네가 말할 차례야. 도대체 무슨 이유로 서도준에게 돈을 받았지?"

재호는 곧바로 은수를 몰아갔다. 매서운 기세에 은수는 뒤로 물러서며 말했다.

"나, 나는 죄를 짓지 않았어. 너와 상황이 다르다고."

은수의 말에 재호가 한쪽 입꼬리를 올리며 소리 내 웃었다.

"나도 네가 한 것처럼 추리를 한 번 해볼까?"

재호는 의자에 앉아 다리를 꼬았다. 그리고 은수의 머리부터 발끝까지 훑어보았다. 명백히 불쾌한 의도를 담은 시선이었다.

"서도준, 양성애자잖아."

"…근데? 지금 그 이야기가 왜 나와?"

재호의 말에 은수가 즉각 반박했다. 그가 어떤 이야기를 할지 눈치챈 것이다. 도준이 양성애자라는 사실은 '압구정 호랑이'는 모두 아는 사실이었다. 양성애자라고 해서 여자와 남자를 똑같은 비율로 만나진 않는다. 도준의 전 애인은 여자가 압도적으로 많았다. 스쳐 지나가듯이 만난 남자는 극소수였다. 도준은 종종 여자친구를 소개해줬지만 남자친구는 언급도 하지 않았다. 그래서 그들은 도준이 양성애자라고 크게 인식하지 않았다.

"우리가 서도준의 남자친구는 본 적이 없어도, 여자친구는 몇 번 본 적 있지."

"하고 싶은 이야기가 뭐야? 본론만 이야기해."

은수가 재촉하자 재호는 조용히 미소 지었다.

"최은수가 은근히 서도준의 전 여자친구들과 닮았더라고. 서도준이 고양이를 키워서 그런가, 고양이상에 미쳐있잖아. 최은수 얼굴도 반반하니, 그럴싸하잖아?"

"미친 소리 작작 해! 나는 이성애자야. 내가 사귀었던 미혜, 소현이… 다 잊었어?"

은수가 끔찍하다는 듯이 소리쳤다. 게이나 바이에 대한 혐오가 아니라, 친구 사이일 뿐인데 깊은 관계로 오해하는 게 싫었다. 다른 사람도 아닌 도준이라면 더욱더.

"그러니까 서도준에게 왜 돈을 받았는지 말하라니까? 아니면 나는 네가 뒤에서 붙어먹은 대가로 용돈을 받았다고 생각할 수밖에 없어."

"아니야, 아니라고! 그건 절대 아니야."

은수가 고개를 좌우로 흔들었다. 애처로울 정도로 절박한 모습에 의건이 중재하고 나섰다.

"그래, 박재호. 막장 소설은 그만 쓰자. 막말로 은수가 도준이와 사귀면 그걸 왜 숨기겠어? 도준이가 바이 아니, 게이라고 해도 누가 감히 뭐라고 하겠냐. 안 그래?"

동성애자에 대해 색안경을 끼거나 더 나아가 혐오감을 가지는 편협한 생각을 하는 사람은 생각보다 많다. 아웃팅 당한 게이나 레즈비언을 괴롭히는 사람들은 흔했다. 사람이란 참 간사해서 상대방을 봐가면서 행동한다. 자신보다 약하거나 만만한 사람은 괴롭힐 수 있지만, 강한 자 앞에서는 꼬리를 내린다. 서도준이 안하무인일 수 있는 건, 가지고 있는 게 너무 많았기 때문이다. 도준이 바이, 혹은 게이라도 해도 그 누구도 말을 얹을 수 없었다. 오히려 그가 바이라는 게 소문나면 콩고물이라도 주워먹고 싶어 들어붙을 남자들이 한 트럭이었다.

"내가 오해를 한 거라면 최은수가 진실을 말하면 돼. 네가 입을 다물면 아무것도 해결되지 않아." 재호는 그동안 궁금해하던 사건의 진실을 알고 싶었다. 두 사람 사이에서 의건은 크게 한숨을 내쉬었다. 어쩌다 보니 불똥이 은수에게까지 튀었다. 해명하지 않으면 재호는 계속 공격할 것이다. 결국 의건은 은수를 설득했다.

"은수야. 재호가 지금 단단히 오해하는 것 같은데… 해명해 줄 수 있겠어? 서도준이 왜 너한테 돈을 준 건지."

사실 의건도 궁금했다. 두 사람 사이에 무슨 일이 있었길래 한 달에 500만 원이나 되는 돈을 입금한 것일까? 돈 마다하는 사람은 없다지만, 부유한 집에서 자란 은수가 왜 도준에게 돈을 받아야 했을까? 은수가 해명하지 않으면 이 의문은 해결되지 않는다. 다른 사람에게 절대 알리고 싶지 않은 비밀이었지만 오해가 쌓여가니 무작정 숨길 수 없었다. 결국 은수는 입을 열기로 마음먹었다.

"…미리 말해두자면, 나는 피해자야."

은수의 목소리가 떨렸다. 의건과 재호의 시선이 그에게 향했다.

"진짜 이야기하고 싶지 않았는데… 그게 어떻게 된 일이냐면…"

* * *

은수의 아버지는 자동차 부품 공장을 운영했다. 큰

공장은 아니었지만 여러 대기업에 납품 계약을 체결하며 안정적으로 사업을 키워나갔다. 자수성가한 그의 아버지는 하나뿐인 아들만큼은 부족함 없이 키우고자 했다. 덕분에 은수는 어려서부터 부유하게 자랐다. 압구정의 명문 고등학교에 입학한 은수는 그곳에서 도준과 친해졌다. 도준의 일가가 운영하는 계열사 중 한 곳은 은수의 아버지가 자동차 부품을 납품하는 기업이었다. 은수가 이 사실을 알게 된 건, 도준이 먼저 말해줬기 때문이다. 꼬아서 들으면 알아서 잘하라고 눈치 준 것이라고 생각할 수도 있지만 그렇지 않았다. 도준이 먼저 부모님께 인사를 드리겠다고 찾아왔기 때문이다. 은수의 부모님도 도준을 싫어할 리 없었다. 오히려 은수에게 용돈을 주며 맛있는 것도 사주고 친하게 지내라고 했다. 도준은 은수의 집에 드나들며 가족들과도 친하게 지냈다. 그때까지만 해도 두 사람의 사이는 괜찮았다.

불행은 어느날 갑자기 찾아왔다. 은수는 3년 전 그날을 선명히 기억했다. 도준의 개인적인 일을 돕고 그의 차를 얻어 타고 집에 도착했다. 차에서 내린 은수가 부모님과 함께 사는 단독주택의 대문을 여는데, 도준이 따라 들어왔다.

"왜?"

"화장실 좀 쓸게."

두 사람은 대문안으로 들어가 앞마당을 거쳐 현관문 앞에 섰다. 은수가 도어락 키패드에 비밀번호를 터치하고 문을 열자, 엉망이 된 현관 신발장이 보였다.

"어…?"

은수는 신발이 반듯하게 놓여있는 평소 신발장과 다른 모습에 이질감을 느꼈다. 닫혀있는 중문도 반쯤 열려있고 바닥에는 더러운 발자국이 찍혀있었다. 은수가 불안한 눈빛으로 도준의 얼굴을 바라봤다. 도준 역시 심상치 않은 분위기를 감지했다.

"도둑들은 거 아니겠지?"

은수가 신발을 벗지도 못하고 집 안으로 들어갔다. 그의 눈에 붉은 종이가 붙은 가구가 보였다. 압류당한 물건을 표시하는 '빨간딱지'였다. 대형 벽걸이 TV에도, 이태리 명품 소파에도, 와인 냉장고에도, 돈이 될 만한 가구에는 모두 붙어있었다. 뒤따라 들어온 도준이 압류물 표시 종이를 떼어내 문구를 읽었다.

"이 압류물을 처분하거나 이 표시를 파손하는 자는 형법 제140조에 의거 5년 이하의 형벌을 받게 됩니다…"

은수는 현실을 부정했다. 드라마나 영화에서나 보던 장면이었다. 압류물 표기 종이를 읽은 도준이 중얼거렸다.

"나 이거 뜯었는데 감방 가나?"

이런 상황에서 할 법한 말이 아니었다. 큰 충격을 받은 은수는 도준의 목소리가 들리지 않았다. 떨리는 손으로 핸드폰을 꺼내 아버지에게 연락했으나 받지 않았다. 어머니에게 전화해도 마찬가지였다.

"어떻… 어떻게 해야 하지?"

어느 누구라도 집에 압류물 표시 종이가 붙으면 패닉 상태에 빠질 것이다. 고생 한 번 해보지 않은 부잣집 도련님은 더욱 그랬다. 집안을 둘러본 도준이 혀를 찼다. 눈치가 없는 사람이라고 해도 집안 꼴을 보면 무슨 일이 일어난 것인지 알아챌 것이다. 그때 은수의 핸드폰이 진동했다. 아버지에게 온 연락이라는 걸 알고 급하게 전화를 받았다.

"네, 아버지."

은수는 한동안 전화기를 붙들고 "네."라고 대답했다. 그의 목소리는 점점 작아지고, 표정은 침울해졌다. 한 번도 생각해 보지 못한 최악의 시나리오가 펼쳐졌다.

그날 이후, 은수는 무척 바빴다. 아버지의 공장이 경매로 넘어갔고, 수많은 직원은 하루아침에 실업자가 됐다. 그의 가족은 넓은 단독주택에서 좁은 다세대 빌라의 반지하로 이사 갔다. 아버지는 택배 물류센터에서 일하며 밤에는 대리운전을 했다. 전업주부로 한 번도 일을 해본 적이 없었던 어머니는 마트 캐셔로 일했다. 대학원생인 은수가 할 수 있는 거라곤 타고 다니던 외제차를 팔고 대중교통을 이용하는 것뿐이었다. 아르바이트라도 하겠다고 했으나 부모님은 아무 생각하지 말고 공부만 열심히 하라고 했다. 부모님이 힘들게 번 돈은 고스란히 은수의 대학원 학비로 들어갔다.

집안이 망한 게 죄는 아니지만 자존심이 상해 아무한테도 말하지 않았다. '압구정 호랑이'의 단체메시지창은 읽고 무시했고 전화가 와도 핑계를 대며 끊거나 받지 않았다. 가난해진 티를 내면 안 됐기 때문에 상황은 더욱 악화했다. 부모님이 주는 용돈으로 부자인 척하기엔 턱없이 적었다. 은수는 점심을 굶어가면서 명품백을 대여했다. 허영심만 가득한 부질없는 행동이었지만 집이 어렵다는 이야기는 죽어도 하기 싫었다.

아슬아슬하게 줄타기하는 이중생활이 계속될 때, 도준에게 전화가 왔다. 사정을 뻔히 아는 그의 전화를 피하는 것도 웃겼다. 전화를 받자, 다른 말 없이 자신의 집으로 오라고 했다. 은수는 이유를 묻지 않았다. 자신을 위로해 주기 위함이라고 생각했기 때문이다.

은수는 도준이 혼자 사는 고급 멘션에 처음 와보는 것도 아니지만 기가 죽었다. 단독주택에 살 때는 느끼지 못했던 감정이었다. 한 달 전만 해도 채광이 좋은 단독주택에서 살던 은수가 신세를 한탄했다.

"난 전혀 몰랐어… 왜 아버지는 미리 언질을 주시질 않았을까…"

은수의 집안이 망했다는 걸 아는 건 도준이 유일했다. 그동안 가슴속 깊이 꼭꼭 숨겨두었던 속내가 술술 나왔다. 도준은 말없이 잔이 비면 술을 채워줬다. 은수는 혼자서 떠드는 것만으로도 응어리가 풀렸다. 지금까지 비밀을 지켜준 것처럼 앞으로도 아무한테도 말하지 않을 것이라는 믿음이 있었다.

"너 이사 갔더라?"

묵묵히 이야기를 들어주던 도준의 첫 질문이었다. 은수는 떨떠름하게 고개를 끄덕였다.

"어? 어… 어떻게 알았어?"

"너희 집 가봤는데 비어있더라고."

"연락도 없이?"

"그냥. 지나가다가 궁금해서."

도준이 어깨를 으쓱였다. 은수는 이상하게 그의 말이 거슬렸다. 집에 오가는 사이라곤 하지만 연락도 없이 불쑥 찾아온 적은 없었다. 은수의 집에 압류 종이가 붙은 걸 본 날 이후, 도준은 개인적으로 연락하지 않았다. '압구정 호랑이' 단체 메시지방에서나 가끔 메시지를 보냈을 뿐이었다. 그런데 집까지 찾아왔을 줄이야.

"왜 연락 안 했어?"

"바쁜 것 같아 보여서."

도준이 희미한 미소를 띠며 말했다. 마치 비웃는 것 같은 모습에 은수는 기분이 좋지 않았다. 그러나 말꼬리를 잡고 늘어지면, 열등감을 느끼는 것처럼 보일 것 같았다. 깊이 생각하면 안 좋은 생각만 하니, 머리를 비우기로 했다. 은수의 속마음을 알 리 없는 도준은 와인을 따라주며 물었다.

"어디로 이사 갔어?"

"나? 덕영시…"

"서울이 아니네?"

도준은 은수를 비웃거나 모멸감을 주려고 한 말이 아니었다. 서울에 살지 않는다는 것이 신기하다는 말투였다. 그는 태어나서 지금까지 서울을 벗어나본 적이 없었기 때문이다. 은수는 애써 감정을 다스렸다. 여기서 화를 내면 자격지심밖에 되지 않는다.

"어. 서울은 아니지만 꽤 괜찮아. 학교와도 가깝고."

"거기 집값 싸지?"

기어코 은수의 자존심에 금이 가는 말을 내뱉었다. 폭탄을 투척한 것치고는 도준의 표정은 너무 평화로웠다. 그는 자신이 뱉은 말이 타인에게 어떤 영향을 주는지 고민하는 사람이 아니었다. 머릿속에 떠오르는 대로 필터링 없이 던졌다. 지금도 마찬가지였다. 부동산 투자에 빠삭한 그는 덕영시의 땅값과 집값을 알고 있어서 한 말이었다. 은수는 아랫입술을 깨물었다. 여기서 화를 내고 싸우면 자신만 이상해진다. 만약 도준이 소문이라도 낸다면, 정말 끔찍했다. 결국 은수가 한 수 접고 들어갔다.

"아무래도 그렇지. 나중에 돈 모아서 다시 서울로 가려고."

은수가 애써 웃으며 대답했다. 도준은 이런 노력을 몰라주고 찬물을 끼얹었다.

"너 자동차랑 명품 싹 다 판 거 아는데… 어떻게 서울에 와? 일반인 월급으로는 어림도 없지."

"…도준아. 너 나한테 하고 싶은 말이 뭐야? 오랜만에 만나자고 해서 위로해 주는 줄 알고 고맙게 생각하고 온 거야. 서울이 어떻고 집값이 어떻고… 이런 이야기는 안 했으면 좋겠어."

은수는 화를 최대한 누르고 차분하게 이야기했다. 그러자 도준이 유감이라는 표정을 지었다.

"기분 나빴어? 나는 그냥 한 말인데 네가 그렇게 느낄 줄 몰랐네. 사실 오늘 너 보고 많이 놀랐거든. 그렇게 꾸미는 거 좋아하던 놈이 옷도 보세에다가 액세서리도 하나도 안 하고. 시계는 남자의 자존심이라더니 오늘은 아무것도 안 하고 왔네."

도준의 시선이 은수의 손목에 향했다. 얼굴이 벌게진 은수는 오른손으로 왼쪽 손목을 가렸다. 은수는 알아주는 손목시계 수집가였다. 몇천만 원은 기본이었고 억단위의 시계도 무리해서 샀다. 방에 시계 진열장까지 있었으나 이제는 다 팔고 남은 게 없었다.

도준은 와인을 마시며 은수를 바라봤다. 하얗고, 단정했다. 마음고생으로 터진 입술은 거칠어 보였지만 특유의 분위기는 여전했다. 도준이 은수를 부른 건, 이유가 있었다.

"오늘 보자고 한 거는 너에게 도움을 주고 싶어서 그랬어."

"도움이라니?"

은수가 눈을 크게 뜨고 물었다. 도준의 입에서 나온 '도움'이라는 단어는 그를 매우 놀라게 했다. 재벌 3세인 도준은 어려서부터 돈을 노리고 접근하는 사람이 많았다. 친절한 척, 배려하는 척 다가와서 결국 원하는 건 돈이었다. 그런 인간관계에 질려버리는 건 아주 당연한 일이었다. 다른 목적으로 접근하는 사람들을 떼어내기 위해서 도준은 절대 금전적인 도움을 주지 않았다. 그런 그가 먼저 도움을 주겠다고 하니 믿을 수가 없었다.

"내가 아주 좋은 아르바이트를 소개해 주려고 했거든. 월급은 한 달에 500만 원."

"500만 원?!"

은수가 깜짝 놀라 소리쳤다. 뒤늦게 목소리를 크게 낸 것을 깨닫고 손으로 입을 가렸다. 도준은 그의 행동을 보며 작게 웃었다.

“어때? 월급은 마음에 들어?”

“500만 원이나 주는데 아르바이트야? 회사도 초봉을 그렇게 많이 주진 않을 것 같은데…”

“너 대학원 다녀야 하잖아. 회사를 어떻게 다니려고.”“그건 맞는데… 경력 없는 신입도 그렇게 많이 줘?”

“응. 너 주위 사람에게 형편 어려워진 거 비밀로 하고 있잖아. 괜히 아르바이트 잘못 구하면 지인을 마주칠 수 있어. 그런데 이건 일도 쉽고 다른 사람들에게 들킬 일도 없어.”

도준의 제안은 아주 매력적이었다. 한 달에 500만 원이나 버는데 일도 쉽다니, 꿀알바였다. 은수는 도준이 카지노 호텔 회장의 손자이니, 관련된 업무일 수도 있겠다고 생각했다. 안 할 이유가 없었다. 은수가 눈을 반짝이며 미끼를 물었다.

“어떤 아르바이트인데?”

도준은 몸을 앞으로 숙여 은수의 귓가에 속삭였다. 이야기를 들은 은수가 눈을 부릅떴다.

도준은 주방 찬장에서 고양이 밥그릇을 꺼냈다. 한 달 전, 반려묘 나비가 무지개다리를 건너고 처음으로 꺼내는 거였다. 오목한 그릇 안에 코코볼처럼 생긴 고양이 사료를 덜었다. 사료가 그릇에 쏟아지는 소리가 경쾌하게 들렸다. 수북하게 담은 사료 위에 고급 영양제까지 섞은 후, 그릇을 들고 거실 소파에 앉았다. 그는 오른발 아래 그릇을 내려두며 다정하게 말했다.

"나비야. 밥 먹자."

소파 옆, 고양이 방석에 웅크리고 있던 은수가 네발로 기어 왔다. 그는 목에 '나비'라고 적힌 인식표를 달고 있었다. 고양이 밥그릇 앞에 몸을 웅크리고 앉은 은수의 얼굴은 수치심으로 붉게 물들어 있었다.

"우리 나비는 말이야, 밥 먹자고 하면 내 다리에 와서 얼굴을 비볐어."

내키지 않았지만 도준의 말을 따를 수밖에 없었다. 은수는 괴로운 표정으로 그의 다리에 뺨을 비볐다. 돈을 벌겠다고 이런 짓을 하는 자신이 한심하고 슬펐다. 그런 은수의 마음을 알 리 없는 도준은 행복한 표정을 지으며 애교를 부리는 그를 내려다봤다.

"옳지. 이제 우리 나비 같네. 다시 나비가 돌아와서 기뻐."

도준은 은수의 턱 밑에 손을 넣어 부드럽게 어루만졌다. 명백히 사람이 아닌, 반려동물을 귀여워하는 행동이었다. 은수는 수치심에 눈을 질끈 감았다.

"우리 나비가 제일 좋아하는 사료야. 맛있게 먹어."

도준은 은수의 머리를 눌러 밥그릇 가까이 가도록 만들었다. 고양이용 영양제와 사료가 섞여 비릿한 냄새가 났다. 인간이 먹을 수 있는 음식이 아니었다. 은수가 고개를 뒤로 빼자, 도준이 그의 머리를 우악스럽게 눌러 그릇에 처박았다.

"사료 속에 코 박고 죽고 싶지 않으면 곱게 처먹는 게 좋을 거야."

무서운 말과는 달리 말투는 다정했다. 은수는 그릇에 고개를 처박은 채 입을 벌려 사료를 먹었다. 굴욕과 공포를 느낀 그의 얼굴은 눈물범벅이 됐다.

"맛있지?"

"…응, 맛있, 컥!"

은수의 말이 끝나기도 전에, 도준이 옆구리를 걷어찼

다. 불시에 얻어맞은 은수는 숨도 제대로 쉬지 못하고 꺽꺽거리며 바닥을 굴렀다. 그의 비위를 맞추겠다고 한 말에 폭력을 행사할 줄 몰랐다. 소파에서 일어난 도준이 발로 은수의 머리를 꾸욱 밟아 눌렀다.

"이상하다… 고양이는 말을 못 하는데…"

그제야 은수는 자신이 무엇을 잘못했는지 알아챘다. 도준의 발에 힘을 실리자, 은수의 얼굴에 피가 쏠렸다. 그는 고통스러운 얼굴로 신음하듯 울었다.

"야옹…"

* * *

은수의 고백에 의건과 재호는 충격을 받아 벌어진 입을 다물지 못했다. 재호도 두 사람이 이런 관계일 거라고 상상하지 못했다. 의건이 넋이 나간 표정으로 중얼거렸다.

"서도준, 이 새끼 진짜 인간도 아니네…"

재호는 이를 뿌득 갈며 증오를 표출했다.

"내가 말했지? 그 새끼는 우리를 친구라고 생각 안 한다니까. 은수한테 한 짓 보면 모르겠어? 친구한테 자기가 키우던 고양이 흉내를 내라고 하는 미친놈이 어디 있냐고."

은수는 치욕에 몸을 떨며 두 사람에게 소리쳤다. 누구에게도 들키고 싶지 않은 비밀이었다.

"이제 속이 시원하냐? 서도준은 우리 집이 망했다는 걸 빌미로 고양이 흉내를 내면 500만 원을 주겠다며 했어. 돈이 급해서 하라는 대로 한 나도 또라이지만… 박재호 네가 생각한 그런 관계는 절대 아니야."

의건은 참담한 마음을 감출 수 없었다. '압구정 호랑이' 내에서 가장 친했던 만큼 서로에 대해 잘 알고 있다고 생각했는데 이런 일이 있었던 줄 꿈에도 몰랐다. 속상한 마음에 은수를 나무랐다.

"야, 너는 돈이 없으면 차라리 나한테 이야기를 하지… 서도준한테 이런 짓을 당하고 있었어?"

"…숨기고 싶었어. 모두 압구정 토박이 금수저인데, 나만 가난해졌어! 아무렇지 않을 것 같아? 나도 자존심이 있다고!"

그동안 입 밖으로 꺼내지 못했던 속내를 드러내는 은수의 숨소리가 거칠어졌다. 두 주먹을 꼭 쥐고 고개를 푹 숙인 모습이 안쓰러웠다.

"…미안. 내가 괜한 말을 했어."

의건은 진심을 담아 사과했다. 아무한테도 말하지 못하고 혼자 속앓이했을 은수가 안타까웠다.

"내가 미친놈이지… 아무리 돈을 준다고 해도 그런 짓을 하는 건 아니었는데…"

은수가 자조하며 말했다. 돈에 눈이 멀어 인간으로서 자존심을 버렸다. 의건은 아무 말도 하지 않고 그의 등을 토닥거리던 중, 노크소리가 들렸다.

"나야. 문열어줘."

민기였다. 재호가 문을 열자 민기가 들어와 침울한 세 남자에게 다가왔다.

"다들 어디 갔나 했더니 여기 모여있네. 의심받지 않게 홀에 있기로 하지 않았어? 왜 이러고 있어?"

의건의 옆에 선 민기는 바닥에 쓰러진 도준을 발견하고 표정이 삽시간에 굳었다. 팔다리가 부러져 기이하게 꺾여있었다.

"야, 서도준은 왜 이래?"

민기가 세 사람의 얼굴을 쳐다봤다. 무슨 일이 일어난 건지, 설명을 해달라는 표정이었다. 의건이 한숨을 내쉬며 말했다.

"…그럴 일이 있었어."

의건은 처음부터 설명하려니 피곤해서 말을 아꼈다. 설득력 없는 말에, 민기가 황당한 표정으로 되물었다.

"뭔 소리야? 죽은 놈이 혼자서 자해하진 않았을 거고, 누가 훼손한 거 같은데?"

"내가 그랬어. 존나 짜증 나서 발로 짓밟았어."

결국 사고를 친 재호가 나섰다. 당당한 그의 고백에 민기가 머리카락을 거칠게 쓸어 넘겼다.

"뭐? 너 정신 나갔어? 시체를 왜 밟아?"

"감정을 추스르지 못한 나도 잘못이 크지만… 이 새끼는 당해도 싸."

민기는 분노를 참지 못하고 재호에게 달려들어 멱살을 잡았다. 당장이라도 주먹을 휘두를 것 같은 분위기를 감지한 의건이 두 사람을 중재했다.

"김민기, 화가 나는 건 이해하는데 일단 진정해."

"진정? 지금 진정하게 생겼어?"

재호의 멱살을 잡고 있던 민기가 그를 밀치며 손을 뗐다. 재호는 휘청이며 뒷걸음질을 쳤다. 민기는 객실 내부를 한바퀴 빙 돌며 생각을 정리했다. 다시 세 사람 앞에 선 민기의 얼굴엔 의심이 가득했다.

"아~ 이제 알겠다. 너희끼리 뭔가 일을 꾸몄구나?"

무언가 단단히 오해한 듯한 말투였다. 또다시 상황이 이상하게 흘러가고 있었다. 더 이상 내부 분열이 일어나면 안 된다고 판단한 의건이 나서서 그를 달랬다.

"그게 또 무슨 소리야… 꾸미기는 뭘 꾸며. 그런 거 아니야."

민기의 귀에 의건의 해명은 들리지 않았다. 그는 세 사람이 짜고 자신을 곤경에 빠트리기 위해 함정을 팠다고 생각했다. 가만히 당하고 있을 민기가 아니었다. 그는 친구들을 도발했다.

"무슨 속셈인지 모르겠지만, 너희가 이렇게 나온다면 나도 가만히 있진 않아."

"네가 지금 오해를 하는 것 같은데…"

"오해? 무슨 오해? 나는 눈에 보이는 것만 믿어. 객실에 모여서 셋이 쑥덕거리는 걸 내 눈으로 똑똑히 봤다고."

"미치겠네. 김민기. 내 말 좀 들어봐."

의건이 민기의 팔을 잡으며 눈을 마주쳤다. 민기는 불신에 가득 찬 눈으로 그를 쳐다봤다.

"…신고하자. 난 실형 좀 살고 나오면 돼. 초범이라 운이 좋으면 집행유예가 나올 수도 있고. 기부 좀 하고, 봉사 활동하면 금방 잊히겠지."

민기는 말에서 그치지 않고 주머니 속에서 핸드폰을 꺼냈다. 전화 키패드에 119를 터치하고 통화 버튼을 누르려는 순간, 은수가 그의 팔을 붙잡았다.

"너 왜 그래. 우리를 그렇게 못 믿냐?"

"거짓말도 손발이 맞아야 하지. 너희가 이렇게 나오면 나도 협조할 생각 없어. 각자 갈 길 가자. 빵 한 번 다녀오는 것도 인생 경험이라고 생각하지. 배우인 누구와는 달리 나는 크게 타격도 없거든."

민기의 말에 의건이 발끈해서 말했다.

"지금 그거, 나 들으라고 한 말이야?"

그러자 민기가 과장된 목소리로 대꾸했다.

"아! 너 배우였지? 요즘은 마약 한 연예인들 금방 복귀하더라. 대중은 그런 건 금방 잊어. 자숙 좀 하다가 나오면 돼."

"씨발, 이 새끼가 진짜…"

의건이 화를 참지 못하고 욕을 내뱉었다. 분위기가 점점 심각해지자 은수가 민기에게 경고했다.

"김민기. 정의건 건드리지 말고 가만히 있어. 왜 시비를 걸어? 분란을 일으키면 나도 더 이상 못 참아."

민기가 심각한 표정을 짓고 있는 은수의 앞에 섰다. 자신보다 키가 조금 작은 은수의 눈높이에 맞춰 고개를 숙이고 눈을 맞췄다.

"하하하! 이것 참 재밌네. 네가 못 참으면 뭐 어쩔건데?"

"…네가 그렇게 숨기고 싶은 비밀을 폭로하는 수밖에."

은수는 그의 시선을 피하지 않고 담담하게 말했다. 비웃음이 가득했던 민기의 표정이 삽시간에 굳었다.

"…비밀이라니? 그게 무슨 말이야?"

"나는 다 알고 있어. 발뺌할 생각하지 마."

"네가 뭘 알고 있는데."

민기가 검지로 은수의 가슴을 기분 나쁘게 밀었다. 은수가 입을 열려는 순간, 누군가 객실문을 두드렸다. 은수와 민기, 의건, 재호는 일제히 객실문을 쳐다봤다. 해주가 또 찾아왔을까 봐 걱정했다.

"의건아, 은수야. 여기 있어?"

목소리의 주인공은 술에 잔뜩 취한 예지였다. 해주가 아니라는 사실에 안심하며, 은수가 재빨리 대답했다.

"누, 누나. 무슨 일이에요?"

"아니. 도준이도 여기 있다면서. 혹시 내가 아까 뭐라고 한 거 그대로 전한 거 아니지?"

예지는 몸을 제대로 가누지 못해 객실문에 기대어 손으로 쿵쿵 두드리며 말했다. 취한 와중에도 자신이 내뱉은 말이 걱정된 것이다.

"에이~ 무슨… 도준이가 그런 거 신경 쓰는 놈이에요? 그런 말 하지도 않지만, 만약 했어도 어쩔 거예요? 예지누나가 서운해서 한 말인데 쪼잔하게 기분 나빠하겠어요?"

은수는 예지의 심기에 거스르지 않게 최대한 아부했다. 덕분에 예지의 기분은 아주 좋아졌다.

"하하. 그건 맞지. 자기가 카지노 호텔 회장 손자면 나는 백화점 회장 손녀다, 이거야."

술에 취하니 눈에 뵈는 게 없었다. 예지는 문을 두드리며 소리쳤다.

"도준아~ 나와봐. 오랜만에 잘생긴 얼굴 좀 보자."

예지의 입에서 나온 도준의 이름에 객실 안, 네 명의 남자가 깜짝 놀랐다.

"잘생긴 남자에 미친 누나 아니랄까 봐 또 시작이

네…"

재호는 인상을 찌푸리며 말했다. 예지의 남성편력은 유명했다. 골치 아파진 의건은 마른세수를 했다.

"해주는 내가 떼어냈다지만, 예지 누나는 어떻게 하냐."

"누나의 혼을 쏙 빼놓아야할 텐데…"

"무슨 수로?"

"서도준만 놔두고 우리 다 같이 나가는 거 어때?"

은수의 말에 세 남자가 놀란 얼굴로 쳐다봤다. 모두가 주목하자, 그가 다시 입을 열었다.

"서도준은 이미 죽었어. 굳이 한 명이 남아서 감시할 필요가 없다고. 중요한 건, 누구도 객실에 접근하지 못하게 해야 해. 예지 누나 목소리 들었지? 지금 만취했어. 적당히 비위 맞춰주면 도준이는 잊을 거야. 나와 의건이가 앞에 서서 예지 누나의 장단에 맞춰줄 테니까, 민기와 재호는 객실 문을 잠그고 따라와."

은수의 말에 일리가 있었다. 문을 잠가두고 1층홀에서 다른 사람들을 감시하는 편이 더 나았다. 쾅쾅! 예지가 다시 객실 문을 두드렸다.

"얘들아. 나와봐. 도준아~ 너 누나가 왔는데 얼굴도

안 보여줄 거야?"

오래 생각할 시간이 없었다. 재호는 은수의 말에 동의했다.

"그래. 은수 말대로 해보자."

"…알겠어."

민기도 은수의 의견을 따르기로 했다. 그는 바닥에 널브러진 도준의 시체를 일으켜 세웠다.

"우선 침대에 눕혀두자."

재호가 민기를 도와서, 침대 위에 도준을 눕혔다. 은수는 옆에 서 있던 의건과 시선을 교환했다.

"정의건, 가자."

의건이 고개를 끄덕였다. 그는 객실 문을 열기 전, 뒤돌아 재호와 민기를 보며 말했다.

"잘하자."

"너나 잘해."

민기는 톡 쏘는 목소리로 대답했다. 의건은 그를 고깝게 쳐다보고 객실 문을 열었다. 문에 기대어 서있던 예지의 몸이 쓰러지며 의건의 품에 안겼다.

"드디어 나왔네~ 의건이 운동 많이 했구나? 몸이 더 좋아졌네~"

예지가 의건의 탄탄한 가슴을 주무르며 말했다. 원래 미남을 좋아하는 사람이었지만, 스킨십을 하는 건 만취했을 때 하는 행동이었다. 이 정도로 취하면 다음 날 필름이 끊겨서 아무것도 기억하지 못했다. 차라리 다행이었다. 의건은 예지를 품에 안은 채 복도로 끌고 나갔다. 예지는 객실 문 밖으로 새어 나오는 증기를 손가락으로 가리켰다.

"어? 저거 뭐야? 너희 몰래 약하고 있었지? 나도 줘!"

의건의 품에 안겨 끌려가던 예지가 버티고 섰다. 고기도 먹어본 사람이 잘 먹는다고, 예지도 마약을 해본 사람이라서 보자마자 눈치를 챈 것이다. 맞다고 하면 약을 나눠달라고 할 게 분명해서 의건은 딱 잡아뗐다.

"에이, 약은 무슨… 요즘 연예계 마약주의보인 거 몰라요? 전자담배예요. 환풍이 안 돼서 연기가 꽉 차서 그런 거잖아요."

"아닌데… 약같은데…"

예지는 고개를 갸웃거리며 코를 킁킁거렸다. 은수가 예지에게 팔짱을 끼며 애교를 부렸다. 그가 마약 증기에 집중하지 못하게 마음을 흔들어놓아야 했다.

"누나, 여기서 이러지 말고 1층홀로 가요."

"어어, 나 도준이 얼굴 보고 갈 건데~"

예지가 객실 문 쪽을 향해 손을 허우적거렸다. 은수는 그 손을 잡아 깍지를 꼈다.

"도준이 술에 취해서 토하고 난리 났어요. 옷도 버려서 다 벗기고 침대에 눕혀뒀어요. 나중에 봐요, 나중에."

"뭐? 옷을 다 벗겼다고? 그럼 더 보고 가야 하는데~"

예지가 음흉하게 웃으며 은수의 손을 뿌리쳤다. 그때, 민기와 재호가 객실 문을 잠그고 뒤따라 나왔다. 민기는 특유의 능글맞은 표정으로 투덜거렸다.

"누나! 나 진짜 서운해. 도준이만 찾고~"

"그러게 민기도 잘생겨지게 노력 좀 하지 그랬어. 그랬으면 내가 예뻐해 줬을 거 아니야."

예지는 만취해도 외모만큼은 정확하게 평가했다. 민기는 입꼬리가 경련할 정도로 억지웃음을 지었다. 확실히 주위에 사람이 많으니 예지가 정신없어 보였다. 은수가 예지를 가볍게 끌어안으며 말했다.

"누나~ 언제는 내가 제일 좋다면서 서도준 타령이에요? 너무 서운해요."

은수가 삐친 척, 입술을 내밀자 예지가 뺨을 꼬집으며 귀여워했다.

"우리 은수! 난 은수처럼 순종적이고 귀여운 남자가 좋아~ 삐치지 마. 마이 스윗 리틀 고양이~"

고양이라는 단어에 은수의 표정이 굳었다. 의건은 그제야 그가 고양이라는 단어에 정색하는 이유를 알아챘다. 아무 말도 하지 않는 은수를 대신해 의건이 말했다.

"고양이는 무슨~ 그냥 귀염둥이, 이렇게 해줘요. 왜 사람에게 고양이라고 해요."

"뭐야! 이제 너도 호칭으로 태클 거는 거야? 안 되겠다. 그럼 은수가 딱 골라. 고양이 할래, 귀염둥이 할래?"

은수는 모두 마음에 들지 않았지만, 굳이 둘 중 하나를 선택해야 한다면 후자였다.

"둘 중 하나를 고른다면 귀염둥이로 할게요."

"에? 알았어~ 은수가 그게 좋다고 하면 해줘야지! 우리 귀염둥이~"

예지의 관심사를 돌리는데 성공한 은수와 의건은 한숨 돌렸다. 두 사람은 비틀거리는 예지를 부축하고 1층 홀로 향했다. 민기와 재호도 굳게 닫힌 객실 문을 다시 한번 더 확인하고, 그들을 따라갔다. 예지와 네 남자가 1층홀에 들어서자 이목이 집중됐다. 와인을 따르던 준영은 과장된 몸짓으로 그들을 불렀다.

"박재호! 너는 인마 손님들을 초대해 놓고 코빼기도 안 보이냐?"

재호가 준영의 옆자리에 앉으며 너스레를 떨었다.

"형님~ 죽을죄를 지었습니다. 제가 어제 과음을 해서, 컨디션이 갑자기 안 좋아지더라고요. 조금 누워서 쉬니 괜찮아졌어요."

"뭐? 너 주식 보고 있던 거 아니었어?"

준영은 민기가 했던 말을 떠올리며 물었다. 재호는 혀로 입술을 축이며 민기를 쳐다봤다. 두 사람은 무언의 눈짓을 주고받았다.

"맞아요. 주식도 봤는데 속이 안 좋아서 눈에 안 들어오더라고요."

"너희도 나이를 먹어서 그런가? 도준이도 취해서 객실에서 골골거리고 있다더니, 너도 그러고 있었어?"

다행히 준영은 재호의 변명을 의심하지 않고 넘어갔다.

"아휴~ 형님 앞에서 할 말은 아니지만 내년이면 서른이잖아요. 체력이 확실히 떨어지는 거 같아요."

"체력만 떨어지는 게 아니야. 밥 먹으면 배부터 살이 붙고, 머리카락도 점점 사라지더라… 관리 열심히 해라,

안 그러면 훅 가."

34살의 준영은 경험에서 우러나오는 조언을 건넸다. 20대에는 슬림하고 얼굴도 괜찮게 생겼던 친구들이 30대가 넘어가면서 역변하는 걸 많이 봤다. 그는 친구들처럼 되지 않기 위해 열심히 피부과에도 다니고 운동도 열심히 하고 있었다. 재호는 준영의 빈 잔에 와인을 따랐다.

"형님처럼 열심히 관리해야죠."

"잘 생각했어. 우리는 의건이나 은수처럼 타고난 애들과 다른거 알지? 열심히 노력해야 해."

"그럼요, 그럼요. 제가 오랫동안 자리를 비워서 서운하셨을 텐데, 남은 시간은 형님을 즐겁게 해드리겠습니다!"

"남자놈이 나를 즐겁게 해준다고? 됐다, 징그럽다."

준영이 소름끼친다는 듯이 몸을 옆으로 빼며 말했다. 재호는 그에게 몸을 바짝 붙이며 느끼한 목소리로 말했다.

"어? 형님. 이러면 저 더 징그럽게 굽니다아?"

"꺼져! 나 오늘 괜히 왔나 봐."

준영이 질렸다는 듯이 말하자, 주위 사람들의 웃음이

터졌다. 조용히 자리를 지키던 해주가 재호에게 말을 걸었다.

"재호 오빠… 도준 오빠는 괜찮아요?"

해주가 도준을 언급하자, 마치 찬물이라도 끼얹은 것처럼 홀 내부가 조용해졌다. 이름을 지명당한 재호는 눈에 띄게 당황한 모습이었다.

"어… 해, 해주야. 그게…"

그때, 취해서 몸을 제대로 가누지 못하던 예지가 불쑥 끼어들었다.

"도준이 만취해서 토하고 잔대. 옷을 버려서 홀딱 벗고 있대~"

예지의 말에 해주는 눈에 불을 켜고 물었다.

"오빠가 벗고 있다는 걸 어떻게 아세요?"

"야, 오해하지 마. 그건 우리가 말해준 거야. 예지 누가가 직접 본 게 아니라."

민기가 질투심에 불타오르는 해주를 진정시켰다. 예지를 노려보던 해주가 시선을 돌려 민기를 바라봤다.

"도대체 얼마나 취한 거예요? 같이 마신 재호오빠도 정신을 차리고 나왔는데 도준오빠는 왜…"

"도준이가 최근 술을 많이 마시기 시작했거든. 간이

망가졌는지 확실히 주량이 준 것 같더라고.”

해주의 맞은편에 앉아있던 은수가 입에 침도 바르지 않고 거짓말을 술술 내뱉었다. 도준은 독한 위키스나 보드카를 마셔도 취하지 않았다. ‘압구정 호랑이’에서 주량이 가장 센 사람을 꼽으라면 단연 도준이었다. 그런 그를 어쩔 수 없이 알코올 쓰레기로 만들었다. 해주는 소파에 등을 기대며 은수를 찬찬히 쳐다봤다. 속내를 알 수 없는 표정에, 은수는 소름이 끼쳤다.

“그래요? 도준 오빠에게 요즘 힘든 일 있어요? 왜 그렇게 과음을 한 거예요?”

“이런 일 저런 일 있지~ 우리는 가장 친한 친구니까 다 알고 있는 거고.”

해주는 은수에게 대답을 듣고 싶었지만, 의건이 말을 가로챘다.

“그렇지, 애들아?”

의건이 동조를 구하자, 민기가 맞장구를 쳤다.

“맞아. 도준이는 우리가 제일 잘 알지.”

“저는 은수 오빠한테 물어본 건데요.”

해주는 눈 하나 깜빡이지 않고 따지듯이 말했다. 와인을 마시던 은수가 깜짝 놀라 몸을 움찔거렸다.

"나?"

"도준 오빠가 뭐 때문에 힘들어했냐고요. 은수 오빠는 알 것 같아서요."

해주의 질문에 은수는 눈을 내리깔았다. 형형하게 빛나는 해주의 눈을 마주보기 무서웠다.

"사적인 이야기라서… 내가 함부로 말할 수 없어. 그래도 일이 잘 마무리돼서 도준이도 기운 차리고 있어. 너무 걱정하지 않아도 돼."

은수는 되는대로 말을 내뱉었다. 도준의 고민이나 걱정 따위를 알 리 없었다. 그는 도통 자신의 속마음을 드러내는 사람이 아니었기 때문이다. 해주는 여전히 은수를 뚫어져라 쳐다보고 있었다. 그의 속내를 꿰뚫어 보겠다는 듯이.

"도준 오빠는 못 일어난 거예요?"

"어… 그냥 놔두는 게 좋아. 지금 상태 안 좋아서 사람들 만나기 싫어할 거야."

잔뜩 긴장한 은수의 시선은 와인잔을 향해 있었다. 준영은 작게 한숨을 내쉬었다. 해주가 입을 열면 분위기가 이상해졌다. 준영은 분위기를 풀기 위해 농담을 던졌다.

“해주야, 왜 이렇게 뜨거운 눈빛으로 은수를 쳐다봐? 관심 있어?”

준영이 난데없이 은수와 해주를 엮었다. 보통 이러면 한 명은 말도 안 되는 소리 하지 말라며 웃기 마련인데 두 사람은 입도 뻥긋하지 않았다. 정우, 수진, 그 외에 파티에 초대받은 사람들은 준영의 장난에 동조하지 못했다. 술에 취해 제정신이 아닌 예지만 웃으면서 말을 얹었다.

“하하하! 뭐야~ 뜬금없이.”

예지는 눈을 가늘게 뜨고 은수와 해주를 번갈아 쳐다봤다.

“근데… 둘이 분위기가 비슷해. 둘 다 고양이상이라서 그런가, 남매 같아. 잘 어울린다, 너희~”

예지의 말에 해주의 표정이 싸늘하게 굳었다.

“남자와 닮았다는 게 칭찬인가요?”

해주의 날 선 질문에 예지가 당황했다.

“왜 그렇게 예민하게 반응해? 은수는 꽃미남이잖아. 내가 우락부락하게 생긴 남자와 닮았다고 한 것도 아니고 기분 나빠하는 이유를 모르겠네.”

예지는 설명할수록 기분이 불쾌해졌다. 여자에게 선

이 굵은 남자와 닮았다고 하면 실례지만, 은수는 선이 얇고 여리여리한 꽃미남과였다. 미남감별사인 예지의 인정을 받은 남자인데, 해주가 불쾌해하는 게 이상했다.

"제가 좀 외모에 민감해서요. 남과 닮았다는 이야기를 안 좋아해요."

"야, 근데 너 좀 싸가지 없이 이야기한다? 무서워서 말이나 하겠니."

해주의 냉랭한 태도가 예지의 기분을 상하게 했다. 분위기가 험악해지자, 은수가 예지를 달랬다.

"아이, 누나. 저보다 해주가 훨씬 예쁘죠. 우리 예지 누나, 예쁜 얼굴 찡그리지 말아요."

은수가 애교를 부리며 예지의 입에 샤인머스캣을 넣어줬다. 예지는 샤인머스캣을 먹으며 해주에게 경고했다.

"박해주. 너 말할 때 조심해. 기분 상하게 만들지 말고."

"…네."

재호가 의견과 시선을 교환했다. 서로 꼬투리를 잡아 2차전이 일어나기 전에 분위기를 바꿔야 했다. 재호는 와인잔을 들고 자리에서 일어났다.

"자자. 오늘 좋은 사람들이 모였으니까 재미있게 놀아요."

"그래. 나 엄청 바쁜 거 알지? 24시간 스케줄이 빡빡한데 온 거야."

준영도 분위기를 띄우기 위해 너스레를 떨었다. 재호도 준영에게 부응하듯 아부를 떨었다.

"우리 준영 형님 없었으면 모이는 의미가 없죠. 모두 시간 내서 참석해주셔서 감사합니다."

재호는 홀을 채운 열 명의 지인의 얼굴을 하나하나 눈에 담았다. 마당발이라 지인을 모두 불렀다면 요트가 비좁았을 것이다. 장소가 협소해서 특별히 친해지고 싶은 열 명만 불렀다. 돈도 많이 썼으니 나서서 건배사를 외치고 싶었다.

"여러분들을 보며 제가 인생을 잘살았구나, 느낍니다. 잔 한 번 채울까요? 다 같이 건배하죠."

와인을 채운 잔들이 허공에서 부딪혔다. 재호의 바람대로 분위기는 금세 달아올랐다.

4 사라진 시체

짱그랑! 포크가 바닥에 떨어지며 요란한 소리를 냈다. 의건은 포크를 주워 한쪽으로 치웠다. 취한 사람들이 하나둘 생기며 테이블 위의 물건을 손으로 쳐서 떨어트리기 시작했다. 테이블 위, 술병 사이로 사람들의 팔이 아슬아슬하게 지나갔다. 가만히 보고 있다간 술병도 깰 것 같아서 의건이 팔을 걷어붙이고 빈 술병을 치웠다.

민기는 술에 취한 사람들이 많아진 것을 확인하고 자리에서 일어났다. 맞은편에 앉아있던 준영이 잔뜩 꼬인 혀로 말했다.

"김민기~ 어디가?"

준영의 초점이 풀린 눈과 마주친 민기가 사람 좋은 미소를 지었다.

"아휴, 형님. 화장실이요, 화장실. 이런 것도 다 이야기를 드려야 해요?"

민기가 난감하다는 듯이 말하자, 예지가 준영을 뜯어 말렸다. 예지도 얼큰하게 취한 상태였다.

"준영아! 너 왜 이렇게 민기한테 집착하니? 바지에 지리기 전에 보내줘."

"아니, 자꾸 사라지니까 그러는 거지. 빨리 갔다 와~"

준영은 틈만 나면 사라지는 '압구정 호랑이'에게 불만이었다. 한 명도 아니고, 여러 명이 사라지니 흥이 깨졌다.

"금방 다녀올게요."

민기는 준영을 달래며 자리에서 일어났다. 홀을 나가기 전 의건, 은수, 재호와 눈빛을 교환했다. 그는 곧장 객실로 향했다. 파티를 즐기는 사람들도 적당히 취했으니, 다시 도준을 어떻게 처리할지 이야기를 나눠야 했다. 객실 문을 열고 들어간 민기는 텅 빈 침대를 보고 깜짝 놀랐다.

"뭐, 뭐야? 어디 갔어?"

당황한 민기는 침대로 다가가 이불을 젖혔다. 시체에 발이 달렸을 리도 없는데 감쪽같이 사라졌다. 침대 밑, 옷장, 객실 내 딸린 화장실을 차례대로 확인했다. 도준의 시체는 아무데도 없었다. 민기는 귀신에게 홀린 기분이 들어 멍하니 서 있었다.

똑똑. 노크소리와 함께 의건의 목소리가 들렸다.

"김민기. 나야."

"어, 들어와…"

문을 연 의건이 은수, 재호와 함께 들어왔다.

"야. 너 문도 안 잠갔어? 다른 사람이었으면 어떻게 하려고 그랬어!"

의건은 객실 안에 들어오자마자 잔소리를 했다. 제일 마지막으로 들어온 재호가 객실 문을 잠갔다. 문을 등지고 있던 민기가 돌아서며 세 남자와 눈을 마주쳤다.

"씨발, 우리 좆됐어."

"우리 이미 좆된 거 아니었어?"

민기의 말에 재호가 대수롭지 않게 대꾸했다.

"서도준이… 사라졌어."

민기의 말에 세 남자의 얼굴이 경악으로 물들었다.

"뭐?! 죽었는데 어떻게 사라져?"

"그게 무슨 말도 안 되는…"

"이딴 장난 재미없으니까 때려치워."

은수와 의건, 재호는 누가 먼저라고 할 것 없이 제각각 떠들었다. 그들은 그제야 텅 빈 침대를 확인했다. 그리고 민기가 했던 것처럼, 침대 밑, 화장실, 옷장 안을 살폈다. 재호가 화난 목소리로 다그쳤다.

"김민기. 뭐 하는 짓이야? 서도준 시체를 어디에 숨겼어?"

"내가 왜 시체를 숨겨? 난 아니야!"

은수도 민기를 몰아세웠다.

"이게 말이 돼? 시체에 발이 달린 것도 아니고, 어디로 사라져?"

"내가 어떻게 알아! 객실 문은 확실히 잠겨있었어. 그런데 없어진 거라고!"

민기가 억울한 목소리로 말했다. 지인들과 술을 마시는 사이, 도준의 시체가 사라졌다. 그것도 망망대해를 질주하는 프라이빗 요트에서. 말도 안 되는 일이 일어났다. 의건이 나서서 사건을 정리했다.

"우리 이성적으로 생각하자. 지금 객실에 있던 서도

준의 시체가 사라졌어. 상식적으로 다른 사람이 시체를 발견했다면 경찰에 신고하지, 숨기진 않았을 거야."

"맞아. 어떤 미친놈이 시체를 숨기겠어."

재호도 의건의 말에 동의했다. 민기는 심각한 표정으로 의자에 앉으며 말했다.

"나는 너희가 의심돼."

"뭐? 그건 또 무슨 논리의 비약이야?"

민기의 말에 의건이 황당해하며 물었다.

"생각해 봐. 우릴 여기로 부른 건 재호야. 그리고 서도준은 재호가 건넨 마약을 먹고 죽었어. 우연이라고 하기에는 너무 딱 맞아들지 않아?"

"야, 너…"

재호는 민기가 어떤 의도로 하는 말인지 눈치챘다.

"박재호 네가 꾸민 일 아니야? 우리가 없을 때 시체를 훼손했잖아. 너 서도준에게 열등감 가지고 있는 거 다 알고 있어. 혼자 죽이기엔 리스크가 크니까 우리를 공범으로 만들 속셈이지?"

"하, 씨발… 이게 말이야, 막걸리야… 이 새끼들이 자꾸 날 의심하는데 절대 아니야."

재호는 의건과 은수의 눈치를 보며 말을 덧붙였다.

“의건아, 은수야. 절대 나 의심하지 마. 물론 서도준이 내 약점을 잡고 협박해서 돈을 뜯어 간 건 맞아. 그렇지만 한 달에 고작 500만 원인걸? 너네도 알잖아, 500만 원은 내가 한 끼 밥값으로도 태울 수 있는 돈이라는 거.”

재호는 의건과 은수에게 의심받지 않기 위해 변명했다. 그때 자리에 없었던 민기는 처음 듣는 이야기였다. 민기는 세 남자를 의심 어린 눈빛으로 쳐다봤다.

“서도준이 널 협박했다고? 내가 객실에 들어올 때, 너희끼리 쑥덕쑥덕 이야기를 나누고 있던 게 그거였구나. 그래서 죽였어?”

“아니야. 절대 아니라고! 상식적으로 생각해 봐. 이상한 약을 준 거면 내가 제일 먼저 의심받을 텐데 그렇게 했겠어?”

“그러니까, 왜 그랬냐고. 박재호.”

“서도준의 시체가 사라진 걸 가장 먼저 발견한 게 누구냐? 너야, 김민기. 시체를 어디에 숨겼어?”

“내가 시체를 왜 숨기겠어? 숨기고 싶은 게 있는 사람이 숨기겠지. 예를 들어 서도준을 죽인 당사자라던가…”

민기는 끝까지 재호를 의심했다. 궁지에 몰린 쥐는 고양이도 문다고, 재호는 물귀신 작전을 펼쳤다.

"서도준에 대한 분노라면, 최은수도 있어! 나는 돈을 뜯긴 것뿐이지만, 은수는 인권을 유린당했다고! 서도준이 키우던 고양이처럼 희롱했다고 했잖아?"

"왜 나를 끌어들여? 나는 누구를 죽일 만큼 강심장이 아니야!"

갑작스럽게 이름이 언급된 은수는 억울한 목소리로 소리쳤다. 민기는 재호와 은수가 다투는 모습을 보며 비웃었다.

"이건 또 무슨 소리야? 너희끼리 무슨 이야기를 나눴는지 모르겠는데, 어쨌든 둘 다 서도준에게 원한이 있다는 거지? 그렇다면 범인은 박재호 아니면 최은수네."

"난 절대 아니라니까! 약은 늘 같이 했잖아. 요즘 구하기 어렵다는 캐치를 구해와서 같이 즐기자고 준 건데 죽을 줄 알았겠냐?"

민기의 말에 재호는 억울하다는 듯이 소리쳤다. 그는 콧방귀를 뀌며 재호에게 물었다.

"나도 궁금해. 도대체 왜 그랬어? 시체는 어디에 숨겼고?"

재호는 시원하게 반박하고 싶었지만 생각이 논리정연하게 정리되지 않아 입만 벙긋거렸다. 민기의 타깃은 은수로 바뀌었다.

"억울하면 해명해봐, 최은수."

고개를 푹 숙이고 있던 은수가 천천히 고개를 들었다. 그는 민기와 눈을 똑바로 마주하며 말했다.

"…김민기. 나와 재호가 서도준에게 약점을 잡힌 건 맞아. 그렇지만 절대 죽이지 않았어."

"너는 지금 네 말이 앞뒤가 맞는다고 생각해?"

"일반적으로 사이가 안 좋다고 살인할 생각을 하는 사람이 얼마나 있어? 그런 식으로 따지면 너도 서도준을 죽일 이유가 충분히 있는 걸로 아는데."

민기는 은수를 비웃었다. 그가 의심을 벗기 위해 헛소리를 한다고 치부했다.

"이제 아무 말이나 해보겠다는 거야? 내가 그럴 이유가 뭐가 있어?"

"프란시스."

은수의 입에서 나온 이름에, 민기의 얼굴이 새하얗게 질렸다.

"너, 너… 그, 그걸 어떻게!"

민기가 심하게 동요하자, 재호와 의건이 놀라서 쳐다봤다. 은수는 물러서지 않겠다는 듯이, 단호하게 말했다.

“나 다 알고 있어. 서도준과 있었던 일, 이야기해. 아니면 내가 할 테니까.”

“씨발! 개새끼… 그걸 최은수에게 다 말했어? 좆같은 새끼!”

민기는 배신감으로 몸을 부들부들 떨었다. 의리 같은 건 기대하지 않았지만 받아먹을 건 다 받아먹고 뒤통수를 맞으니 화가 치밀어 올랐다.

“그래, 그 좆같은 새끼. 아주 잘 뒤졌네.”

민기는 생각하기도 싫었던 그날의 기억을 떠올렸다.

* * *

김민기는 여자와 유흥을 좋아했다. 그것도, 아주, 많이. ‘압구정 호랑이’ 모두 여자를 좋아했지만, 그중 민기는 유별났다. 여자에 미친 새끼, 일명 ‘여미새’라는 신조어는 그를 위한 말이었다. 남자가 여자를 좋아하는 건 문제가 되지 않는다. 그러나 한 번에 여러 명을 만나거나, 책임지지 못할 행동을 하면 지탄을 받는다. 그는 좋은 남자가 아니었다. 양다리도 걸치고, 환승도 하고, 유부녀도 건드렸다. 치마만 두르면 플러팅했다. 넘어오면 즐기는 거고, 아니면 말고.

어학연수를 갈 때도 1순위로 고려했던 것이 바로 유흥이었다. 맘껏 술을 마시고, 여자를 주무를 수 있다면 어느 나라라도 좋았다. 민기가 선택한 나라는 필리핀이었다. 그는 필리핀에서 1년간 어학연수를 하며 방탕한 삶을 살았다. 공부는 뒷전이고 매일 술독에 빠져 살았다. 그토록 좋아하던 여자도 쉴 새 없이 만나며 입에 담을 수도 없이 변태적인 성관계도 가졌다. 달콤한 말로 여자를 유혹하며 한국에 돌아갈 때 같이 가겠노라 속삭였다. 물론, 모두 거짓말이었다. 끝내주는 유흥을 즐긴 민기는 1년 뒤 혼자 한국행 비행기에 몸을 실었다. 한국에서는 아주 건실하게 살겠다고 다짐하며.

4시간의 비행을 마치고 인천공항 입국장을 빠져나온 민기는 우리나라에서 3대밖에 없는 슈퍼카를 발견하고 다가갔다. 조수석 차 문을 열자, 운전석에 앉아있는 도준의 얼굴이 보였다.

“여어. 서도준. 픽업 나와줘서 고맙다.”

조수석에 탄 민기가 안전벨트를 매며 말했다. 도준은 1년 만에 보는 친구였지만 쳐다보지도 않았다.

"선물은?"

"이 새끼는 인사도 없이 선물 타령만 하네."

"선물 없으면 당장 내려."

도준은 차가운 목소리로 말했다. 민기는 그가 장난치는 게 아니라, 진심이라는 걸 알고 있었다. 아주 좋은 선물을 주겠다고 큰소리를 쳐서 픽업을 온 거지, 그게 아니었다면 어림도 없었을 것이다. 민기는 크로스백 속에서 하얀 가루가 들어있는 비닐백을 꺼내 흔들었다.

"야, 여기 가져왔다. 됐냐?"

그제야 도준의 표정이 유하게 풀어졌다. 민기가 콘솔함에 비닐백을 내려두자, 차가 부드럽게 출발했다. 도준은 핸들을 부드럽게 꺾으며 물었다.

"영어 좀 늘었냐?"

"전혀. 누가 해외 가면 가만히 있어도 귀 뚫린다고 했냐? 공부 안 하니까 하나도 안 들리던데."

"공부하러 보냈더니 필리핀 내수경제 활성에만 도움을 주고 왔군."

"다 그런 거 아니겠냐? 약이나 좀 하고~ 여자나 만나고 왔지."

민기가 입맛을 쩝쩝 다셨다. 약을 하며 여자들과 난

잡하게 뒹굴던 때를 떠올리니 다시 필리핀으로 돌아가고 싶었다. 도준은 곁눈질로 민기를 보며 한숨을 내쉬었다.

"여자? 공부하러 가서 잘 하는 짓이다…"

"공부하는 이유가 뭐냐? 돈 잘 벌려고 하는 거지. 돈을 왜 벌어야 하냐? 예쁜 여자 만나기 위해서지."

"미친놈… 피임은 잘했겠지? 요즘 필리핀 여자 임신시키고 튀는 놈들이 그렇게 많다고 하더라."

"난 콘돔 안 써도 조절 잘해서 괜찮아."

민기는 검지와 중지 사이에 엄지를 밀어 넣는 상스러운 손장난을 했다. 도준은 철없는 그의 행동에 혀를 찼다. 성격은 더러울지언정 성교육만큼은 철저하게 받은 도준은 이해할 수 없는 사고였다.

"조만간 배드파더스에서 네 얼굴과 이름을 보겠구나."

"아주 저주를 퍼붓네? 그럴 일은 절대 없지."

민기가 심드렁하게 대꾸했다. 도준은 선심 쓴다는 듯이 말했다.

"우리 중 제일 먼저 아빠가 되면 내가 아기 신발 하나 사줄게."

"그래~ 기왕이면 200만원짜리 명품 신발로 부탁한다."

민기는 도준의 말을 설렁설렁 흘려들었다. 주머니 속에서 핸드폰을 꺼내 한국 유심으로 바꿔 끼자, 부재중 통화가 왔다는 알람과 메시지가 도착했다.

오빠. 한국 도착했어? 왜 말도 안 하고 간 거야. 언제 돌아와?

민기는 SNS를 통해 도착한 여자친구들의 메시지를 확인하자마자 차단 버튼을 눌렀다.

민기는 한국에 오자마자 구상해 두었던 샐러드 사업을 창업했다. 헬스와 필라테스, 요가 등의 운동으로 건강한 몸을 만들어 바디 프로필을 촬영하는 게 유행하며, 다이어트 산업이 크게 떠올랐다. 민기는 회사가 밀집한 논현동에 '투게더 샐러드' 가게를 창업했다. 다양한 샐러드 식단을 구상해 매일 아침 고객에게 배달했다. 점심에 테이크아웃을 할 수 있도록 샐러드 도시락을 팔았다. 주 고객은 몸매 관리에 민감한 여성이었다. 직장인 여성들 사이에서 입소문이 나기 시작하며 사업은 금세 확장했다. 민기는 여성 친화적인 기업 이미지를 구축하며 미혼모 단체에 기부하는 등, 선한 행보를 이어나갔다. 서울에서 시작한 사업은 금세 경기도, 인천, 부산에 체인점을 냈다. 샐러드 가게 본점에서 일하던 민기는 따로 본사 사무실을 차려 그곳으로 출퇴근을 했다. 샐러드 메뉴를 개발하는 영양사, SNS 마케팅 담당 직원을 채용하며 탄탄한 중소기업으로 발돋움하고 있었다.

민기는 매일 아침 8시에 회사에 출근해, 대표실에서 보고서를 검토했다. 직원들의 출근 시간보다 1시간 일찍 출근해 성실한 CEO의 면모를 보였다. 그는 강남의 고급 필라테스 샵에서 샐러드를 납품받고 싶다며 보낸 견적 요청서를 확인하는 중이었다. 똑똑, 노크 소리에 견적서를 확인하던 민기가 고개를 들었다.

"들어오세요."

비서가 작은 택배 상자를 들고 민기에게 다가왔다.

"사장님, 택배 왔습니다."

"두고 가세요."

비서는 민기의 책상 위에 택배를 올려두고, 고개를

숙이고 대표실을 나갔다. 민기는 택배를 시키지 않았지만 종종 거래처나 기부처에서 선물을 보내곤 해서 가볍게 생각했다. 그는 책상 서랍 속에서 커터칼을 꺼내 상자를 봉한 테이프를 갈랐다. 상자 속에는 아기 신발이 들어있었다.

"이게 뭐야? 누가 잘못 보냈나?"

상자 속에서 아기 신발을 꺼내든 민기는 영문을 몰라 고개를 갸웃했다. 명품 로고가 그려진 작은 신발을 책상 위에 내려뒀다. 그는 아직 미혼이라 이런 선물은 처음 받아봤다. 책상 위에 올려둔 민기의 핸드폰이 진동했다. 핸드폰 액정에 뜬 '서도준'이라는 이름을 확인한 민기가 전화를 받았다.

"선물은 마음에 들어?"

민기가 입을 열기도 전에, 도준이 다짜고짜 물었다.

"뭐야… 아기 신발 말하는 거야? 이거 네가 보냈어?"

"응. 내가 한 말은 지켜야지."

도준은 어딘가 즐거워 보이는 목소리였다.

"네가 제일 먼저 아빠가 되면 아기 신발 선물해 주겠다고 했잖아. 네 말대로 200만 원짜리야. 마음에 들어?"

"그, 그게 무슨 소리야. 내가 왜 아빠가 돼?"

도준의 폭탄 발언에 깜짝 놀란 민기가 말을 더듬었다. 핸드폰 너머 큭큭거리는 웃음소리가 들렸다.

"역시 아직 못 봤구나? 네 얼굴 배드파더스에 박제됐어. 주소 보내줄 테니까 들어가 봐."

우웅. 민기의 핸드폰이 짧게 울렸다. 액정을 확인하니, 도준이 보낸 링크 주소가 팝업창으로 떴다. 민기는 덜덜 떨리는 손으로 링크를 클릭했다. 링크와 연결된 사이트에는 민기의 얼굴과 나이, 사진이 올라와 있었다. 같이 올라온 여자의 얼굴은 아주 익숙했다. 필리핀에서 민기가 끼고 다니던 전 여자친구였다. 갓난아기를 소중하게 안고 있는 사진을 보니, 속이 울렁거렸다.

"나 신기 있는 거 아니야? 어떻게 딱 맞추냐."

도준은 민기의 속도 모르고, 아니 아주 잘 알고 비아냥거렸다. 그러나 그의 말투를 트집잡을 정도로 여유롭지 않았다.

"이, 이거 어떻게 내려?"

"돈 보내주고 합의해야 하지 않겠어?"

핸드폰을 쥐고 있는 민기의 손이 덜덜 떨렸다. 누가 보기 전에 사진을 내려야 했다. 돈은 얼마라도 상관없었다. 코피노의 아버지라는 게 사람들에게 알려지면 사업에 큰 타격을 입는다. 주 고객이 여성이라 불매운동을 하면 지금까지의 노력이 물거품이 되고 만다.

"돈 주면 게시글을 완전히 지워줘? 아무도 볼 수 없는 거야?"

"이거 참 매정한 아버지네~ 글은 사라져도 네 아들은 필리핀 하늘 아래 살고 있겠지."

"나 장난칠 기분 아니야! 이거, 알려지면 회사 망해. 여성을 타깃으로 장사를 하는 내가 이런 짓을 했다는 게 알려지면 불매운동을 할 거라고!"

전화기 너머로 킥킥거리는 도준의 웃음소리가 들렸다. 그는 이 상황이 아주 즐거운 것처럼 보였다.

"그걸 알았으면 진작에 고추 좀 조심히 놀리지 그랬어. 노콘노섹, 건전한 성생활을 위해 머리에 새겨두도록."

"너 진짜…! 이거 너만 알고 있어야 해. 절대 주위에 알리면 안 돼."

민기는 우선 도준의 입을 막기로 했다. 그리고 사이트 운영진에게 연락을 해서 양육비를 보낼 테니 당장 글을 내려달라고 요청할 생각이었다. 게시글의 존재를 발견한 사람이 언론사 기자나 방송국 피디가 아니라는 사실에 가슴을 쓸어내렸다. 그러나 도준은 공짜로 입을 다물 생각이 없었다.

"내가 입을 다물면 뭘 해줄래?"

생각지도 못한 도준의 요구에 당황한 민기가 되물었다.

"뭐, 뭐? 뭘 해줘, 내가?"

"내가 배드파더스에 이름 올라온 거 찾아줘, 아빠 된 기념 선물도 사줘. 내가 해준 게 있으면 보답도 해줘야지. 기브앤테이크 몰라?"

"뭐, 뭐해달라는 건데."

민기는 우선 도준이 무엇을 원하는지 들어볼 생각이었다.

"우리 호텔에 샐러드 좀 대라. 평생 무료로."

도준의 터무니없는 요구에 민기는 화를 버럭 냈다.

"미쳤냐? 원가에 달라는 것도 아니고 무료로? 그것도 평생?"

작은 회사도 아니고, 무려 5성급 호텔이었다. 신메뉴 테스트를 위해 한두 달만 무료로 제공해달라는 것도 아니고 해도 너무했다.

"싫으면 말고."

도준은 잃을 게 없었다. 약점이 잡힌 민기는 그의 말을 거역할 수 없었다.

"알았어, 알았다고! 대신, 너 비밀 지켜야 해. 아무한테도 이거 알리지 마!"

"그래. 절대 사람들에게 이야기하지 않을게."

핸드폰 너머 도준의 낮은 웃음소리와 함께 고양이가 우는 소리가 들렸다.

* * *

"서도준 개씨발새끼. 샐러드 납품도 다 받아먹었으면서 약속을 어겨?"

민기가 몸을 부들부들 떨었다. 그는 은수를 날카롭게 쳐다보며 말했다.

"넌 어떻게 알았어? 정의건, 박재호는 전혀 모르는 눈치인데."

의건과 재호의 시선이 은수를 향했다. 은수는 우물쭈물하며 입을 열었다.

"너는 아까 자리에 없어서 못 들었겠지만… 아버지

회사가 망했어. 서도준은 나에게 자신이 키우던 나비의 역할을 하면 달마다 500만 원을 주겠다고 했고 나는 돈에 눈이 멀어 수락했어. 네가 도준이의 연락을 받았을 때 내가 발밑에서 고양이 역할을 하고 있었어…"

"하, 씨발… 이건 또 무슨 개소리야? 서도준 이 새끼한테 다들 놀아났군…"

민기가 머리를 거칠게 쓸어 넘겼다. 은수는 소심한 목소리로 말했다.

"그러니까 우리를 의심하지 말라는 거야. 서도준에게 악감정 없는 사람은 정의건 말고 없을 테니까."

"하하하!"

갑자기 민기가 박장대소했다. 허리를 접고 눈꼬리에 눈물이 맺힐 정도로 깔깔대며 웃었다. 너무 화가 나서 미쳐버리기라도 한 걸까. 은수는 민기를 이상한 눈초리로 쳐다봤다. 기괴한 웃음에 소름이 돋았다.

"정의건. 너 언제까지 착한 척할래?"

"뭐야. 정민기. 왜 의건이한테 시비를 걸어?"

민기는 의건에게 물었지만 은수가 끼어들었다.

"최은수. 네가 정의건 마누라냐? 넌 좀 빠져. 난 정의건에게 물었어."

"…무슨 의도로 그런 말을 하는지 모르겠네."

의건은 민기를 똑바로 쳐다보며 말했다. 민기는 그에게 다가와 검지로 어깨를 쿡쿡 찔렀다.

"너도 서도준이 사라졌으면 하잖아."

"지금 네가 눈에 뵈는 게 없어서 악에 받쳐 아무렇게나 지껄이는 것 같은데, 나는 서도준과 초등학생 때부터 친했어. 우리는 고등학교 때 알게 됐지? 서도준과 가장 오래된 불알친구인 내가 왜 그런 마음을 먹어?"

"불알친구! 좋지. 서로 모르는 게 없잖아. 근데 때로는 그게 독이 된다?"

"빙빙 돌리지 말고 하고 싶은 말 있으면 제대로 해."

의건의 말에 실실거리던 민기가 웃음기를 거뒀다.

"철없던 시절에 한 행동도 다 알고 있잖아. 남을 배려하고 매너 있는 정의건은 과연 과거에도 그랬을까? 이를테면 중학생 시절이라던가."

민기의 말에, 의건의 눈썹이 꿈틀거렸다.

"너 중학교 때 아주 유명했더라?"

"어. 나 잘생긴 거로 유명했지. 다른 학교 여학생들이 내 얼굴을 보러왔으니까."

의건은 그의 페이스에 휩쓸리지 않았다. 그러나 민기

도 쉽게 물러나지 않았다.

"맞아. 그리고 아주 잘 놀았지. 그 지역에서 가장 유명한 일진 무리에 속했지?"

은수와 재호는 몰랐던 의건의 과거였다. 그들이 아는 의건은 일진이나 양아치무리에 어울릴 사람이 아니었다. 오히려 그들을 교화하는 선도부라면 모를까. 의건은 지금껏 본 적 없는 무서운 얼굴로 민기를 노려봤다.

"철없을 나이였잖아. 고등학생 때부터는 정신 차리고 학교 생활했어. 일진 무리에서도 나오고."

"그래? 네가 왜 정신차리게 됐을까?"

"지금 소속사에서 길거리 캐스팅을 받았거든. 배우가 사생활 관리하는 건 당연한 거 아닌가?"

의건은 태연하게 말했다. 민기는 큰 소리를 내며 웃었다.

"역시 배우님이라 연기를 잘하네. 나도 깜빡 속겠어."

"내가 뭘 속인다는 거야?"

"네가, 아니 너와 서도준 무리가 괴롭히던 애가 옥상에서 뛰어내린 걸 보고 정신 차린 거잖아."

"뭐?!"

민기의 폭로에 소리를 지른 건, 의건이 아니라 은수였

다. 의건은 속내를 알 수 없는 표정으로 민기를 쳐다봤다.

"…그걸 네가 어떻게 알아?"

"지, 진짜야?"

의건의 인정하는 듯한 말에 재호도 깜짝 놀라 물었다. 민기는 의건이 입을 열기를 종용했다.

"어떻게 알게 됐는지는, 네가 중학생 때 있었던 일을 밝히면 알려줄게."

의건은 어금니를 꽉 깨물었다.

* * *

15살, 질풍노도의 시기의 소년들에게 중요한 건 '보이는 것'이었다. 아직 사회를 잘 모르는 소년들에게 멋진 남자의 조건은 이러했다. 돈 많고 잘생겼는데 싸움도 잘하는 남자. 이게 바로 15살이 생각하는 만화 속 주인공 같은 모습이었다. 그리고 의건은 그런 조건을 모두 갖춘 소년이었다. 정치계 거물급 아버지의 밑에서 부유하게 자랐으며, 잘생긴 외모에 키도 컸다. 중학생임에도 불구하고 175cm를 넘은 그는 성숙한 분위기로 여고생 누나들에게 고백도 받았으니, 남자들 사이에서 영웅이나 다름없었다. 그와 어울리는 친구들도 비슷했다. 집에 돈 좀 있고, 외모를 잘 꾸미는 애들끼리 몰려다녔다. 같이 다니는 무리라도 그 안의 계급이 존재했다. 의건과 같은 급이라고 할 수 있는 친구는 도준뿐이었다. 카지노 호텔의 회장의 손자에다가 키가 크고 얼굴도 잘생겼다. 피지컬이 좋으니 싸움 실력은 말할 것도 없었다. 두 사람이 함께하면 무서운 게 없었다.

의건의 눈에 유독 거슬리는 급우가 있었다. 이름은 서지후. 반 1등, 전교 석차 6등의 모범생이었다. 의건과 도준은 대치동에서 가장 유명한 강사에게 족집게 과외를 받고 있었는데, 지후를 한 번도 이겨보지 못했다. 도대체 어느 강사에게 과외받나 궁금했는데 독학이라는 걸 알게 되고 더 싫어했다. 매달 사교육에 수백만 원을 들이는데, 독학하는 급우 한 명 이기지 못한다는 게 질투 난 것이다. 그래서 의건은 지후를 괴롭혔다. 앞자리에 앉은 지후의 머리 위에 지우개 가루를 던지고, 백 원을 주고 빵과 음료수를 사고 거스름돈을 남겨오라고 윽박질렀다. 체육복에 우유를 쏟아 사물함에 처박아 두고, 냄새가 난다고 팬 적도 있었다. 의건은 지후에게 스트레스를 풀었다. 물론 도준과 같이.

그들이 지후를 괴롭히던 장소는 학교 옥상이었다. 옥상은 학생들에겐 출입이 금지된 장소였지만, 도준은 키를 가지고 있었다. 도준은 공부하다가 머리가 아플 때 옥상에서 쉬고 싶다고 했고, 다음날 어머니가 시설관리자를 통해 열쇠를 받아줬다. 그때부터 옥상은 도준과 의건 무리의 아지트가 됐다. 보는 눈이 없어서 지후를 괴롭히기에 좋았다. 처음 지후를 찍은 건 의건이었으나 점차 도준이 더 심하게 괴롭혔다. 마치 지금처럼.

"야. 너는 빵도 제대로 못 사와?"

"매, 매점에 사람들이 너무 많아서…"

지후는 고개를 푹 숙인 채 몸을 덜덜 떨었다. 도준은 그를 한심하게 쳐다보며 비아냥거렸다.

"어쩌라고. 그건 내가 알 바 아니고 빵을 사 오라고 시켰으면 사 왔어야지."

퍽! 도준의 오른발이 지후의 옆구리를 걷어찼다. 지후가 마른 나뭇가지처럼 쓰러졌다.

"아악!"

"의건아. 우리가 뭐라고 했지?"

도준은 지후를 내려다보며 물었다. 의건은 핸드폰으

로 여자친구와 메시지를 주고받으며 건성으로 대답했다.

"늦으면 1초에 1대라고."

"얼마나 늦었지?"

"2분."

"그럼 120대네?"

도준의 잔인한 말에, 의건은 핸드폰을 주머니에 넣으며 낄낄댔다.

"오늘 하루 종일 처맞아야겠다."

"게다가 내가 사 오라는 피자빵은 사 오지도 못했고… 야, 얼마나 맞을래?"

도준은 바닥에 쭈그려 앉아, 쓰러진 지후와 눈을 마주쳤다. 지후의 눈시울이 붉어지더니 이어 눈물이 뚝뚝 떨어졌다.

"도대체 나한테 왜 이러는 거야… 내가 뭘 잘못했다고… 내가, 억!"

지후는 하던 말을 마치기도 전에 의건에게 머리를 걷어차였다.

"그냥 네 존재 자체가 싫어. 냄새나고, 못생겼어."

독학하면서 반에서 1등을 차지한다는 게 그 이유였

지만, 의건은 티를 내지 않았다. 인정하고 받아들이기엔 알량한 자존심이 상했다. 시멘트 바닥에 얼굴을 박은 지후가 고개를 들자 코피가 터져 흐르고 있었다.

"하하! 이 새끼 면상 좀 봐. 존나 웃겨. 사진 찍어야겠다."

의건은 핸드폰을 꺼내 카메라 앱을 켰다. 쌍코피가 터져 흐르는 지후의 얼굴이 카메라에 가득 차게 확대했다.

"제발… 그만, 그만해…"

지후가 고통스러운 표정으로 말했다.

"제발, 그만, 그만해~"

도준이 그의 목소리를 희화화해서 따라 하자, 옥상에 있던 일진 무리는 박장대소했다. 지후는 입을 꾹 다물고 자리에서 벌떡 일어났다. 그 모습을 본 의건이 비웃으며 말했다.

"어쭈? 이 새끼 좀 봐. 반격이라도 하려고? 와봐, 왕따 새끼야."

의건이 두 손을 올려 싸울 자세를 취했다. 얼핏 봐도 두 사람의 체격은 크게 차이 났다. 누가 이길지 뻔한 게임이었다.

"으아아아악!!"

지후가 소리를 지르며 내달렸다. 그는 의건을 지나쳐서 옥상 난간에 섰다. 의건은 지후가 자신에게 달려들지 않자 당황했다.

"어, 뭐야. 저 새끼 뭐하냐?"

미처 말릴 새도 없이, 지후의 몸이 옥상 밑으로 떨어졌다.

"어, 야!"

의건은 갑자기 일어난 일에 몸이 굳어버렸다. 지후를 괴롭히던 무리도 눈앞에서 일어난 일을 받아들이지 못했다.

"꺄아악!"

옥상 아래에서 아이들의 비명이 들렸다. 도준이 옥상 난간으로 다가가, 아래를 내려다봤다. 지후가 머리에서 붉은 피를 흘리며 쓰러져있었다. 바닥을 적신 피의 양은 상당했다. 도준이 친구들을 돌아보며 말했다.

"야, 씨발. 좆됐다."

도준의 말에 친구들은 하나둘씩 옥상 난간에 다가가 아래를 내려다봤다.

"뒤진 거지?"

"우리 이제 어떻게 하면 돼?"

친구들이 떠드는 소리를 듣고, 간신히 정신을 차린 의건이 옥상 난간으로 다가갔다. 떨리는 심장을 부여잡고 아래를 내려다보자, 끔찍한 모습으로 쓰러진 지후가 보였다. 허겁지겁 뛰어온 교사가 옥상 위를 쳐다봤다. 의건은 다리에 힘이 풀려 털썩 자리에 주저앉았다. 마음에 들지 않아서 괴롭힐 생각이었지, 이런 걸 바란 건 아니었다.

"씨발… 귀찮게 됐네…"

도준이 짜증 섞인 말을 내뱉었다.

지후의 투신으로 학교가 발칵 뒤집어졌다. 곧바로 병원에 실려 갔으나 뇌사상태에 빠졌다. 자발호흡이 불가능해서 평생 산소호흡기를 뗄 수 없는 상태였다. 징계위원회가 소집되어야 하는 일이었지만, 절차는 더디게 진행됐다. 그 사이, 도준의 어머니와 의건의 어머니는 피해자의 부모를 만났다. 지후의 부모님은 도준의 할아버지가 운영하는 카지노 호텔 객실 매니저로 일하고 있었다. 덕분에 합의가 쉽게 진행됐다. 지후의 아버지가 일하는 직장이자, 도준의 할아버지가 운영하고 있는 카지노 호텔에서 이들의 만남이 이루어졌다. 도준의 어머니와 의건의 어머니, 그리고 지후의 부모가 함께 4자대면을 했다.

"아드님의 일은 안타깝게 생각하고 있어요."

도준의 어머니는 찻잔을 들고 향을 음미하며 말했다. 그가 제일 좋아하는 프리미엄 차(茶)였다. 자식을 잃은 부모 앞에서도 미안한 내색이 없었다. 지후의 부모는 이미 변호사를 통해 합의서를 받아본 후라, 침울한 표정으로 입을 다물고 있었다.

"합의서는 읽어봤죠? 우리 도준이와는 전혀 관계없는 일이지만, 같은 학교 반친구라고 해서 신경을 좀 써주는 거예요. 석환씨, 계약직이더라고요?"

지후의 아버지, 석환이 고개를 끄덕이며 말했다.

"네, 맞습니다."

"잘 아시겠지만, 우리 호텔의 정규직은 공채로 뽑아요. 그만큼 지원자의 스펙을 많이 보죠. 석환씨는 고졸에 국가 공인영어 성적표도 없지만 특별히 정규직으로 전환해드리는 거예요. 원래 계약직은 대리 이상으로 승진도 못 하는데, 과장으로 승진 시켜드리고요. 파격 대우를 해드린다는 점, 알아주시면 좋겠어요. 그리고…"

도준의 어머니가 찻잔에 입술을 대고 목을 축였다.

"아들이 한 명 더 있다면서요? 성악을 배우고 있다고 하던데."

"…네. 재능이 있어서 가르치고 있습니다."

"모든 예체능이 그렇지만 성악은 돈이 많이 들어요. 레슨비와 유학비를 감당할 수 있겠어요?"

석환은 아무 말도 하지 못하고 고개를 숙였다. 중학생인 지금도 학원비를 감당하기 어려운데, 앞으로 얼마나 많은 돈이 들지 막막했다. 자식의 재능을 남부럽지 않게 키워주고 싶어도 돈이 문제였다.

"유학비를 모두 지원해 줄게요."

석환은 무릎 위에 올려둔 손을 꽉 쥐었다. 손톱이 살을 파고들 정도로 강한 힘이었다. 첫째 아들을 죽음으로 몰고 간 가해자의 부모에게 언성 한 번 높이지 못한 이유였다.

"최고의 성악가로 자리잡을 수 있도록 물질적인 도움을 드릴게요."

가난한 집에서 태어난 두 아들은 지나치게 똑똑했다. 부유한, 아니 평범한 집안에서만 태어났어도 크게 될 아이들이었다. 지후를 생각하면 눈앞에 있는 두 여자를 찢어 죽여도 시원치 않았지만, 계란으로 바위 치기라는 걸 알고 무력해졌다. 대기업을 상대로 소송을 해봤자, 시간 낭비였다. 게다가 변호사가 건넨 합의서에는 공론화를 하지 않겠다는 조건이 붙었다. 만약 언론사에 제보하거나, 경찰에 신고한다면 제안한 내용은 없던 것이 된다고 했다. 그뿐만 아니라 명예훼손으로 역고소하겠다고 협박했다. 석환은 눈시울이 붉어졌다. 아들의 인생을 망쳐 놓은 가해자들의 보상을 저울질하는 자신이 역겨웠다.

"한 명이라도 제대로 키워야죠."

도준의 어머니 말이 날카로운 비수가 되어 꽂혔다. 능력 없는 부모라서 미안했다. 의건의 어머니는 고급 샵에서 손질받은 머리카락을 매만지며 말했다.

"지후는 실수로 옥상에서 추락사한 거예요. 무슨 말하는지, 이해하시죠?"

의건의 어머니는 그에게 동의를 바랐다. 석환은 어렵게 고개를 끄덕였다.

"변호사를 통해서 보낸 합의서에 사인해서 보내주시면 돼요. 다시 한번 이야기하지만, 우리와 상관없는 일이지만 선의를 베푸는 거예요. 나중에 잡음이 나오지 않도록 유의하세요."

"…네."

석환이 눈물을 참으며 갈라지는 목소리로 대답했다. 한 사람의 목숨값은 이들에겐 아무것도 아니었다. 지후의 어머니가 먼저 눈물을 터트렸다.

"흐윽… 흑…"

아내를 달래던 석환도 결국 눈물을 흘렸다. 그 모습을 바라보는 도준의 어머니와 의건의 어머니의 얼굴에는 연민을 찾아볼 수 없었다. 오히려 불편한 얼굴이었다.

"저희는 먼저 일어날 테니, 마음을 추스르고 나오세요."

두 사람이 나간 후, 지후의 부모는 한동안 접견실에서 나오지 못했다. 혹시 그들의 심기를 거스릴까 봐 숨죽여 울었다.

의건은 지후의 죽음으로 큰 충격을 받았다. 불안감이 높아지고, 수면제 없이는 잠을 이루지 못해 정신과 상담도 예약했다. 날이 갈수록 피폐해지는 의건과 달리 도준은 아무렇지 않았다. 지후가 옥상에서 떨어진 날 이후, 옥상 키는 반납해야 했다. 피해자와 합의를 마치고 학교에서도 쉬쉬했지만, 사건의 내막을 아는 학생들이 여럿 있었다. 보는 눈이 있어서 전처럼 무리 지어 몰려다니지 못했다. 도준과 의건이 새로 찾은 아지트는 학교 뒤편의 공터였다. 지나다니는 사람이 없어서 담배를 피우기 안성맞춤이었다. 의건은 도준과 담배를 피우는 게 전처럼 즐겁지 않았다. 천벌을 받을 것 같은 불안에 사로잡혔다. 의건은 이제 막 입에 물었던 담배를 땅에 던졌다.

"야, 이래도 되는 거야?"

"뭐가?"

도준은 핸드폰으로 웹툰을 보며 담배 연기를 내뱉었다.

"한지후 말이야! 그 새끼… 우리 때문에 뇌사상태가 됐잖아…"

그제야 도준이 핸드폰에서 시선을 떼고 의건을 쳐다봤다. 그는 의건에게 다가가 핸드폰 모서리로 가슴을 쿡, 쿡 찔렀다.

"너 말조심해. 그게 왜 우리 탓이야? 혼자 실수로 옥상에서 떨어진 거야. 우린 한지후와 친한 친구였고."

도준이 시치미를 떼자, 의건이 치를 떨었다.

"우리끼리 있을 때는 솔직해져도 되잖아!"

도준은 고개를 저으며 한숨을 내쉬었다.

"의건아. 이미 다 끝난 일이야. 왜 자꾸 들쑤셔? 나도 마음이 무척 아프다고."

도준이 과장된 손짓으로 가슴을 어루만졌다. 명백한 조롱조의 행동에 의건이 비난했다.

"너는… 죄책감도 안 느끼냐?"

"뭐? 하하하!"

도준이 배를 잡고 크게 웃었다. 그는 손에 들고 있던 담배를 바닥에 던졌다. 그리고 의건의 양 팔을 잡으며 말했다.

"그럼 경찰서에 가서 자수해."

"야, 너…!"

"죄책감? 처음부터 한지후를 괴롭히지 말았어야지. 괴롭힐 때는 재미있다고 해놓고, 이제 와서 미안해? 위선 떨지 마. 처음 한지후를 찍은 건 너야, 정의건. 네가 이 사건의 시작이라고."

도준의 힐난에 의건은 아무 말도 하지 못했다. 그의 말은 틀리지 않았다. 애초에 같은 반 친구를 괴롭히면 안 되는 거였다. 후회해도 이미 늦었다. 이미 일은 터졌고, 되돌릴 수 없었다. 의건은 죄책감으로 너무 힘들었다. 아무 죄 없는 지후의 가족에게 씻을 수 없는 큰 상처를 줬다. 도준은 괴로워하는 의건을 위로했다.

"뒤늦은 죄책감, 반성… 그런 게 뭐가 중요해? 어쨌든 사건은 일어났잖아. 물론 나라고 안 놀란 건 아니야. 사람이 죽는 걸 눈앞에서 봤는데 충격받지 않을 사람이 어디 있겠어? 앞으로 조심하면 되는 거야. 우린 아직 어리잖아. 교화 몰라, 교화? 우리같이 앞날이 창창한 애들이 감옥에서 썩을 순 없잖아."

도준과 의건은 피해자 가족에게 사과를 하지 않았다. 그들의 어머니가 그럴 필요가 없다고 했기 때문이다. 도준은 너무 쉽게 스스로 면죄부를 줬다. 의건은 참을 수가 없었다.

"서도준, 그래도 우리가 사람이라면…."

"진짜 왜 그러냐, 정의건."

도준이 짜증 난 얼굴로 의건을 쳐다봤다.

"개네 부모도 입 닫았어. 우리 호텔에서 승진시켜 주고, 위로금도 줬어. 걔 동생은 성악을 한대. 너 성악이 돈 얼마나 많이 드는지 알지? 성악 레슨비와 유학비, 학비까지 대주기로 했다고. 그나마 걔네 부모님이 우리 호텔에서 일했기에 망정이지, 아니었으면 우린 소년원에 갔어. 너는 그러고 싶어?"

의건은 반박하지 못하고 입을 다물었다. 잘못에 대해 반성하지만, 죗값을 치를 자신은 없었다. 얼마나 비겁한 행동인가. 의건은 위선적인 스스로의 모습에 환멸이 났다. 그는 도준을 욕하면 안 됐다. 둘 다 똑같은 사람이었으니까. 도준은 바람에 헝클어진 의건의 머리카락을 넘겨주며 다정하게 말했다.

"솔직히 급이 떨어지는 애들밖에 없는 이 학교에서, 어울릴 사람은 우리 둘밖에 없잖아. 그냥, 비밀 하나 생긴 거야. 평생 무덤까지 가지고 갈 비밀. 원래 친한 친구는 이런 거 하나씩 있는 거잖아."

도준이 의건의 어깨를 툭툭 쳤다.

"나 먼저 들어갈 테니까, 너는 생각 좀 정리하고 와."

의건은 멀어지는 도준의 뒷모습을 쳐다봤다.

그 후, 의건은 마음을 잡았다. 남을 괴롭히지 않았고, 공부에 몰두했다. 지후가 사라지니 반 1등은 의건의 차지였으나 마음이 편치 않았다. 도준의 얼굴을 보는 것도 껄끄러웠다. 용서받을 수 없는 과거가 끊임없이 떠올랐기 때문이다. 고등학교는 다른 곳을 다니고 싶었지만 그럴 수 없었다. 의건이 사는 지역은 초, 중, 고등학교를 에스컬레이터식으로 진학하는 사립학교 시스템이었기 때문이다. 고등학교 진학을 앞둔 겨울, 의건은 유명 소속사에서 길거리 캐스팅을 받았다. 그때부터 본격적으로 배우로 데뷔하기 위한 준비를 시작했다. 부모님은 그가 전문직종을 가지길 바랐으나, 하고 싶다는 걸 막진 않았다. 사실, 의건이 소속사를 들어간 이유는 연습을 핑계로 학교를 나가지 않기 위해서였다. 그렇게라도 도준과 멀어지고 새로운 삶을 살고 싶었다.

그러나 인생은 생각한 대로 흘러가지 않는 법이었고, 의건은 고등학교에서 도준을 포함한 친구 무리가 생겼다. 그게 바로 '압구정 호랑이'였다. 강남 토박이로 부유한 집안에서 자란 그들은 의건과 도준의 '급'에 맞는 친구들이었다. 사는 수준이 비슷하니 대화도 잘 통했고, 적당히 재밌었다. 시간이 약이라고, 도준을 볼 때마다 불편했던 기억도 차츰 잊혀져갔다.

학교를 졸업하고 성인이 된 의건은 배우로서 승승장

구했다. 조연부터 차근차근 밟아올라갔으며 대중의 큰 사랑을 받았다. 친구라고 해도, 한 명이 너무 잘 되면 질투할 법도 한데 '압구정 호랑이'는 그러지 않았다. 남을 질투하기에는, 그들이 너무 잘났다. 우정은 생각보다 오래 이어졌다. 의건은 스케줄이 점점 많아지고 바빴지만, 시간이 날 때면 '압구정 호랑이'를 만났다. 강남의 고급 위키스바는 그들의 회동 장소였다. 조용하고, 룸형식이라 사생활이 보호돼서 선호했다. 오후 스케줄을 끝내고 온 의건은 미리 도착한 친구들에게 인사를 건넸다.

"오랜만이다."

술에 취해 얼굴이 벌게진 재호가 의건을 보며 손가락질했다.

"연예인이다! 아씨, 자기가 주인공인 것처럼 등장하네…"

의건은 빈자리에 앉으며 너스레를 떨었다.

"원래 이 모임의 주인공은 나 아니야?"

"맞아. 의건이가 우리의 대장이지. 나는 인정해."

민기가 과하게 그의 편을 들었다. 그는 최근 의건에게 여자 연예인을 소개해달라고 조르고 있었다. 재호가 풀린 눈으로 의건의 얼굴을 쳐다보며 말했다.

"정의건이 이렇게 유명해질 줄 누가 알았냐? 나는 우리 중에 연예인을 하는 사람이 있다면, 최은수일 줄 알았는데…"

재호가 부담스러울 정도로 은수에게 고개를 들이밀며 말했다. '압구정 호랑이'의 도준과 의건, 은수는 비주얼 삼인방으로 유명했다. 도준은 연예인을 할 성격이 아니었고, 의건은 아버지를 따라 정치계로 입문할 거라고 생각했다. 성격이 유하고 애교도 많은 은수야말로 연예인의 끼가 있다고 생각했다. 그러나 정작 연예인이 된 건 의건이었다.

"왜? 나는 의건이가 연예인하면 잘될 줄 알았는데."

"야. 정의건 똥꾸멍 헐겠다. 그만 빨아."

재호가 면박을 줘도 민기는 신경도 쓰지 않고 검은 속내를 드러냈다.

"너 '우리집 여자들'에 나왔던 이소혜랑 친해? 나 좀 소개해 주면 안 되냐?"

"너 소개해 줬다가 내가 무슨 욕을 먹으라고?"

"네가 왜 욕먹어? 좋은 남자 소개해 줬다고 밥을 얻어먹겠지!"

"개소리하지 마. 그리고 소혜도 남자 얼굴 많이 본다.

잘생긴 남자가 좋대."

"어? 야. 나 정도면 잘생겼지. 내가 어디가 어때서?"

민기가 진지하게 따져 물었다. 두 사람의 대화를 듣고 있던 재호가 그를 비웃었다.

"야. 솔직히 거울이 있으면 좀 봐라. 스스로 잘생겼다고 말하기 창피하지 않냐?"

"하… 진짜 내가 초등학생 때는 잘생겼거든?"

"초등학생 때는 다 귀엽고 잘생겼어."

"아니야. 난 진짜 잘생겼다니까? 아이돌 준비하려고 했잖아. 마의 15세를 넘기지 못하고 역변해서 그래."

민기의 일방적인 주장을 믿어주는 사람은 아무도 없었다. 결국 그는 가만히 있는 의건을 물고 늘어졌다.

"정의건, 혹시 너도 중학생 때는 못생겼던 거 아니야? 연예인 준비하면서 고등학생 되기 전에 성형한 거 아니냐고!"

의건은 대꾸할 가치도 없는 말이라고 치부하고 무시했다. 그러자 도준이 대신 대답했다.

"정의건은 중학생 때도 잘생겼지. 다른 학교 학생들도 얘 보겠다고 학교에 찾아왔잖아. 쭉 잘생긴 모태 미남이라는 건 내가 보장해."

"정의건의 중딩 시절을 아는 놈은 서도준뿐이구나. 썰 좀 풀어봐. 그래도 흑역사 하나 정도는 있을 거 아냐."

"흑역사?"

도준이 위스키잔을 내려두고, 의건과 눈을 마주쳤다.

"하긴. 워낙 어렸을 때부터 알던 사이라 별꼴을 다 보긴 했지. 무덤까지 가지고 갈 비밀도 간직한 사이거든."

도준의 말에, 봉인해 두었던 기억이 수면 위로 떠올랐다. 웃고 있던 의건의 표정이 싸늘하게 굳었다. 표정 변화를 눈치챈 재호가 깜짝 놀란 목소리로 말했다.

"뭐야? 지금 정의건 진짜 당황했는데?"

"도대체 어떤 비밀이길래 천하의 정의건이 표정을 못 숨겨?"

민기가 신난 목소리로 호들갑을 떨었다.

"도준아, 말해줘. 도대체 어떤 비밀인데? '압구정 호랑이' 사이에 비밀이 어디 있어? 서운하게."

은수도 도준을 부추겼다. 의건은 장난기 빠진 표정으로 감정을 억누르며 말했다.

"너희는 왜 그런 게 궁금해?"

"어어, 이 새끼 정색하는 거 봐라? 이러니까 더 궁금해. 서도준, 오늘 그 비밀 알려주지 않으면 여기 못 나간

다!"

재호가 도준의 팔뚝을 붙잡으며 질척거렸다. 도준은 이 상황이 재미있는지 의건을 쳐다보며 실실 웃었다. 지후가 옥상에서 떨어진 건, 그 자리에 있던 모두의 잘못이었다. 그러나 도준은 마치 관망하듯이 행동했다. 의건을 놀리면서 말이다.

"그게 뭐냐면 말이지…"

"자, 다들 조용! 정의건의 흑역사를 들어보자고."

네 남자가 도준에게 집중했다. 도준은 테이블 위에 올려둔 의건의 손이 떨리는 걸 보며 웃었다. 은수와 재호, 민기는 흥미롭다는 듯이 도준을 향해 몸을 기울이고 있어서 알아채지 못했다.

"…그건 당연히 알려줄 수 없지."

도준이 위스키잔을 입에 댔다. 기대했던 세 남자는 김이 잔뜩 빠져 볼멘소리를 냈다.

"뭐야. 알려주는 줄 알았는데."

"이건 우리 둘만의 비밀이라고."

"우리 사이에 비밀이 어디 있어! 딱 우리까지만 알고 있을게."

재호는 물러서지 않고 도준을 설득하려고 했다.

"왜, 나는 둘만 아는 비밀이 좋은데. 남들은 모르는 걸 공유해야 둘 사이가 더 돈독해지는 법이거든. 다들, 나와 비밀을 하나씩 만들까?"

가볍게 던진 도준의 말에 분위기가 무겁게 가라앉았다. 도준은 의건, 은수, 재호, 민기의 얼굴을 차례대로 살펴보았지만, 그 누구도 눈을 마주치지 못했다. 도준은 입꼬리를 슬쩍 올리며 위스키잔에 입술을 댔다.

* * *

의건은 자리에 주저앉았다. 떠올리고 싶지 않은 과거를 떠올리고 나니, 온몸에 힘이 빠졌다. 은수와 재호는 처음 알게 된 의건의 과거에 놀랐다. 왕자님, 매너남, 젠틀남이라고 불리던 그가 과거 학교폭력 가해자라니. 의건은 철저히 과거를 숨겼다. 최근 연예계는 학교폭력 논란이 연이어 터지고 있었다. 인기가 많은 연예인도 학폭 논란이 제기되면 나락에 빠졌다. 의건은 단순 괴롭힘이 아니라 피해자를 뇌사상태에 빠지게 했다. 이 일이 세간에 알려진다면 연예계 은퇴는 예정된 수순이었다.

"누가 알려준 거야?"

"그 사건, 논현중학교에서 되게 유명했잖아. 그걸 둘만 입단속한다고 아무도 모를 줄 알았어? 네 동창들이 있는데?"

동창이라는 말에 의건이 깜짝 놀라 허둥지둥거리며 핸드폰을 꺼냈다.

"인터넷에 올라왔어?"

"아니. 내가 논현중에 아는 친구 하나 없겠냐? 너희가 중학생 때 어떻게 지냈나 좀 알아봤거든. 일진 무리에 속했다는 걸 알게 됐고, 엄청난 사고도 있었다는 걸 알았지."

"도대체 왜? 내 뒤를 캐고 다닌 거야?"

의건이 화가 나서 소리쳤다. 오랜 친구라고 생각했는데 소름 돋게 자신의 뒷조사나 하고 다닐 줄이야. 민기도 뒤지지 않고 맞고함쳤다.

"나라고 그러고 싶어서 그런 줄 알아? 서도준이 코피노로 협박하니까 나도 약점을 알아내야 했어! 이 사건을 알고 터트리고 싶었지만, 피해자의 아버지가 아직도 서도준의 호텔에서 일하고 있다는 걸 알고 포기했지. 꽤 높은 자리를 차지했더라고."

민기는 씩씩거리며 말했다. 도준의 부모는 약속을 지

켰다. 지후의 아버지에게는 높은 관리직을, 그의 동생에게는 배움에 대한 지원을 아끼지 않았다. 지후의 동생은 현재 세계 각국의 성악 콩쿠르 대회에서 상을 휩쓸며 두각을 드러내고 있었다.

"괜히 들쑤셨다가는 역공을 당하겠더라고. 자기 자식을 잃은 부모조차 돈으로 매수한 사람들인데, 더한 짓은 못하겠어? 물론 너 같은 연예인이야, 학교폭력에 민감하니까 문제가 되겠지만 서도준은 타격도 없겠더라고."

의건은 과거 실수를 변명하고 싶었다. 뉘우치고 반성하기에도 부족하지만, 자신의 이미지를 먼저 생각했다. 지금까지 쌓아온 이미지가 한 번에 무너지게 생겼으니, 눈에 보이는 게 없었다.

"그때는 너무 어렸어… 실수였다고! 그리고 보상도 충분히…"

"실수? 걔, 죽었어."

"…뭐?"

의건이 놀라서 되물었다. 아무것도 모른다는 표정에, 민기는 어이없어했다.

"뇌사상태였잖아. 누구와는 다르게 참 착한 학생이었

나 봐. 장기기증으로 4명을 살리고 하늘나라로 갔어."

"거, 거짓말… 그런 이야기는 들은 적이 없어."

의건은 필사적으로 부인했다. 뇌사상태에 빠지고 난 후의 이야기를 들은 적은 없었다. 그 사건은 모두의 입에서 함구됐기 때문이다. 죽었을 거라곤 생각도 하지 못했다. 그는 민기의 말을 믿지 않았다. 그가 자신을 괴롭히기 위해 말을 지어냈다고 생각했다.

"그러겠지. 얼마 안 가서 졸업하고, 중학생 때 애들과는 연락을 끊었잖아. 서도준 빼고는. 그러니 누구한테 그런 이야기를 들었겠어."

"서도준은… 알고 있었어?"

"어. 걔가 모르는 게 어디 있어."

의건은 이마를 손으로 짚으며 비틀거렸다. 괴롭혀서 사람이 죽었는데, 그걸 알면서도 그렇게 아무렇지 않을 수 있다고? 도준은 원래 이해하기 어려웠지만, 상상 이상이었다. 일부러 말해주지 않은 건 배려였을까 아니면 기만이었을까. 어느 것이라고 해도 최악이었다."서도준은 어떻게 그럴 수가…"

"이거 웃기네… 뇌사상태 몰라? 죽은 것과 다름없는 거야. 넌 네가 죄책감을 덜 느끼려고 살아있다고 위안했겠지. 가족들은 그게 더 지옥일걸? 일어나지도 못하는 환자 병실에 붙잡아두면 병원비는 어떻게 할 건데?"

"나, 나는 일부러 그런 게 아니야… 반성도 많이 했어. 그렇지만 서도준은 양심의 가책도 느끼지 않았다고…"

"사람 죽이고 나서 일부러 그런 게 아니었다고 변명하면 무슨 의미가 있어? 너는 철없을 때 한 행동이라 용서받아야 하고, 서도준은 천하의 쓰레기냐? 피해자가 옥상에서 추락사했다고? 아니, 네가 죽인 거야. 그러면서 착한 척, 매너 있는 척하지 마. 역겨우니까."

민기의 신랄한 비난에 의건은 이성을 잃었다. 더 이상 이미지를 관리할 것도 없었다. 의건은 광기 어린 눈으로 그를 몰아세웠다.

"맞아. 나 학교폭력 가해자야. 그런데… 너는 뭐가 그렇게 잘났는데? 고추 잘못 놀려서 해외에 아이를 싸지르고, 양육비 안 보내줘서 개망신당한 새끼가 나한테 일침할 자격이 있나?"

"뭐? 야. 그래도 나는 사람은 안 죽였어."

"자랑이다~ 잘 때 네 아들이 꿈에 나오진 않아? 아빠~ 보고 싶어요~ 이러진 않아?"

"이 씨발새끼가!"

결국 민기가 참지 못하고 의건에게 달려들었다. 옆에서 있던 재호와 은수가 두 사람을 뜯어말렸다.

"박재호, 놔. 놓으라고! 저새끼가 다신 좆같은 소리 못하게 입을 찢어버릴 거야!"

민기는 몸부림을 치며 말리는 재호의 손을 떨치려고 노력했다. 재호는 그를 진정시키기 위해 안간힘을 썼다.

"야, 김민기. 진정해. 지금 우리끼리 싸울 때가 아니야."

은수는 의건이 민기에게 달려들지 못하도록 꽉 잡고 있었다. 의건은 민기를 노려보며 나지막이 말했다.

"날 먼저 건드린 건 너야. 김민기."

"의건아. 제발. 그만하자."

은수가 의건의 손을 잡고 호소했다. 민기를 노려보던 의건은 이내 고개를 돌려버렸다. 가까스로 폭력 사태는 막았다. 재호가 분위기를 정리했다.

"이로써 확실한 건 우리는 모두 서도준에게 좋은 감정은 없다는 거야. 차라리 다행이지. 서도준의 죽음에 죄책감을 느끼지 않아도 되잖아. 죽어도 마땅한 놈이었어. 우리끼리 싸움은 의미가 없어. 우리는 서도준을 어떻게 처리할지만 생각해도 시간이 없거든."

재호의 말에 민기도 흥분을 가라앉혔다. 그의 말대로 지금 중요한 건 도준의 시체의 행방이었다. 의건과 민기의 갈등은 해소되지 않았지만 서로를 헐뜯지 않았다. 은수는 차분히 화두를 던졌다.

"자. 그럼 다시 생각해 보자. 도대체 서도준의 시체는 어디로 간 거야?"

의건이 이마를 짚으며 의자에 앉았다. 답답한 마음에 주머니에서 담배를 꺼내 입에 물자, 재호가 제지했다.

"야, 실내 흡연은 안 돼."

그의 말에 의건이 황당하다는 듯이 말했다.

"지금 유리 파이프관에서 마약 증기 나오는 거 안 보여? 마약은 되는데 담배는 안 된다고?"

"이 마약은 무색무취야. 담배는 무색유취고. 요트에서 담배냄새 배면 누가 여기서 파티를 하고 싶어 하겠냐."

재호의 말에 민기가 자조적으로 읊조렸다.

"파티를 하다가 사람이 죽어 나간 건 괜찮고?"

그의 말에 재호는 즉각 정정했다.

"무슨 말이야? 여기서 아.무.도 안 죽었어. 명심해. 서도준이 죽은 건 요트파티가 끝난 후야."

의건은 한숨을 크게 내쉬며 담배를 거칠게 주머니 속에 집어넣었다. 반나절만에 너무 많은 일이 일어났다. 도준이 죽고, 은밀한 비밀이 하나둘 밝혀졌다. 그리고 시체가 사라졌다. 귀신이 곡할 노릇이었다. 의건이 기운 없는 목소리로 물었다.

"그래서, 이제 어떻게 할 건데."

"서도준의 시체를 찾아야지."

재호가 대답했다. 물론 어떤 방법을 구상해 둔 건 아니었다. 그러자 은수가 논리의 헛점을 따져 물었다.

"박재호. 네가 약을 너무 많이 해서 지금 머리가 안 돌아가는 것 같은데… 찾는다, 라는 말의 전제가 누군가 서도준의 시체를 숨겼다는 거야. 즉, 우리가 아닌 다른 사람이 서도준의 죽음을 알고 있다는 거야."

파티를 즐기는 사람 중에 서도준이 죽은 걸 아는 사람이 있다니. 상상만으로도 등골이 오싹했다. 시체를 은닉하려고 했다는 게 알려지면 파장도 엄청날 것이다. 민기는 두 손으로 머리카락을 거칠게 헝클어뜨렸다.

"나는 이해가 안 가. 어떤 미친놈이 서도준의 시체를 숨겨? 무슨 이익이 있다고. 시체를 발견했으면 바로 신고해야 하는 거 아니야?"

"혹시… 서도준이 죽는 걸 바라는 사람이 더 있는 건 아닐까?"

은수가 조심스레 말했다. 그의 말에 의건은 말도 안 된다는 표정을 지었다.

"뭐? 도대체 왜?"

"솔직히 우리가 서도준 친구이긴 하지만… 냉정하게 서도준 인성을 봐. 사방이 적이어도 이상하지 않다고. 그런데 카지노 호텔 손자라서 못 건드는 거잖아. 하물며 친구인 우리한테도 약점을 잡았던 놈인데, 다른 사람들에게는 안 그랬겠어?"

은수의 주장에 설득된 재호가 고개를 끄덕였다. 민기도 일부 그의 주장이 일리가 있다고 생각했지만, 그래도 어설픈 구석이 있었다.

"그 말은 이해가 가. 그런데 시체를 숨겨서 뭐 해? 서도준을 싫어하는 놈이 있었다면, 시체를 보고 얼마나 기뻤겠어. 시체를 숨길 이유가 없다고."

민기의 말에 객실 안은 다시 조용해졌다. 의건은 손가락으로 테이블을 톡톡 내리치며 깊은 생각에 빠져 중얼거렸다.

"…시체라도 곁에 두고 싶어 한 걸 수도."

"그건 또 무슨 말이야?"

세 남자의 시선이 의건의 얼굴로 향했다.

"박해주 말하는 거야."

의건의 입에서 나온 의외의 이름에, 은수는 고개를 저었다.

"뭐? 해주가? 야, 말이 되는 소리를 해."

"…나는 터무니없는 소리는 아닌 것 같은데."

그러나 재호는 의건의 말에 동의했다. 은수는 황당한 주장에 동의하는 재호를 이해할 수 없었다.

"뭐? 박재호. 해주가 아무리 서도준에게 목을 맨다고 해도… 여자애잖아. 어떤 여자가 전 남자친구의 시체를 갖고 싶어서 숨기냐고!"

그러나 은수의 말에 아무도 동의하지 않았다. 결국 은수는 민기를 쳐다보며 도움을 요청했다. 그러나 민기도 그들의 생각과 같았다.

"최은수. 그건 네가 박해주를 잘 몰라서 하는 말이야. 솔직히 여기서 박해주에게 괴롭힘 안 당한 사람 없잖아."

"뭐? 해주가 도대체 뭘 어떻게 했길래?"

은수는 의건과 재호, 민기가 왜 이렇게 해주에게 벌벌 떠는지 이해할 수 없었다. 고작 도준의 전 여자친구일 뿐인데. 마르고 작은 20대 초반의 여자를, 체격 좋은 20대 후반의 장정 셋이 두려워한다는 게 상식적이지 않았다. 은수를 제외한 세 사람은 서로 시선을 교환했다. 해주와 있었던 일을 직접 설명해 줘야 이해시킬 수 있었다. 먼저 입을 연 것은 민기였다. 그는 해주와 도준을 이어준 주선자이기도 했다.

"해주가 서도준과 헤어지고 난 후에, 나한테 전화를 계속하는 거야. 다시 도준을 만나게 도와달라고. 몇 번은 받아주다가 하루 종일 연락해서 무시했거든? 그러니까 받을 때까지 전화하더라. 부재중 통화가 100통이 찍혔어."

민기는 그때를 생각하면 아직도 치가 떨렸다. 사업을 운영하고 있으니 핸드폰을 꺼둘 수도 없었고, 거래처와 연락을 할 수 없어서 난감했다. 해주가 여자라서 참았지, 남자였다면 찾아가서 흠씬 두들겨 팼을 것이다.

"내가 소개해 줬으니까, 재회하게 도와달래. 근데 서도준이 한 번 헤어진 여자와 다시 만나는 거 봤냐? 가망없으니까 다른 남자를 소개해 주겠다고 해도 서도준이 아니면 안 된대. 짜증 나서 전화번호를 차단하니까 다른 핸드폰으로 전화 거는 거 있지? 내가 사업 때문에 핸드폰을 꺼두지 않는데, 화가 나서 핸드폰을 꺼버리니까 우리집 앞으로 찾아왔어."

민기가 고개를 절레절레 저었다. 웬만하면 차인 여자의 아픈 마음을 이해하려고 했지만, 시간이 갈수록 도준이 불쌍했다. 주위 사람을 이렇게 괴롭힐 정도면 도준에게 어떻게 행동했을지 뻔히 보였다. 도준은 집착하는 여자를 세상에서 제일 싫어했다. 두 사람이 어떻게 헤어졌는지는 안 봐도 비디오였다. 민기의 말이 끝나자, 의건도 해주에게 데인 경험을 털어놨다.

"서도준이 솔로가 되니까, 아는 동생이 소개해달라고 부탁했어. 그래서 자리 한 번 만들어줬거든. 그걸 해주가 알게 된 거야. 도준이에게 다른 여자를 소개해 줬다고 길길이 날뛰었어. 우선 미안하다고 했지."

의건은 거품을 물고 소리를 지르던 해주의 모습이 아직도 선명하게 떠올랐다. 미안하다고, 다시는 그러지 않겠다고 몇 번이나 빌었는지 모른다. 간신히 해주를 집에 되돌려 보내고, 더 이상 엮일 일이 없다고 생각했다. 그건 의건의 착각이었다.

"그 뒤로 무슨 짓을 했는지 알아? 내 자동차 바퀴를 터트리고, 집으로 쥐 사체가 들어있는 택배를 보냈어. 처음에는 안티팬인 줄 알고 CCTV를 확인했는데 해주라서 그냥 넘어갔거든. 근데 점점 선을 넘어서 불러서 따끔하게 이야기해 줬지. 그러니까 뭐라는 줄 알아? 아주 당당하게 도준에게 여자를 소개해 준 벌이래. 한번만 더 여자를 소개해 주면 더 심한 짓도 하겠다고 협박하더라. 그 뒤로 절대로 여자 소개를 안 해줬지."

의건이 몸서리를 치며 말했다. 은수는 민기와 의건의 말을 믿을 수 없었다. 이제 재호의 차례였다.

"나는 서도준과 같은 외제차를 가지고 있어서 동호회 활동도 했잖아. 그때 박해주가 내 자동차에 위치추적기를 붙였어. 서도준은 개인 주차장이 있어서 접근할 수 없으니까 아파트 주차장에 세워둔 내 차에 붙인 거야. 늦은 밤에 강남이나 이태원에 있으면 아주 귀신같이 전화가 오더라고. 거기 클럽 있는 곳 아니냐, 왜 거기에 있냐, 혹시 서도준과 함께 있냐… 도대체 어떻게 알았나 싶었는데 세차하다가 위치추적기를 발견했어. 살다 살다 내 차에 위치추적기가 붙을 거라고 누가 생각해 봤겠냐."재호는 그 뒤로 해주라면 학을 뗐다. 은수는 세 남자의 경험담을 곧이곧대로 받아들이기 어려웠다. 영화나 드라마에 나오는 스토커도 아니고, 현실에서 이런 사람은 처음 봤다. 무엇보다 해주는 상당한 미인이었다. 도준이 아닌 다른 남자를 만났다면 오히려 갑(甲)의 연애를 했을 여자였다. 청순가련한 미인이 그런 일을 벌였다고 하면, 그 누구도 믿지 않았을 것이다.

"마, 말도 안 돼… 나한테는 그렇게까지는 안 했는데… 가끔 서도준이 보고 싶다고, 만나게 도와주면 안 되냐고 부탁하는 정도였어."

무엇보다 은수가 더 놀란 것은, 그도 해주와 아는 사이였기 때문이다. 친한 사이는 아니지만, 핸드폰 번호는 저장되어 있었다. 도준과 사귀기 전, 민기의 생일파티에서 만나 전화번호를 교환했기 때문이다. 그들의 주장대로라면 해주는 도준의 지인은 모두 괴롭혔다. 그러나 은수는 괴롭힘을 당하지 않았다. 그 점이 이해되지 않았다. 재호가 잠시 뜸을 들이다가 입을 열었다.

"이거는 내 추측인데… 기분 나빠하지 말고 들어. 지금은 그렇게 생각 안 하니까."

은수가 고개를 끄덕이자 재호는 큼큼, 하고 목소리를 가다듬었다.

"나도 네가 서도준과 무슨 관계가 있다고 의심했었으니까 박해주도 그랬을 수 있어. 서도준은 너를 집으로 불러들여서 괴롭혔잖아. 아마 박해주는 그걸 다 보고 있었을 거야. 우리 중 가장 많이 집에 드나들었으니 어쩌면 네가 남자애인이라고 생각했을 수 있어."

"뭐?!"

은수가 듣기 싫다는 듯이 소리를 질렀다. 재호가 그를 진정시켰다.

"잠깐. 내 이야기를 좀 더 들어봐. 서도준이 양성애자라는 사실은 알고 있을 테니 남자애인 자리 정도야, 너한테 양보하고 여자애인 자리를 차지하려고 한 거 아닐까? 서도준의 남자애인에게 구차하게 기회를 만들어달라고 매달리고 싶진 않았겠지."

은수가 기분 나쁜 표정으로 재호를 노려봤다.

"야, 오해하지 마. 내 추측일 뿐이야. 나는 서도준의 시체가 사라졌으니, 범인으로 박해주가 유력하다고 봐."

재호의 변명에 은수는 생각에 빠졌다. 세 사람의 말에 따르면 해주는 보통이 아니다. 도준과 깊은 관계라고 오해한다면, 갑자기 폭주할지도 모른다. 해주는 객실에 도준이 있는 걸 알지만, 만나지 못한다. 그런데 은수는 자유롭게 객실을 드나들고 있다. 제정신이 아니니, 괜히 이상한 상상을 할지도 몰랐다. 은수는 해주가 두려워지기 시작했다. 당장 이곳을 벗어나고 싶어서 재호에게 물었다.

"선착장에 언제 돌아가?"

"원래대로라면 오전 8시에 돌아갈 생각이었어. 아침 일찍 일정이 있는 사람들이 있어서."

"그냥 지금 돌리자."

"지금? 시체도 없어졌잖아."

재호가 은수에게 이유를 물었다.

"그러니까 돌아가야지. 누가 시체를 훔쳐 갔는지, 아니면 하늘로 솟았는지, 요트 안의 사람들을 모두 내리게 하면 알 수 있잖아. 서도준 키가 180cm 초반인데, 몰래 숨겨서 가져나가진 못할 거 아니야."

은수의 말에 의건이 동의했다.

"은수의 말대로 하자. 우선 배를 돌리고 선착장에 도착하기 전까지 시체를 숨겨둘 만한 장소가 있는지 찾아보자."

"알았어. 그럼 선장님께 말씀드려서 배를 돌릴게."

재호가 고개를 끄덕였다. 민기가 시간을 확인했다. 시

겟바늘은 오전 3시 14분을 향하고 있었다.

"시간 없어. 빨리 움직이자. 나와 의건이는 1층홀에 가서 수상한 사람이 없는지 찾아볼게. 재호와 은수는 2층 선상을 확인해 봐."

"알았어. 뭔가 발견하면 연락할게."

사라진 시체를 찾아 나설 시간이었다.

5 의심, 그리고 오해

객실에서 나온 의건과 민기는 서둘러 1층홀로 들어갔다. 네 명이 오랫동안 자리를 비워서 수상하게 생각할 수 있으니 빨리 돌아가야 했다. 의건이 1층홀에 들어가자마자, 준영이 그를 발견하고 큰 소리 냈다.

"야, 너희들은 왜 그렇게 몰려다니냐? 맛있는 거라도 숨겨놨어?"

준영은 자꾸 자리를 비우는 그들이 마음에 들지 않았다. 파티라는 건 사람이 많을수록 재미있는 법이었다. 의건이 준영을 달래주려고 옆에 앉았다.

"전화하고 왔어요. 저 요즘 바쁜 거 아시잖아요~ 내

일 오전 스케줄 있다고 빨리 회사 복귀하라고 해서 안 된다고 딱 거절했어요. 오랜만에 준영 형님을 만났는데 먼저 일어날 수 없죠."

의건의 말에 준영은 기분 좋은 웃음을 터트렸다. 유명 배우가 자신을 위해 시간을 비웠다고 하니 어깨가 으쓱했다.

"푸하하. 그럼그럼. 잘했어."

준영은 맞은편에 앉아있는 수진을 바라봤다. 오늘 알게 된 사이지만 대화를 많이 나눠서 금세 친해졌다.

"수진이가 네 팬이래. 너 보고 싶어서 여기 온 거래."

"그래요?"

의건이 수진을 바라보며 눈웃음을 지었다. 수진의 하얀 얼굴이 새빨갛게 달아올랐다.

"오빠! 왜 그런 말을 해요!"

준영은 부끄러워하는 수진을 보며 웃었다.

"수진이 귀엽지 않냐? 지역 방송국의 아나운서래. 청순하고 단정하게 생겨서, 잘 어울리지? 성격도 밝고~ 애교도 많아. 너 지금 여자친구 있냐?"

"아뇨. 일이 너무 바빠서 연애할 시간이 없어요."

"그럼 수진이 어때? 너희 잘 어울려."

준영이 두 사람을 번갈아 보며 말했다. 수진은 부끄러워하며 머리카락을 귀 뒤로 넘겼다. 아나운서의 이지적인 이미지와 귀여운 매력까지 갖춘 팔방미인이었다. 의건은 귀엽고 애교 있는 여자를 좋아했는데, 이상형과 어느 정도 부합했다. 그러나 타이밍이 너무 좋지 않았다. 서도준의 시체를 찾아야 하는데 여자가 눈에 들어올 리 없었다. 인생 최악의 상황에서 만난 여자에게 연애 감정을 느끼기 어려웠다.

"에이. 수진씨가 아까워서 안 되죠. 저 같은 놈이 뭐가 좋다고…"

의건은 에둘러 거절의 의사를 보였다. 그러나 준영은 두 사람을 이어주고 싶어서 안달 났다.

"겸손 떠는 척하면서 철벽치는 거냐? 이래서 잘생긴 놈들은 얼굴값을 한다니까."

"아니에요~ 진짜 너무 바빠서 연애할 시간이 없어요. 수진씨는 저보다 좋은 남자를 만나야죠."

수진은 의건의 완곡한 거절을 알아채고 실망한 얼굴을 감추기 위해 노력했다. 옆에서 두 사람을 지켜보던 민기가 기회를 놓치지 않고 장난스럽게 물었다.

"수진아. 나는 어떠냐?"

"오빠. 장난이라도 그런 말은 하지 마요~"

수진이 생각만해도 기분 나쁘다는 듯이 몸서리쳤다. 두 사람이 친해서 할 수 있는 장난이었다. 그 모습을 본 준영이 웃음을 터트리며 말했다.

"수진아. 남자는 얼굴보다 마음이야. 민기가 생긴 건 엉망이지만 자기 사업해서 돈도 많지, 자기 여자 고생 안 시킬 놈이야. 뭐 여자관계는 좀 복잡한 거 같다만…"

준영은 민기의 여성 편력에 대해 어느 정도 알고 있었다. 모임을 열 때마다 이 여자, 저 여자에게 집적거리는 걸 자주 봤기 때문이다.

"형님. 저 이제 정신 차렸습니다. 이제 한 여자만 바라보고 정착하려고요. 제 여자는 손에 물 한 방울 안 묻도록 공주님처럼 모실 거예요."

민기가 느끼한 눈빛으로 수진을 바라봤다. 수진은 관심 없다는 듯이 고개를 절레절레 저었다. 준영은 민기와 눈을 마주치며 한쪽 눈을 찡긋거렸다. 제대로 밀어주겠다는 의미였다.

"크~ 그렇지, 이게 남자지. 수진아, 민기 봐라. 얼마나 멋지냐. 여자들은 뭘 몰라. 나는 도준이 같은 스타일을 왜 좋아하는지 모르겠어. 번지르르한 외모에 속고 있는 거라고. 껍데기는 근사하지만 속이 아주 시꺼멓잖아."

준영은 뼈가 있는 말을 내뱉었다. 수진을 놀리는데 정신 팔려있던 민기가 그제야 해야 할 일을 떠올렸다. 시체의 행방을 찾아야 했다. 민기는 준영을 떠보기로 했다.

"도준이가 사방에 적이 많은 스타일이죠. 형님도 뭔가 쌓인 게 있는 것 같은데…"

준영은 고개를 저으며 극구 부인했다.

"내가? 에이, 무슨. 나 도준이 좋아해~ 근데 그거와 별개로 도준이가 좀 버릇없긴 하잖아. 오늘 같은 날도 봐. 내가 온 거 알면 나와서 인사라도 좀 하지, 객실에 콕 처박혀서 나오지 않잖아."

준영의 말에 의건과 민기는 속이 뜨끔했다. 기분이 상해 객실을 찾아가기라도 하면 곤란했다. 의건이 준영의 기분이 상하지 않도록 상황을 설명했다.

"그건 오해예요. 도준이가 오늘 컨디션이 진짜 안 좋아서 그래요."

그러나 준영의 마음은 풀리지 않았다.

"내가 오늘만 이러면 말을 안 하지. 최근에 내 연락을 아예 안 받더라고~ 내가 돈 빌려달라고 전화하는 것도 아니고 그냥 안부 좀 묻겠다는데 재벌 3세라고 날 무시하나 싶더라. 나도 어디서 안 꿀리는데 말이야."

도준은 은연중에 사람을 낮추어 보는 경향이 있었다. 우리나라에 그보다 돈과 명예가 있는 사람은 몇 안 됐기 때문이다. 문제는 그런 태도가 티가 나서, 감정이 상한 사람들이 많다는 것이다. 그중에는 준영도 있었다. 성격 좋은 그마저도 도준을 상대하기 어려웠다. 근 1년간 도준은 연락이 두절됐다. 혹시 실수한 게 있나 싶어서 몇 차례 더 연락을 해도 받지 않았다. 오늘 파티에 참석한 것도 도준의 얼굴을 보고 이야기를 나누기 위해서였다. 짜증 나지만 인정해야 할 건 인정했다. 도준은 놓치기 아까운 인맥이었다. 만나서 연락을 안 받은 이유를 묻고 관계를 회복하려고 했다. 그러나 그는 객실에서 한 발짝도 나오지 않았다. 준영은 잔에 남은 위스키를 입에 털어 넣으며 말했다.

"그렇게 싸가지 없이 굴다가 죽지, 죽어."

준영이 의미심장한 말을 내뱉자, 의건과 민기가 의심스러운 눈으로 쳐다봤다. 도준의 시체를 빼돌린 사람이 혹시 준영은 아닐까. 두 사람의 심각한 표정을 본 준영이 되물었다.

"뭐야, 왜 그런 표정으로 봐? 네 친구 욕했다고 정색하는 거야?"

"그게 아니라 맞는 말씀 같아서요. 저희가 도준이를 잘 타일러볼게요. 말한다고 들은 놈은 아니지만…"

민기가 판을 깔자, 준영이 적극적으로 말하기 시작했다.

"서도준은 행동거지를 좀 조심할 필요가 있어. 빽이 좋으니 알아서 몸 사리는 놈들이 많겠지. 세상은 넓고 미친놈은 많다니까? 사이코패스가 얼마나 많은데. 오늘 같은 날도 봐. 주위가 전부 바다잖아. 사람 하나 밀어버려도 모른다고… 흐흐흐…"

퍽! 소름 끼치게 웃던 준영은 예지한테 뒤통수를 얻어맞고 입을 다물었다. 그는 손으로 뒤통수를 만지며 예지를 노려봤다.

"내가 머리는 건들지 말라고 했지?"

"얼굴 보고 찍소리도 못하는 주제에 말이 많아!"

"뭐? 서도준이 얼굴을 안 보여주는데 어떻게 얼굴을 보고 말해?"

갑자기 예지가 준영의 머리를 끌어안고 토닥거렸다. 취해서 자신이 무슨 짓을 하는지 모르는 게 분명했다.

예지는 부드럽고 다정하게 말했다.

"미안, 누나의 손길이 너무 매웠지? 혹시 서도준이 자기 뒷담화하는 거 들으면 어떡해. 그래서 말린 거지. 걔한테 미움받아봤자 좋을 거 하나 없어."

"아까 너도 서도준 욕했으면서 무슨…"

준영이 황당해하며 쳐다보자, 예지가 기세등등한 표정을 지었다.

"너랑 내가 같냐? 나는 도준이와 워낙 친하니까 그런 말도 할 수 있는 거야. 아주 특별한 사이거든"

의건은 준영의 말이 끊겨서 짜증 났지만, 갑자기 끼어든 예지에게 흥미가 생겼다. 그가 알기론 예지와 도준은 그다지 친하진 않다. 그러나 그건 그가 잘 모르는 것일 수도 있다. 미남을 좋아하는 예지는 의건과 은수에게 수시로 연락했다. 시시콜콜한 이야기라 공유하진 않았을 뿐이다. 충분히 도준에게 연락했을 수 있다. 의건은 예지의 말을 더 들어보고 싶었다.

"누나는 주위 사람들을 잘 챙기잖아요. 연락도 먼저 자주 해주시고."

"어? 예지누나가? 나는 늘 먼저 연락드렸는데…"

민기가 금시초문이라는 듯이 말했으나 아무도 그의

말에 관심을 기울이지 않았다.

"내가 동생들을 잘 챙기지. 의건이 너는 뜨고 나서 연락이 너무 안 돼~ 누나 서운하게."

"촬영 현장에서 핸드폰을 못 봐서 그래요. 그런데 도준이와 어떤 사이에요? 질투 나는데…"

의건은 누나의 사랑을 받지 못해 질투 난 연하남처럼 행동했다. 뼛속까지 관심종자인 예지는 이런 걸 무척 좋아했다. 그는 테이블에 앉아있는 사람들이 모두 자신을 쳐다보는 걸 알아채고 어깨가 높이 솟아올랐다. 예지는 도준과 관계를 자랑하듯이 말했다.

"하하. 너희가 생각하는 거 이상으로 친한 사이지."

예지는 의건이 더 질투해 주길 바라는 마음으로 허세를 부렸다. 의건은 그가 원하는 대로 장단을 맞춰줬다.

"도준이가 누나한테는 버릇없게 굴지 않았나 봐요? 누님은 예의 없는 사람 싫어하잖아요. 그래서 은수와 저를 더 예뻐한 거 아니었어요?"

의건의 입에서 은수의 이름이 나오자, 예지의 눈이 번쩍 뜨였다. 그는 잘생긴 남자에 대해 이야기하길 좋아했다. 안색이 밝아지고 술에 취해 풀어졌던 눈에 총기가 돌았다.

"은수? 내가 아주 예뻐하는 동생이지. 내가 냄새나는 남자들 싫어하는 거 알지? 씻어도 몸에서 특유의 호르몬 냄새가 나는 놈들이 있거든. 근데 은수는 몸에서 늘 좋은 향기가 나잖아. 바디로션 어떤 걸 쓰냐고 물어봤거든. 근데 그냥 마트에서 파는 바디로션을 쓴다는 거야! 역시 잘생긴 놈들은 체취도 좋은가 봐. 하긴, 의건이도 늘 좋은 냄새가 나더라고."

입이 터진 예지는 쉬지 않고 조잘거렸다. 기가 빨린 민기는 고개를 돌려버렸고, 의건은 애써 예지의 기분을 맞춰줬다.

"은수가 귀엽긴 하죠. 그런데 은수보다 도준이에 대해서 듣고 싶어요. 저는 도준이와 초등학교 동창이잖아요. 그래서 지인이 거의 겹치는데 예지누나와 특별한 관계라는 건 몰랐네요. 접점이 별로 없던 걸로 아는데…"

의건은 예지의 입을 열게 하려고 노력했다. 그러나 예지는 뜻대로 움직이지 않았다. 그저 술이나 마시고 놀고 싶은 마음뿐이었다. 예지는 앞에 놓여있는 빈 잔에 입술을 대고 고개를 위로 들었다. 비어있는 잔에서 술이 나올 리가 없었다. 쪼옵, 쪼옵 소리가 나도록 잔에 입술을 대고 공기만 마시던 예지가 잔을 뒤집어 흔들었다. 그제야 잔에 술이 담겨있지 않다는 걸 알아챘다. 그는 의건에게 잔을 내밀며 호통쳤다.

"너는 거기 멀뚱히 앉아서 뭐 하고 있어? 누나 잔이 비었으면 재깍재깍 채워줘야지."

"아, 제가 눈치가 없었네요. 누나, 어떤 거 마실래요?"

"아무거나. 우리 의건이가 봤을 때~ 나한테 어울리는 술로 따라줘."

예지가 요염한 미소를 흘리며 말했다. 의건은 애써 표정 관리를 하며 테이블 위에 술병 중에서 보드카를 쥐었다. 예지는 잔에 술이 가득 채워지자 만족스러운 미소를 지었다.

"의건이가 따라준 술맛 좀 볼까~"

"천천히 드세요. 내일 머리 아파요."

의건이 다정한 목소리로 예지를 챙겼다. 예지의 입을 통해 도준과 어떤 관계인지 들어야 했다.

"캬~ 역시 미남이 따라주는 술이라 맛이 더 좋네."

신이 난 예지의 목소리에 의건은 듣기 좋은 웃음을 흘렸다.

"오늘만큼 제가 잘생겨서 다행이라고 생각했던 날은

없던 거 같아요. 누나, 그럼 아까 못다 한 도준이 이야기를…"

"야! 우리 술 게임하자, 술 게임!"

"네? 술 게임이요?"

난데없는 예지의 제안에 의건은 당황했다. 예지와 이야기를 나눈 후, 다른 사람들에게 도준에 관해 물어볼 계획이었다. 도준의 시체를 찾기 위해 수소문을 해야 하는데, 이렇게 되면 예지에게 너무 많은 시간을 할애해야 했다.

"왜에~ 술 게임 재미있잖아."

예지가 눈치 없이 의건에게 놀자고 보챘다.

"아니, 그보다 도준이…"

"도준이? 도준이 온대? 빨리 데려와, 그럼!"

술에 취한 예지가 헛소리를 했다. 의건은 도준에 대한 이야기를 듣기 글렀다고 판단했다. 이럴 바에는 예지가 술에 취해서 잠이 드는 편이 나았다. 의건은 테이블 위에 독한 위스키를 보며 말했다.

"그럼 누나가 하고 싶은 게임으로 해요."

"그으래? 좋아!"

예지가 신이 나 웃었다. 지루하고, 재미없는 술 게임

은 한동안 계속됐다. 시끄럽게 떠들던 예지와 준영이 소파에 기대어 잠들 때까지.

의건과 민기는 맞은편 소파에 뻗은 예지와 준영을 보며 피로를 느꼈다. 술에 취한 사람들과 높은 텐션으로 놀아주는 건, 무척 힘든 일이었다. 결국 예지와 준영에게 얻은 정보는 특별히 없었다. 의건은 홀 내를 돌아봤다. 술에 취한 사람들이 시끄럽게 웃고 떠들고 있었다. 민기는 그들의 얼굴을 확인하며 직업을 매칭했다. 의사, 변호사, 인플루언서, 사업가, 작곡가. 이들 중 도준과 특별한 관계가 있는 사람은 없었다. 개인 사업을 하고 있어 재호만큼 발이 넓은 민기는 도준의 인맥을 파악하고 있다. 도준에 대한 감정은 좋지 않지만 그의 인맥은 관심이 갈 수밖에 없었다. 민기가 알기론 이들은 도준과 안면도 트지 않은 사이였다.

"다른 사람들 중에는 서도준과 친분이 있어 보이는 사람이 안 보이는데…"

"혹시 모르지. 우리가 모르는 인맥이 있을지도."

"퍽이나. 서도준은 급을 엄청 따지는 거 몰라? 저들은 그 자식이 세워둔 기준을 통과하지 못해."

민기의 말에 의건은 수긍할 수밖에 없었다. 도준이

급을 따지는 건 중학생 때부터 그랬으니까. 의건은 피곤해서 뻑뻑해진 눈을 부드럽게 마사지하며 말했다.

"은수와 재호는 잘 찾아보고 있겠지?"

"이 새끼들 혹시 객실에서 쉬고 있는 거 아냐?"

"에이, 설마."

의건은 민기의 의심을 일축했다. 재호는 몰라도 은수는 성격상 태평하게 쉬고 있을 리 없었다. 누구보다 덜덜 떨면서 걱정할 게 뻔했다. 민기가 목소리를 낮추며 조용히 물었다.

"너는 재호가 믿을만하다고 생각해?"

"…그게 무슨 소리야. 친구끼리."

"뭐, 은수는 착한 거 인정해. 완전 순둥이잖아. 근데 재호는 좀 그렇지 않냐."

"왜 그런 말을 해. 재호도 의리있잖아. 오랜만에 우리 만나겠다고 요트도 빌려서 파티도 열고. 돈 많이 썼을 거야."

민기가 재호를 험담하자, 의건은 선을 긋고 중립을 지켰다. 그러나 민기는 멈추지 않았다.

"솔직히 우리가 보고 싶어서 요트파티를 열었겠냐? 자기 지인들에게 인맥 자랑하려고 그런 거지. 너나 도준이는 남들에게 과시하기 좋잖아."

"나쁘게 생각하면 끝도 없어. 그럼 너는 나 어떻게 믿냐?"

"너는 다르지. 재호는 약았잖아. 언제 뒤통수를 쳐도 이상하지 않아."

"나는 다르다고? 그런 놈이 애들 앞에서 내 과거를 폭로해?"

의건이 불쾌한 표정으로 반문하자, 민기가 서둘러 변명했다.

"아니… 야. 그때는 이판사판이었어. 나도 코피노 아들 있다는 걸 들켰는데 제정신이겠냐? 다 같이 비밀 하나씩 폭로된 거니까 쌤쌤이라고 생각하자."

"쌤쌤은 시발… 내 이미지 시궁창에 처박혔는데…"

"너만 이미지 좆된 거 아니야. 우리 모두 박살 난 거야. 그 이야기는 나중에 하고, 아무튼 이상하잖아. 박재호가 준 약을 먹고 서도준이 죽었다고. 걔가 약만 가져오지 않았어도 지금 이런 일은 벌어지지도 않았어."

의건이 머리를 거칠게 쓸어 넘겼다. 안 그래도 머리가 복잡한데 민기까지 이러니 더욱 심란했다.

"민기야. 네가 그러지 않아도 골치 아파 죽을 것 같

아. 박재호가 미쳤다고 서도준을 죽이겠어? 서도준이 일반인인 줄 알아? 재벌 3세야, 재벌 3세. 네 말대로, 어떤 면에서 재호가 약았다는 거 공감해. 그래서 더욱더 그럴 리 없어. 감당 못 할 짓을 저지르는 놈은 아니야."

"살인을 계획하는 사람이 얼마나 있겠어? 우발적으로 그럴 수 있잖아."

의건과 민기가 조용히 설전을 벌이는 모습을, 건너편 테이블에 앉은 해주가 지켜봤다. 조용히 자리에서 일어난 해주는 술에 취해 떠드는 사람들을 피해 1층홀에서 나왔다.

은수는 매서운 바닷바람에 옷깃을 여몄다. 칠흑 같은 어둠에 앞을 분간하기도 어려웠다. 선상을 밝힐 전등이 있었지만, 사람들의 이목이 집중되는 걸 방지하기 위해 켤 수 없었다. 평소 덜렁거리던 재호도 오늘만큼은 꼼꼼하게 선상을 살폈다. 그러나 아무리 봐도 도준의 시체를 숨길만한 곳이 보이지 않았다.

"없어. 아무리 살펴봐도 여기에는 숨길 곳이 없다고."

테이블 아래를 확인한 은수가 허리를 곧게 폈다. 머리

가 핑 도는 기분이 들어 잠시 고개를 들어 밤하늘을 올려다봤다. 고요한 밤하늘을 보니 머릿속이 차분해졌다. 오랜만에 친구들을 만나서 좋았지만, 마약을 하다가 서도준이 죽었다. 서로 몰랐던 충격적인 사건들이 폭로됐고, 설상가상 도준의 시체가 사라졌다. 신이 장난을 치지 않는 이상, 어떻게 이런 일이 생길 수 있을까. 은수는 답답한 마음에 갑판으로 다가갔다. 깊이를 알 수 없는 시커먼 바닷물이 요트에 철썩였다. 재호도 은수의 곁에 다가와 바다를 내려다봤다. 두 사람은 말은 하지 않았지만 같은 생각을 하고 있었다.

"혹시… 물에 빠트린 건 아니겠지?"

재호의 말에 은수가 소스라치게 놀라며 주의를 줬다.

"이상한 말하지 마!"

말이 씨가 된다고, 은수도 같은 생각을 했지만 차마 입 밖으로 내지 않았다. 그때, 물속에 떠 있는 도준의 시체가 보였다. 바닷물이 물결을 칠 때마다 시체가 두둥실 떠올랐다가 가라앉았다.

"으악!!"

은수가 머리를 감싸쥐고 주저앉았다. 갑작스러운 비명에 재호도 덩달아 놀라 소리쳤다.

"뭐야, 시발! 갑자기 왜 그래?"

"시, 시, 시체! 물 위에!"

"뭐라고? 진짜?!"

깜짝 놀란 재호가 바다를 내려봤다. 그러나 눈을 비비고 아무리 봐도, 도준의 시체는 보이지 않았다. 물 위에는 부표만 떠 있을 뿐이었다. 재호가 놀란 가슴을 쓸어내리며 말했다.

"어휴. 미친놈아. 부표다, 부표!"

"뭐?"

재호의 말에 주저앉았던 은수가 일어났다. 다시 바다를 보니, 그의 말대로 도준의 시체가 아니라 하얀 부표가 떠 있었다. 은수가 아직도 벌렁거리는 가슴을 쓸어내렸다.

"…헛 것을 봤나 봐."

은수는 호들갑을 떤 게 부끄러워서 변명했다. 재호가 그의 어깨를 꽉 쥐며 단호하게 말했다.

"정신 똑바로 차려."

"제정신으로 버티기가 어려워…"

은수는 지끈거리는 이마를 손으로 짚었다. 아무것도 생각하고 싶지 않았다. 반지하 빌라로 이사한 이후로 집에 있는 걸 싫어했지만, 지금은 그곳이 그리웠다. 이불을 뒤집어쓰고 자고 싶었다.

"최은수."

"왜?"

"너는 솔직히 어떻게 생각하냐? 누가 이런 짓을 한 것 같아?"

재호의 질문에 은수는 1층홀에 있는 사람들을 떠올렸다. 그러나 범인이 누구인지 감도 잡히지 않았다. 금은보화도 아니고 시체를 숨긴다는 건 듣도보도 못했다. 은수는 힘없이 대답했다.

"그걸 내가 어떻게 알아. 모르니까 이렇게 찾는 거잖아."

"…나는 이제 우리도 의심하게 돼."

"뭐?"

"솔직히 그렇잖아. 우리만 들어갈 수 있는 객실에서, 시체가 사라졌다고."

재호의 말대로 객실은 그를 포함해서 은수와 의건, 민기만 들어갈 수 있다. 외부에서 침입한 흔적도 전혀 없었다. 의심 1순위는, 파티를 즐기고 있는 사람보다 객실 내부의 상황을 아는 자신들이었다. 은수는 누가 들을세라 목소리를 낮춰서 물었다.

"…그래서 너는 누구를 의심하는 건데?"

"객실 문을 열 수 있는 열쇠를 가지고 있던 사람이지."

"잠깐, 그거 누가 가지고 있었지?"

"김민기."

두 사람 사이에 잠시 정적이 흘렀다. 재호는 은수의 눈치를 살피며 입을 열었다.

"최은수. 속이는 거 없이 솔직하게 말할게. 오늘 새로 알게 된 사실이 많지? 우리 모두 서도준에게 약점이 잡혀있을 줄 누가 알았겠어."

재호의 말에 은수는 고개를 숙였다. 각자 협박당하고 있는 걸 숨긴 채 가장 소중한 친구라고 외치고 다닌 게 부끄러웠다. 우정의 정의조차 헷갈렸다. 마음을 나눈 친구가 아니라, 남들이 보기에 그럴싸한 부와 명예를 가진 사람들의 모임에 불과했다. 17살 때부터 29살까지 이어온 우정이 고작 이 정도라니. 은수는 입맛이 썼다.

"우리 네 사람 모두 서도준에게 악감정이 있지만 그중 가장 원한이 큰 사람은 나와 민기야."

은수는 용의자 명단에 자신이 없다는 것에 안심했다.

재호는 그 이유를 설명했다.

"솔직히 말은 똑바로 해야지. 최은수 너는 피해자야. 씨발, 돈으로 사람을 매수해서 반려동물 취급하는 게 말이 돼? 목구멍이 포도청이라고, 너도 어쩔 수 없었으니까 그런 거잖아. 막말로 사람을 죽였냐, 아니면 범죄를 저질렀냐? 너는 이 사건이 알려져도 솔직히 쪽팔린 거 빼고는 없어. 다른 사람들도 널 동정할걸?"

재호는 은근히 은수를 위로했다. 자신의 편으로 끌어들이기 위한 감언이설(甘言利說)이었다. 은수의 표정이 조금 풀린 걸 확인한 재호는 쉬지 않고 입을 나불거렸다.

"그리고 정의건도 증거가 없어. 학폭위라도 열렸어야 문제가 되지, 그냥 추락사로 종결됐잖아. 피해자 부모도 입막음 단단히 했지. 지금 서도준의 호텔에서 한자리 꿰차고 있다잖아. 그리고 성악을 전공하는 자식 뒤를 봐주고 있다는데 폭로하겠어? 게다가 정의건만 잘못한 게 아니라 서도준도 공범이야. 그러니까 그놈도 떠벌리고 다닐 수 없어. 김민기 그 자식이 이 사건 캐내려고 얼마나 수소문을 했겠어? 안 터트리고 넘어간 것만 봐도 사이즈 나오잖아. 자기가 보기에도 가망이 없거든."

재호는 마른 입술에 침을 발랐다. 본론에 들어갈 차례였다.

"자. 그럼 서도준이 입 열면 좆되는 건 누구일까? 나 아니면 김민기야."

은수는 가만히 그의 말을 경청했다.

"근데 나는 절대 서도준을 죽이지 않았어. 솔직히 스스로 범인이 아니라고 하면 신뢰도가 떨어지는 걸 알지만 아닌 걸 어떡해. 난 진짜 억울해. 내 마음을 꺼내 보여줄 수 있다면, 보여주고 싶을 정도야."

재호가 억울함을 호소하자, 은수가 망설이다가 입을 열었다.

"너… 진짜 약에 무슨 짓 한 건 아니지?"

은수도 초반에 재호를 의심했다. 재호와 민기, 의건 중 서도준을 음해하려는 사람이 있다면 가장 의심스러운 사람은 재호였다. 그가 준 마약을 먹고 도준이 죽었기 때문이다. 그가 죽지 않았다면 이렇게 일이 커지지 않았다. 재호가 억울해하며 소리쳤다.

"야! 너 정말!"

"진짜 아니지?"

"하… 당연히 아니지. 야, 내가 너희들에게 약을 줄

때 어떻게 줬어? 병에서 꺼내서 줬지? 안에 약이 다 섞여 있는데 그걸 내가 어떻게 구분하고 서도준에게만 이상한 약을 주냐고."

은수는 재호가 품에서 약통을 꺼내는 모습을 떠올렸다. 그의 말대로 알약은 섞여 있었다. 그래도 의심을 완전히 거둘 수 없었다. 도준에게 준 알약에만 다른 표시를 했다면? 한 번 물꼬가 터진 의심은 꼬리에 꼬리를 물었다.

"나는 절대, 절대 아니야. 내가 아까도 말했지만…"

재호가 힐끗 은수의 눈치를 보며 말을 이었다.

"네 앞에서 절대 과시하려고 하는 말이 아니야. 그러니까 기분 나쁘게 듣지 마. 나에게 한 달에 500만 원은 크지 않아. 솔직히 존나 짜증 나긴 하지만, 그 돈을 줄 수 없어서 죽이고 싶을 정도는 아니라고. 서도준도 그걸 알고 나한테 제시한 거라니까? 그놈도 보면 누울 자리 보고 발 뻗은 거야."

재호의 말대로 도준은 그들에게 감당할 수 있을 만큼만 요구했다. 시체를 숨긴 범인은 정말 이들 중에 있을까? 은수는 복잡한 마음으로 바다를 내려봤다. 어둠 속에서 내려본 바다는 아름답기보다 무섭게 느껴졌다.

"김민기가 시체를 숨긴다고 얻는 이익이 없잖아. 왜 그러겠어?"

"겁주기 위해서."

"왜?"

"우리가 헛수작 부리지 못하게 하려는 거지. 누구라도 하나 마음이 변해서 서도준에 대해 폭로하면 안 되잖아."

"하… 나 진짜 머리 아파. 우리 우정이 왜 이렇게 얄팍하냐? '압구정 호랑이'가 왜 이렇게 된 거야… 우리 우정이 고작 이 정도야? 서로 의심하고… 욕하고…"

다섯 남자가 함께할 때는 무서운 것도 없었다. 그 누구보다 서로 잘 알고 있다고 생각했다. 영원할 거라 생각했던 우정이 이렇게 쉽게 변할 줄 몰랐다.

"원래 이랬던 게 아니었을까?"

재호의 말에 바다를 보던 은수가 시선을 옮겼다.

"너도 느꼈을 거 아냐. 친구라고 하지만, 보이지 않는 서열이 있다는 거. 서도준이 우리의 대장 노릇을 했지. 그다음이 정의건, 그리고 김민기, 그리고 너와 나였고."

재호는 열등감을 숨기지 않고 솔직하게 드러냈다. '압구정 호랑이'하면 서도준이었다. 카지노 호텔 회장의 손자의 유일한 사교모임이었다. 도준은 재벌계 사교모임에 꾸준히 참석했지만 '압구정 호랑이'만큼 마음을 터놓는 사이는 아니었다. 그가 유일하게 편하게 대하는 친구는 오로지 '압구정 호랑이'뿐이었다. 그래서 도준과 친해지고 싶어 하는 사람들은 의건, 은수, 재호, 민기에게 접근해서 다리를 놔달라고 요청했다. 재호는 그게 마음에 들지 않았다.

"박재호. 친구가 다 같은 친구지, 그게 무슨 소리야…"

은수는 우정을 시험하고 싶지 않았다. 그에겐 소중한 친구였다. 도준과 개인적으로 트러블이 있지만 표면적으로 잘 지냈다. 시답잖은 이야기를 나누고, 웃고 떠드는 것도 재미있었다. 오랜 시간 알고 지내서 추억팔이를 할 때면 시간 가는 줄 몰랐다. 그러나 재호는 그렇게 생각하지 않았다.

"친구? 우리가 진짜 동등한 사이였다고 생각해? 난 아닌데. 너도 부정하지 마. 솔직히 알고 있잖아. 우리 모두 서도준의 눈치를 봤다는 거."

"눈치를 본 것보다는 배려지. 서로 기분 상하지 않으려고…"

그때, 계단을 올라오는 발소리가 들렸다. 은수는 말을 멈추고 계단 쪽을 쳐다봤다. 올라오다가 멈췄는지 모습을 드러내지 않았다. 재호가 긴장한 목소리로 물었다.

"누구세요?"

상대는 대답이 없었다. 바닷바람 소리와 철썩이는 파도 소리만 들렸다. 다시 계단을 올라오는 발소리가 들리자, 두 남자는 입을 다물고 집중했다.

"오빠. 저예요, 해주."

술에 취한 해주가 비틀거리며 모습을 드러냈다. 그는 긴 머리카락을 뒤로 넘기며 말했다.

"미안해요. 엿들으려고 한 건 아니고…"

생각지도 못한 해주의 등장에 은수와 재호가 당황했다. 그들은 조금 전까지 나눴던 이야기를 떠올렸다. 혹시 도준에 대한 이야기를 들었을까 봐 걱정하며, 은수가 조심스럽게 물었다.

"언제 왔어?"

"…방금 왔어요."

해주가 선상 가운데 놓여있는 의자에 털썩 앉았다. 파티에 초대받은 사람들은 1층홀에 있어야 관리가 편했다. 재호는 의건과 민기가 제 할 일을 제대로 하지 않은 것에 대해 속으로 구시렁거렸다. 이곳저곳 멋대로 돌아다니면 곤란했다.

"여기는 왜 왔어? 바람이 많이 불고 추워. 안에서 재미있게 놀아."

"재호오빠."

해주가 부르자, 재호는 잔뜩 긴장한 채로 그를 쳐다봤다. 고개를 푹 숙이고 있던 해주가 고개를 들고 재호를 똑바로 쳐다보며 물었다.

"나는 왜 초대 안 했어요?"

취했지만, 적의가 가득한 목소리였다. 재호는 해주의 기분이 상하지 않게 서둘러 변명했다.

"까, 깜빡했어. 연락한 줄 알았는데… 하하. 서운했으면 미안."

"…일부러 안 부른 거 아니고요?"

해주의 날카로운 질문에 재호는 손사래를 쳤다.

"아, 아니야. 절대 아니야. 오해야, 오해. 내가 왜 그러겠어."

의자에서 일어난 해주가 천천히 재호와 은수를 향해 다가왔다. 두 남자는 본능적으로 두려움을 느끼고 뒷걸음질 쳤다. 그러나 금세 요트 난간에 몸이 닿아 더 이상

도망칠 수 없었다. 해주는 서글프게 한탄했다.

"내가 도준오빠를 얼마나 보고 싶어 하는 줄 알면서…"

"알지, 알다마다. 아주 잘 알지."

귀신도 잡는다는 해병대 출신의 재호는 지금처럼 공포를 느낀 적이 없었다. 고작 160cm 초반의 아담하고 마른 체격의 여자 앞에서 오금을 펼 수가 없었다. 재호는 해주와 눈을 마주칠 자신이 없어 시선을 피했다.

"은수오빠는 나이도 안 먹나 봐. 전과 똑같네요."

해주는 타깃을 재호에서 은수로 바꿨다. 은수는 그의 입에서 자신의 이름이 나오자 흠칫 놀랐다.

"아… 우리 2년 만에 보는 거지?"

"1년 반만이에요."

은수가 쥐어짜 내다시피 내뱉은 말을, 해주가 정정했다.

"그, 그랬구나."

은수가 어색하게 웃음을 흘렸다. 해주에 대해 아무것도 몰랐을 때와 태도가 달라질 수밖에 없었다. 그의 기분을 거슬렀다가는 어떻게 횡포를 부릴지 모르니, 최대한 몸을 사렸다.

"도준오빠는… 잘 있죠?"

의미심장한 해주의 말에, 은수가 슬쩍 재호를 쳐다봤다. 이미 해주에게 기선제압을 당한 재호는 모르는 척, 다른 곳으로 시선을 돌렸다. 결국 은수가 대답해야 했다.

"…그럼. 잘 있지."

"…제가 오늘 왜 왔는지 알죠? 도준오빠 보러 온 거예요."

해주는 은수와 눈을 똑바로 마주했다. 어둠 속에서 형형이 빛나는 안광에 겁먹은 은수가 시선을 아래로 깔았다.

"얼굴이라도 보면 좋았을 텐데 어쩌지. 도준이가 하필 오늘 몸이 안 좋아서…"

"제가 계속 생각해 봤거든요."

바람이 불자 해주의 긴 머리카락이 휘날렸다. 화보 속 한 장면처럼 아름다웠지만, 은수와 재호는 귀신보다 무서웠다.

"왜 나한테 도준오빠를 보여주지 않을까… 이제 그 이유를 알 것 같아요."

해주의 말에 은수가 긴장한 채로 물었다.

"그, 그게 무슨 소리야?"

"저 아직 도준오빠를 잊지 못했어요. 그래서 재호오빠와 의건 오빠, 민기오빠에게 자주 연락했어요. 도준오빠를 다시 만날 수 있게 도와달라고 말이죠. 대화를 나누고 싶었거든요. 나는 아직도 오빠를 많이 사랑하니까, 내가 노력하겠다고 매달리려고 했어요. 근데 아무도 제가 도준오빠랑 만날 수 있도록 도와주지 않더라고요. 마치 오빠와 내 사이를 갈라놓고 싶은 것처럼…"

해주의 눈이 무섭게 희번덕였다. 재호가 제 발이 저려 변명했다.

"아니. 너희를 갈라두려고 하는 게 아니라… 도준이가 원래 자유로운 성격이잖아. 걔는 아무도 설득 못해. 도준이가 누구 말대로 할 사람이야? 다리를 놓아주려고 노력했지만 안 된 거야. 절대 내가 훼방 놓은 게 아니야."

재호는 혹시 불똥이 튈까 봐 최선을 다해 설명했다. 해주는 그의 말을 귀담아듣지 않았다. 이미 생각한 바가 있었기 때문이었다.

"제 생각에는… 은수오빠 때문인 것 같아요."

갑자기 이름이 호명된 은수가 깜짝 놀라 물었다.

"그게 무슨 말이야?"

"도준오빠의 집에 누가 드나드는지 지켜봤거든요."

해주의 말에 은수는 심장이 터질 것 같이 뛰었다. 도대체 어디까지 알고 있는지 무서웠다. 최대한 아무렇지 않은 척하려고 노력했으나 몸이 바들바들 떨렸다.

"그런데?"

은수의 목소리가 형편없이 갈라졌다. 해주는 한 치의 흔들림도 없었다.

"혹시 여자친구를 데려올까 봐 조마조마했는데, 은수 오빠만 오더라고요. 그게 무슨 의미일까요? 둘이 각별한 사이라서 그런 거잖아요."

이미 해주는 확신에 차 있었다. 당황한 은수의 얼굴이 새빨개졌다. 절대 그런 사이가 아닌데, 상황이 오해할 수밖에 없이 흘러갔다. 은수는 잘못된 해주의 생각을 바로잡고자 했다.

"해주야. 네가 지금 큰 오해를 하는 것 같은데. 아니야, 절대 아니야. 우선 내 이야기를 들어봐. 내가 도준이와 친한 건 맞아. 근데 친구일 뿐이야."

해주는 아무 말도 하지 않고 은수를 가만히 쳐다봤다. 은수는 입안이 바싹 마르는 걸 느꼈다.

"진짜야. 알잖아. 나 여자 좋아하는 거…"

은수가 애원하는 목소리로 말했다.

"네. 알고 있어요. 근데 도준오빠가 양성애자잖아요."

"그래. 도준이는 양성애자야. 근데 내가 이성애자라니까?"

해주의 말에 은수도 물러서지 않고 말했다. 은수는 차라리 터놓고 이야기를 나눌 수 있어서 다행이라고 생각했다. 아니었다면 해주의 오해를 풀 기회도 없었을 테니까. 그러나 안타깝게도 해주는 오해가 풀린 얼굴이 아니었다. 은수가 다시 입을 열었다.

"해주야. 내가 왜 이런 해명을 해야 하는지 모르겠어. 네가 생각하는 그런 사이 절대 아니야."

"…차라리 은수오빠가 양성애자이고, 도준오빠가 이성애자면 의심하지 않았을 거예요. 그런데 도준오빠가 양성애자잖아요. 알죠? 도준오빠는 하고 싶은 건 다 하고, 가지고 싶은 건 다 가져야 하는 사람인 거."

은수는 한숨을 크게 내쉬었다. 오해가 풀리기는커녕 쌓여가니 답답했다. 해주의 말대로 도준은 안하무인에 마음먹은 건 다 해야 직성이 풀리는 사람이었다. 그러나 연애는 다른 차원이었다. 만약 도준이 돈을 줄 테니 사귀자고 했으면, 생각할 것도 없이 바로 거절했을 것이다. 천억을 준다고 해도 남자와 사귀는 건 불가능했다.

"해주야. 서도준의 성적 취향은 내가 관여할 바가 아니고… 나는 뼛속까지 이성애자라서 남자와 연애할 수 없다니까? 세상에 남자만 남는다고 하면, 나는 수절을 하고 살 거야."

"그럼 하나만 물을게요. 오빠, 2년 동안 연애를 안 한 이유가 뭐예요?"

해주의 질문에 은수는 입을 다물었다. 그의 말대로 은수는 2년 동안 연애를 안 했다. 아니, 못했다. 왜냐하면 집이 망했기 때문이다. 지인들이 소개해 주는 여자는 은수가 자동차 부품 공장 사장의 아들이라고 알고 있다. 친구들에게 집이 망하지 않은 것처럼 속인다고 해도, 여자친구를 속이긴 어려웠다. 무엇보다 연애하려면 돈이 있어야 했다. 도준에게 받은 돈은 학비를 대고, 부자인 척하기 위해 브랜드 옷을 사 입고 비싼 밥 몇 번 사면 없었다. 은수는 성격상 여자에게 얻어먹는 걸 못 했다. 굶으면 굶었지, 여자친구가 지갑을 여는 모습은 보고 싶지 않았다.

"이것 봐요. 대답하지 못하잖아요."

"그… 그거는 우리집이…!"

"우리집이…?"

은수는 다시 입을 다물었다. 오해받는 건 죽기보다 억울했지만 그렇다고 집이 망했다고 털어놓을 수 없었다. 해주가 이러한 사실을 알게 되면 주위에 알리지 않는다는 보장도 없었다. 지금까지 노력이 물거품 될 수 있다.

"…사생활을 모두 너에게 말해줄 필요는 없잖아. 내가 그동안 여자친구를 안 사귀었다고 서도준이랑 엮는 건 논리의 비약이 심하잖아. 그렇게 따지면 지금 의건이, 재호, 인우 모두 여자친구와 헤어진 상태야. 그럼 얘네들도 도준의 애인이라는 거야?"

은수는 억울해서 열변을 토했다. 해주는 가만히 그와 눈을 마주쳤다.

"도준오빠와 단둘이 만난 사람은 은수오빠뿐이었어요. 다른 오빠들은 대부분 함께 만났고요. 제가 증거도 없이 이런다고 생각해요?"

"그건…"

은수는 차마 입이 떨어지지 않았다. 도준이의 고양이 노릇을 하느라 집에 간 거라고 어떻게 말할 수 있을까.

도준과 연인 사이라고 오해하게 가만히 놔두는 것과 월 500만 원에 인간 고양이가 됐다고 고백하기. 둘 중 하나를 선택하기가 어려웠다. 해주는 고민하는 은수를 보며 평온한 목소리로 말했다.

"어차피, 상관없어요."

"이제 오해가 좀 풀린 거야?"

누그러진 해주의 목소리에, 은수가 안심하며 물었다. 그러나 그게 아니었다. 해주가 무서운 웃음을 지었다.

"나 말고 다른 여자 만나는 걸 볼 바에는 남자를 만나는 게 낫죠. 도준 오빠의 마지막 여자는 저예요. 절대 나한테 벗어날 수 없어요. 난 오빠를 위해선 뭐든지 할 수 있어요. 사람도 죽일 수 있어요. 내가 못 할 거 같아요?"

은수의 얼굴이 경악으로 물들었다. 병적으로 도준에게 집착하는 해주는 대화가 불가능한 수준이었다. 사랑에 눈이 멀어 사람도 죽이겠다고 하는 사람과 무슨 말을 하겠는가.

"우욱…"

그때, 해주가 헛구역질했다. 술을 많이 마시기도 했고, 배가 파도에 부딪히며 흔들리자 속이 부대낀 것이다. 지켜보고 있던 재호가 끼어들었다.

"해주야. 미안한데 토할 거 같으면 화장실에 가서 해. 내 요트가 아니고 대여한 거라서 깨끗하게 써야 하거든."

미친놈, 은수가 작게 읊조렸다. 미친 여자에게 입바른 소리를 할 수 있는 재호를 대단하다고 해야 할지, 아니면 생각 없다고 해야 할지. 재호는 제법 진지한 표정이었다. 고개를 푹 숙이고 있던 해주가 조용히 의자에서 일어났다. 갑판 위에 서 있던 재호와 은수는 그가 달려들어 바다로 밀어버릴까 봐 요트 가운데로 움직였다. 그러나 걱정한 것과 달리 해주는 아무 말도 하지 않고 계단을 내려갔다. 또각, 또각, 또각. 해주의 구두 발소리가 점점 멀어지자, 은수와 재호가 놀란 가슴을 쓸어내렸다.

"와. 박재호, 너 이걸 노린 거야?"

은수는 생떼를 부리지 않고 순순히 물러난 해주를 보고 놀라서 물었다.

"아니. 난 진짜 요트만 생각하고 한 말이었어."

재호의 두 다리가 후들후들 떨렸다.

"요트에 금이라도 발랐냐? 신줏단지 모시듯이 아끼네."

"이거 내 거 아니라니까. 파손되거나 고장 나는 거 있으면 내가 수리해야 하잖아. 국내에서 만든 게 아니라서 비용도 한두 푼이 아닐 텐데…"

"이 와중에 요트 수리비 생각을 하는 걸 대단하다고 해야할지… 어떻게 박해주에게 그런 말을…"

은수는 이제 해주가 너무 무서웠다. 그나마 재호와 함께 있어서 버텼지, 만약에 선상 위에서 단 둘이 마주쳤다면 무서워서 도망쳤을 것이다. 청순한 미인으로 생각했지, 무서운 스토커의 면모를 가지고 있는 줄 전혀 몰랐다.

"내가 뭐라고 했냐? 쟤 서도준에게 제대로 미쳤다니까. 도대체 그 놈은 어떤 마성의 매력이 있길래 저런 미인이 목매는지…"

재호가 고개를 절레절레 저었다. 미인에게 인기 있는 남자의 삶은 부럽지만, 선 넘는 집착을 받을 바에 인기가 없는 게 나았다. 재호는 처음으로 미남의 삶을 동정했다. 도준의 시체로도 버거운데, 해주까지 압박을 조여오니 은수는 더 이상 견딜 자신이 없었다.

"나 이제 여기 못 있겠어. 박해주도 무섭고, 서도준도 무섭고… 그냥 다 무서워."

"나도 그래. 우리 중에 이런 상황이 안 무서운 사람은 없어. 조금만 더 참자."

재호는 은수를 달래며 말했다. 여행은 아직 끝나지 않았다. 도준의 시체를 찾고 알리바이를 만들어야 했다. 일상으로 돌아가기 위해선 아직 해야 할 일이 많았다.

"차라리 서도준의 시체가 사라진 거면 좋겠어."

"나도. 이럴 줄 알았으면 바다에 던져버릴걸. 증거조차 남지 않게."

재호는 아무 생각 없이 한 말이었지만, 은수는 무섭게 들렸다. 친구의 시체를 바다에 버리겠다고 생각하다니. 도준을 죽인 건 정말 재호인 게 아닐까? 마음속에 한 번 싹을 틔운 의심의 씨앗은 무럭무럭 자랐다. 그때, 주머니 속에 넣어둔 은수의 핸드폰이 진동했다. 핸드폰을 꺼내든 은수는 액정화면에 뜬 '정의건'의 이름을 확인하자 심장이 터질 듯이 쿵쾅거렸다. 그는 재호에게 핸드폰 액정화면을 보여주며 말했다.

"설마 무슨 일 생긴 건 아니겠지?"

"…아니야. 아무 일도 아닐 거야. 전화부터 받아."

재호의 재촉에, 은수가 전화를 받았다.

"어. 무슨 일이야?"

"어디야? 아무것도 묻지 말고, 지금 객실로 빨리 와."

"알았어, 바로 갈게."

전화를 끊은 은수의 몸이 먼저 움직였다.

"객실로 빨리 오래."

재호는 계단을 내려가는 그를 따라갔다.

6 돌아온 시체

객실로 가는 동안 두 사람은 아무 말도 하지 않았다. 객실 문 앞에 선 재호와 은수가 주위를 살피며 문을 두드렸다. 조용히 문이 열리자, 두 사람은 객실 안으로 들어갔다. 은수는 문을 열어준 의건에게 불안한 목소리로 물었다.

"뭐야? 도대체 무슨 일인데 빨리 오라고 한 거야?"

의건이 뒤를 가리키며 말했다.

"…서도준이 돌아왔어."

"뭐?"

은수와 재호는 의건의 시선을 따라 바닥을 내려다봤

다. 그곳에는 그의 말대로 도준의 시체가 누워있었다. 놀란 재호가 말을 더듬으며 물었다.

"어, 어디서 찾았어?"

"찾은 거 아니야. 우리도 객실에 와보니까 있었어."

"그게 말이 돼?"

은수가 패닉에 빠져 소리쳤다. 네 남자는 믿을 수 없다는 듯이 바닥에 누워있는 도준을 내려다봤다. 재호가 의건을 붙잡고 물었다.

"호, 혹시… 서도준 이 새끼 살아있는 거 아냐? 그래서 우리가 없을 때 어딘가 숨어있다가 다시 나타난 거 아니냐고!"

민기가 재호를 한심하게 쳐다보며 말했다.

"말이 되는 소리를 해. 정의건이 심폐소생술 했잖아. 죽었어, 확실하게 죽었다고. 그리고 살아있었다면 네가 그렇게 밟아서 팔다리가 부러졌는데 찍소리도 안 낼 수 있냐?"

믿기지 않는 현실에 재호가 머리를 감싸고 주저앉았다.

"그러면 이 상황은 말이 되고? 시체가 없어졌다가 다시 생기는 건 말이 되냐고! 누가 이런 짓을 하는데?"

두려움이 가득했던 재호의 눈이, 일순간 의심으로 물들었다. 그는 민기를 손으로 가리키며 말했다.

"김민기, 네가 꾸민 일이지?"

재호의 의심에 민기가 발끈해서 소리쳤다.

"이 새끼는 또 나한테 지랄하네… 뭔 소리야, 내가 왜 그래? 너 찔리는 거 있냐? 그래서 날 몰아가는 거 아냐?"

재호가 민기에게 달려들어 멱살을 잡아챘다.

"이상하잖아. 객실에서 시체를 발견한 건 너희 둘이야. 둘이 짜고 벌인 거 아니야? 열쇠가 있으니까 객실에 들어와서 장난친 거 아니냐고!"

민기가 멱살을 잡은 재호의 손을 거칠게 뿌리쳤다.

"박재호. 말은 똑바로 해야지. 열쇠는 나만 가지고 있는 거 아니잖아. 너도 가지고 있어."

민기의 말에 은수가 놀란 얼굴로 재호를 쳐다봤다.

"뭐야. 박재호, 너도 열쇠 가지고 있었어? 왜… 거짓말했어?"

분명 재호는 은수에게 객실 열쇠를 가지고 있는 건 민기라고 했다. 민기는 표정을 싸늘하게 굳히며 은수에게 물었다.

“박재호가 너에게 뭐라고 했는데?”

“…별다른 이야기는 하지 않았어. 네가 열쇠를 가지고 있다고 했어.”

은수는 재호가 민기를 의심하며 했던 말들은 전하지 않았다. 만약 그가 했던 말을 모두 전달하면 치고받고 싸울 게 분명했다. 고작 열쇠에 대해서만 말했을 뿐인데 민기가 흥분해서 소리쳤다.

“하! 아주 웃기지도 않는 거짓말을 했네… 야, 박재호. 너야말로 이상한데? 왜 그런 거짓말을 했어? 네가 열쇠를 하나 챙기고, 남은 걸 나에게 줬잖아.”

“거, 거짓말을 한 건 아니야! 굳이 나도 열쇠를 가지고 있다고 밝히지 않았을 뿐이야.”

“그게 그거지! 너는 말을 교묘하게 해서 마치 나만 열쇠를 가지고 있는 것처럼 한 거잖아. 박재호… 너 지금 나를 몰아가는데 그럴수록 네가 더 수상하다는 거 알아둬. 하나 묻자. 도대체 우리를 이곳으로 부른 이유가 뭐야?”

민기의 질문에 재호의 얼굴이 하얗게 질렸다. 은수조차 이제 재호를 수상하게 보고 있었다. 제대로 해명하지 않으면 도준을 죽인 범인으로 몰릴 위기에 처했다.

"이유라니… 그런 거 없어! 1년이나 못 봤으니까… 아쉬워서 얼굴이나 보려고 부른 거지. 우리 엄청 친했잖아. 우리의 우정이 이렇게 끝나긴 아쉬워서 그랬어."

"진짜 그 이유가 맞아? 이렇게 큰돈을 쓰면서 굳이 우리를 이곳에 불렀다고? 사실 네가 파둔 함정에 우리 모두 빠진 건 아니고?"

민기는 매섭게 재호를 몰고 갔다. 안색이 파리해지는 재호를 보며 의건이 말렸다.

"김민기. 그만해. 재호 말대로 우리가 너무 오랫동안 못 봤으니까…"

은수 역시 그들 사이에 끼어들었다.

"맞아. 우리끼리 이러지 말자. 이런 상황에서 서로 믿지 못하면 끝이야."

"너희 선상에 다녀왔지? 별거 없었어?"

의건이 화제를 전환하자, 은수가 장단을 맞췄다.

"응. 별 건 없었고… 해주를 만났어. 나는 걔가 그런 애인 줄 몰랐는데 정말 무섭더라. 솔직히 나는 해주가 제일 수상해. 좀 미친 것 같아."

"드디어 해주의 본성을 눈치챘구나. 나도 해주가 의심되긴 하는데… 차분히 생각해봤거든. 160cm밖에 안 되는 여자가 어떻게 183cm나 되는 남자의 시체를 쉽게 들고 옮기겠어? 불가능해."

의건의 말대로 왜소한 여자가 건장한 남자를 들고 이동하긴 쉽지 않다. 그러자 재호가 의견을 추가로 냈다.

"혹시 모르지. 도와주는 사람이 있다면…"

잠자코 듣고 있던 민기가 버럭 화를 내며 말했다.

"너 혹시 나 저격하는 거야? 내가 서도준한테 박해주 소개해 준 것 때문에?"

재호는 아무 말도 하지 않았지만, 침묵은 곧 긍정이었다. 민기가 이를 꽉 깨물고 낮게 읊조렸다.

"미친 소리 작작 하라고 했다. 진짜 뚜껑 열리게 만들지 마. 그냥 아는 동생 중 하나였고, 저런 미친 애인 줄 몰랐어. 알았다면 절대 서도준에게 소개해 주지 않았을 거야."

해주는 겉보기엔 아주 아름다운 여자였다. 남자라면 누구나 한 번쯤 사귀어보고 싶다고 생각할 정도로 근사한 여자였다. 헤어진 남자를 스토킹하고 주위 사람을 괴롭히는 줄은 꿈에도 몰랐다. 옛말에 중매를 잘 서면 술이 석잔, 잘못 서면 뺨이 석대라고 했다. 민기는 이 말을 뼈저리게 느꼈다. 도준에게 해주를 소개해 주고 얼마나 많은 원망을 들었는가.

"서도준의 시체를 잘근잘근 밟은 게 누구지? 박재호, 적당히 해라, 너 존나 패고 싶은 거 간신히 참고 있으니까. 너는 왜 우리를 이곳에 부르고, 마약을 권했어? 확실하게 대답해."

"우리가 오랫동안 만나지 못해서, 부른 거뿐이라고."

두 사람은 대화는 도돌이표 같았다. 민기가 이곳으로 부른 이유를 물으면, 재호는 오랫동안 보지 못해 만나고 싶었을 뿐이라고 대답했다. 문득 의건은 한 가지 의문이 생겼다.

"…그런데 우리… 왜 1년 동안 만나지 않았지?"

마치 머릿속에 안개가 자욱하게 낀 것 같았다.

"그건…"

재호도 대답하지 못했다. 그들이 오랫동안 만나지 못한 이유. 분명 그 이유가 있는데 떠오르지 않았다. 민기는 기억이 날듯 말듯 해 정신을 집중했다. '압구정 호랑이'의 우정이 소원해진 이유. 그건 바로…

쾅쾅쾅! 객실 문을 두드리는 소리에 깊은 생각에 빠졌던 네 명의 남자가 몸을 움찔거렸다.

"도준 오빠, 거기 있죠?"

해주였다. 제일 보고 싶지 않았던 인물의 등장에 네 남자가 허둥지둥거렸다.

"제발… 도준 오빠 얼굴 좀 보여주세요. 저 오빠랑 꼭 해야 할 말이 있단 말이에요."

해주는 문을 두드리며 간절히 애원했다.

"씨발… 박해주 또 왔어. 어떻게 할 거야?"

재호가 목소리를 잔뜩 낮춰 속삭이듯 말했다.

"도준 오빠… 여기 있는 거 다 아는데… 도대체 왜 문을 안 열어주는 거예요?"

해주의 목소리가 눈물에 젖어 울먹거렸다. 정신을 차린 의건과 민기가 바닥에 쓰러져있는 도준의 시체를 침대 위로 옮겼다. 쾅쾅쾅! 문이 부서질 것처럼 흔들렸다.

"…도대체 그 안에서 뭘 하길래… 도대체 도준오빠와 뭘 하길래 못 보여주냐고!"

광기에 가득 찬 해주의 목소리에 은수가 머리를 감싸쥐며 주저앉았다. 마치 자신을 향해 하는 말처럼 들렸다. 의건이 낮고 단호한 목소리로 말했다.

"해주야. 내가 아까 말했잖아. 도준이는 지금 자고 있다니까. 네가 아무리 난동을 부려도 만날 수 없으니까 파티홀로 돌아가. 우리도 곧 갈게."

네 남자는 문 건너편 해주의 목소리에 집중했다. 의건의 말이 통했는지 그는 아무 말도 하지 않았다. 그러나 착각이었다.

"은수오빠… 거기 있죠?"

해주가 뜬금없이 은수를 찾았다. 1층홀에 없으니, 객실 안에 있는 건 당연했다. 괜히 없는 척 거짓말을 했다가 더 큰 화를 불러올 수 있다는 생각이 들어, 은수가 대답했다.

"어, 왜, 왜 그래. 해주야?"

은수가 너무 긴장한 탓에, 음이탈이 나고 말았다. 평소라면 부끄러웠겠지만 그런 생각이 들지 않았다. 해주가 왜 불렀는지 궁금하고, 무서웠다.

"오빠… 오늘… 예쁜 시계 차고 있더라고요… 질투가 날 정도로… 예쁜 시계를…"

해주가 뜬금없이 시계를 칭찬하자, 은수는 대화의 갈피를 잡지 못했다. 술에 많이 취해서 의식의 흐름대로 헛소리한다고 치부했다. 적당히 그의 기분이 상하지 않도록 대답했다.

"아… 고마워."

"근데 왜 거짓말했어요?"

죽죽 늘어지던 해주의 말투가 날카로워졌다. 은수는 그의 말을 이해하지 못해 친구들에게 도움을 요청했다. 물론 세 남자도 해주가 무슨 이야기를 하는지 알 리가 없었다. 결국 은수가 물어봤다.

"내, 내가 무슨 거짓말을 했다는 거야?"

"도준오빠거잖아, 그 시계."

해주가 속사포처럼 말을 빠르게 쏟아내자, 은수의 얼굴이 하얗게 질렸다. 재호가 은수에게 따지듯 물었다.

"미친놈아, 아까는 아버지 거라고 했잖아! 그런데 왜 서도준 시계를 가지고 있어? 훔친 거야? 아니면 진짜 둘이 무슨 사이야?"

은수는 세 남자의 눈치를 살폈다. 이것까지 밝혀질 줄이야.

"훔친 거 아니고, 빌린 거야."

은수의 얼굴이 벌겋게 물들었다. 집안이 쫄딱 망했다고 밝혔으니 더 이상 창피한 일은 없다고 생각했다. 그의 목소리가 모기처럼 기어들었다.

"우, 우리 집이 망했다는 걸 티 내고 싶지 않았어… 매일 신상을 사던 내가 갑자기 명품을 안 사면 이상해 보일까 봐… 그래서 서도준에게 빌렸어. 집에 갈 때마다 명품 몇 개씩 빌려오고, 가져다줬어."

"너도 답 없는 새끼다, 진짜…"

"그런 짓을 하면서 명품을 빌려쓰고 싶냐?"

재호와 민기가 은수를 비난했다. 은수도 자신이 한 행동이 우습다는 건 알고 있다. 소비 습관은 하루아침에 바뀌지 않았다. 도준에게 받는 500만 원의 절반만 모아도 1년이면 3천만 원이었다. 그러나 모은 돈은 한푼도 없었다. 그것도 부족해서 명품도 탐냈다. 도준의 터무니없는 제안을 받아들이고, 자존심을 버린 그는 편의를 누렸다. 은수도 피해자라고만 볼 수 없었다.

"…넌 시발 그걸 왜 오늘 차고 왔어."

민기가 나지막이 욕을 내뱉었다.

"진짜 좆됐다… 안 그래도 박해주가 은수와 서도준 사이 존나 의심하고 있는데…"

재호는 은수만큼이나 얼굴이 새하얗게 질려서 말했다. 조금 전까지 해주를 대면한 여파가 남아있었다. 의건이 마른세수를 하며 생각을 정리했다.

"지금 걔 엄청 취했어. 조금만 시간 끌면 잠들 것 같은데…"

재호가 객실 창문 밖으로 보이는 풍경에 시선을 고정

했다. 저 멀리 선착장이 보이기 시작했다.

"창밖을 봐. 조금만 더 버티면 돼… 곧 선착장에 도착할 거야. 그때 박해주를 끌어내자."

쾅쾅쾅! 해주가 다시 문을 사납게 두드렸다.

"그 안에서 뭐라고 속삭이는 거예요? 안 들려요… 내가 들리게 좀 말해봐요…"

"진짜 개무섭네…"

재호가 어깨를 웅크렸다. 어떤 표정으로 문을 두드리고 있을지 눈에 선했다. 쾅! 객실 문이 부서질 듯이 큰 소리가 났다. 쾅! 이번에는 문고리가 덜컹거렸다. 놀란 의건이 문을 쳐다보며 물었다.

"뭐, 뭐야? 밖에서 뭘 하는 거야?"

쾅! 다시 한번 문고리가 헛돌았다. 민기의 얼굴은 사색이 되었다.

"미친… 문고리 내려치나 본데…?"

"도준 오빠, 조금만 기다려요. 내가 보러 갈게요!"

해주의 웃음기 서린 목소리에 객실 안의 네 남자는 두려움에 벌벌 떨었다. 의준은 침대 위에 눕혀둔 도준의 시체 위로 이불을 덮었다. 해주를 막을 방법이 떠오르지 않았다.

쾅! 쾅! 문고리가 부서지고 객실문이 열렸다.

"이런 시발…"

네 남자는 누가 먼저라고 할 것도 없이 해주를 막아섰다. 장신의 남자들이 문 앞에 서 있자 키가 작은 해주는 객실 내부를 들여다볼 수 없었다. 그는 객실 안을 가득 채운 증기를 보며 말했다.

"역시 내 생각이 맞았네… 오빠들… 약했구나?"

해주의 말에 의건이 고개를 끄덕였다. 아까 담배연기라고 했지만 더이상 통하지 않을 거짓말이었다.

"…맞아. 그래서 여기에 아무도 들일 수 없었어. 의도하지 않게 약을 하게 될 수 있잖아. 위험하니까 1층홀로 돌아가."

해주를 돌려보내기 위해 방 안에 마약 증기로 가득하다는 걸 알렸지만 쓸모없는 일이었다.

"상관없어요. 저도 도준 오빠 만날 때 같이 약했었거든요. 오빠는 나랑 할 때는 주사기를 쓰더니, 이제 증기로 바꿨나 보네요. 그래서, 도준 오빠는 저기에 있는 거예요?"

해주는 객실 내부를 보기 위해 발꿈치를 들었다. 그러나 체격 좋은 남자들로 가로막혀 아무것도 보이지 않았다. 민기가 해주의 팔목을 잡고 말했다.

"해주야. 지금 너도 많이 취했어. 도준이는 나중에 보자."

"그래. 기왕이면 제일 예쁠 때 보면 좋잖아."

민기의 말에 재호도 말을 덧붙였다. 어떻게든 해주를 내보내기 위해 노력했다.

"지금은 안 예뻐요?"

해주가 자신의 얼굴을 만지며 날카롭게 물었다.

"응. 많이 취해서 눈도 풀리고… 평소 네 미모와 비교가 안 되지. 그러니까 술 깨고 더 예쁜 모습으로 보자. 그래야 도준이도 마음이 흔들리지 않겠어?"

해주가 자신을 둘러싼 네 명의 남자를 올려다봤다.

"어디에 갔나 했더니 왜 여기 다 모여있어?"

취한 준영이 비틀거리며 해주의 뒤에 와서 섰다. 해주만으로도 벅찬데 또 다른 인물이 등장하자, 그들은 골치가 아팠다. 의건은 두 사람을 보내기 위해 머리를 썼다.

"아무것도 아니에요. 해주와 같이 1층홀로 가려고 했는데, 같이 가실래요?"

"그래? 해주야. 너는 왜 그러고 있어?"

해주는 아무 말도 하지 않고 준영을 쳐다봤다. 객실에 온 이유는 단 하나였다.

"너… 도준이 만나러 왔구나?"

준영이 은수와 재호 너머 객실 내부를 살폈다. 170cm 후반인 두 사람과 달리 준영은 190cm에 육박하는 장신이었다. 준영이 은수와 재호 머리 위로 침대를 찾았다.

"도준이 침대에 누워있다고 했지? 어디 보자… 저기 있는 건가?"

준영은 침대 위 불룩하게 솟은 이불을 보며 말했다. 당황한 네 남자가 허둥지둥거렸다. 민기는 준영이 객실 안으로 들어오지 못하게 가볍게 잡아 밀었다. 준영이 객실 안으로 들어와 침대 위에 누운 도준을 살핀다면, 지금까지 했던 노력이 수포로 돌아간다. 어떻게든 그를 막아야 했다.

"도준 오빠가 보여요?"

해주가 준영의 팔뚝을 잡으며 물었다. 준영은 자신에게 들러붙은 민기와 해주가 거추장스러웠다. 그는 침대에서 눈을 떼고 민기를 쳐다봤다. 민기는 제발 해주를 내보내달라는 간절한 얼굴이었다. 준영은 그의 표정을 확인하고 고개를 끄덕였다. 알아들었다는 표현이었다.

"도준오빠가 보이냐니까요?"

해주가 준영을 보채며 물었다. 준영이 고개를 숙여 해주를 바라보며 말했다.

"해주야. 너 도준이 진짜 좋아하지?"

"그럼요! 전 도준오빠를 위해서 뭐든지 다 할 수 있어요."

"남자는 말이야. 무작정 들이대는 여자를 좋아하지 않아. 남자가 쫓아오게 만들어야지, 네가 쫓아가면 안 돼."

준영이 해주에게 훈수를 두기 시작했다.

"너 그렇게 굴면 남자들이 질려서 떠나. 너처럼 예쁜 애가 왜 그렇게 을을 자처해? 세상에 남자가 얼마나 많은데."

민기는 준영이 도움을 주자 가슴을 쓸어내렸다. 의건과 재호도 안심했다. 해주가 어떤 사람인지 준영도 알고 있어서 다행이었다.

"좋은데 어떡해요…"

준영이 해주의 팔을 잡아끌어 객실 밖 복도로 나갔다. 그는 다정하게 어깨동무하며 귓가에 속삭였다.

"해주야. 오빠 말을 잘 들어. 남자는 개야, 개! 자꾸 쫓아가면 도망가요, 밀당을 해야지, 그렇게 직진하면 안 돼."

은수는 준영과 해주의 뒷모습을 보고 안도의 한숨을 쉬었다. 객실 안으로 난입할까 봐 걱정했는데 제 발로 나가주니 천만다행이었다. 준영의 등장은 행운이었다. 도준의 시체도 돌아왔으니, 이제 배가 선착장에 도착할 때까지 기다리면 된다. 그러나 객실 문이 부서져서 문제였다. 객실문을 닫은 재호는 빠진 문고리 때문에 문을 잠글 수 없었다.

"야, 이거 어쩌냐…."

문이 부서진 이상, 모두 객실을 비울 수 없었다. 의건은 세 남자를 돌아보며 말했다.

"한 명만 여기를 지키자. 선착장에 다 와 가니까, 1층 홀에 사람들 상태 살피고 보낼 준비 하자. 홀을 빠져나가는 사람이 있으면 바로 따라붙고."

"누가 객실에 남을 거야?"

재호가 이들을 돌아보며 묻자, 은수가 손을 들었다.

"내가 여기 남을게."

은수가 하얗게 질린 얼굴로 대답했다. 의건은 그를

걱정스럽게 바라봤다.

"괜찮겠어?"

"해주의 얼굴을 볼 바에는 여기에 남는 게 나을 것 같아."

"그건 맞아…"

은수의 말에 재호도 고개를 끄덕였다. 해주의 본모습과 처음 마주한 은수는 겁에 질렸다. 게다가 오해까지 단단히 하고 있으니 괜히 주위를 얼쩡거리다간 화를 입을 수 있었다. 선착장에 도착할 때까지 해주와 마주치고 싶지 않았다. 은수는 의자를 끌어와서 앉았다.

"혼자 남았다고 걱정하지 마. 상황만 살피고 다시 올게."

의건이 은수의 어깨를 가볍게 쥐었다. 은수는 떨리는 손으로 그의 손을 잡았다. 무섭지만 의건이 큰 힘이 되었다. 먼저 의건이 객실을 나가고, 재호와 민기가 그 뒤를 따라 나갔다. 민기는 넋이 빠진 은수를 보며 말했다.

"이제 다 끝났어. 조금만 참자."

은수가 힘없이 고개를 끄덕였다. 객실문을 닫고 나온 세 남자는 빠른 걸음으로 1층홀로 향했다. 창문 밖으로 선착장이 보였다.

"이제 곧 선착장에 도착하니까 조금만 고생하면 돼."

재호의 말에 의건과 민기는 고개를 주억거렸다. 상황이 고단해서 대답할 힘도 없었다. 1층홀에 다가서자 술에 취해 횡설수설하는 소리가 들렸다. 세 사람이 들어가자, 예지가 달려들어 반겼다.

"얘들아~어디 갔다 온 거야?

의건은 안기다시피 몸을 던진 예지를 부축했다. 재호와 민기는 들러붙는 예지를 보며 인상을 찌푸렸다.

"어디 갔었냐구우~"

대답을 해주지 않으면 계속 물어볼 것이 뻔했다. 결국 재호가 입을 열었다.

"잠깐 선상에 올라갔다가 왔어요."

"선상? 2층에? 나는 왜 안 데리고 갔어?"

예지가 아이처럼 칭얼거렸다. 의건은 짜증을 억눌렀다. 평상시라면 좋게 넘기겠지만 상황이 급박하니 화가 났다. 그러나 티를 내지 않고 미소를 띠었다. 배우는 배우였다.

"지금 밖에 나가봤자 어두워서 아무것도 안 보여요."

"괜찮아. 나도 갈래~ 바람 쐬고 싶어."

"누나 많이 취해서 위험해요. 바람도 많이 불고 춥고

요."

"아냐. 나 별로 안 취했어. 멀쩡해."

예지가 비틀거리며 말했다. 의건은 마치 이곳이 드라마 세트장이라도 되는 것처럼 연기했다.

"안 돼요. 지금 많이 취했어요. 누나가 다치면 내 마음이 얼마나 아픈지 모르죠?"

의건은 마음에도 없는 말을 내뱉었다. 만취해서 쓰러지든 말든, 지금은 관심 밖이었다. 오로지 머릿속에는 선착장에 무사히 도착하고, 손님들을 보낼 생각뿐이었다. 예지는 마치 드라마 속 여자주인공이라도 되는 것처럼 행동했다.

"우리 의건이를 걱정시키면 안 되지…암…"

예지는 미남계가 잘 통하는 여자라서 천만다행이었다. 의건은 예지를 부축하며 소파로 다가갔다.

"누나, 위험하게 서 있지 말고 소파에 앉아서 쉬어요."

"으응. 좋아."

의건은 예지를 소파에 앉혔다. 그가 몸을 일으키자, 예지가 진득하게 달라붙었다.

"어디 가?"

"아뇨. 안 가요."

의건은 예지에게서 탈출하는 걸 포기하고 다시 앉았다. 예지는 의건의 팔뚝을 끌어안으며 서운해했다.

"서도준은 진짜 얼굴 한 번 안 보여주네."

예지의 입에서 도준의 이름이 나오자, 의건이 화제를 돌리기 위해 노력했다.

"서도준 얼굴을 봐서 뭐 해요. 저만 예뻐해 주세요. 질투 나니까."

"우리 의건이 질투나? 그런 거 하지 마! 너처럼 잘생긴 애들은 질투 같은 거 하는 거 아니야…"

예지가 과장된 몸짓으로 의건의 팔뚝을 손으로 쳤다. 의건은 예지의 손을 잡으며 듣기 좋은 웃음을 흘렸다.

"네, 그러니까 이제 도준이 이야기는 그만해요."

"알았어. 이제 서도준 이야기는 하지 않을게."

예지는 졸음이 쏟아져 눈을 천천히 끔뻑거렸다.

"의건이와 더 놀고 싶은데 너무 졸려…"

"눈 좀 붙여요. 누나. 곧 선착장 도착할 거예요."

의건이 예지의 귀에 속삭였다. 예지는 눈을 감은 채 물었다.

"벌써 선착장에? 왜?"

"오전 일찍 일정이 있는 사람이 있다고 해서 어쩔 수

없었어요."

"나는 더 놀고 싶은데…"

예지가 무거운 눈꺼풀을 억지로 뜨며 늘어지는 목소리로 말했다.

"나 잘 때까지 어디 가지 말고 여기 있어…"

"알았어요. 잠 드는 거 보고 있을 테니까 좀 자요."

의건이 손으로 예지의 눈가를 가볍게 쓸어내렸다. 이제 한숨 돌리겠다 싶었는데, 준영이 비틀거리며 재호의 어깨를 붙잡았다.

"예지는 아예 뻗었구나."

"형님, 괜찮아요?"

재호가 준영이 쓰러지지 않도록 붙잡으며 물었다.

"오늘 너무 많이 마셨나 봐. 이제 밤새우면서 술 마시고 놀지 못하겠어. 체력이 예전 같지 않네…"

의건이 소파에서 일어나서 준영을 앉혔다.

"형님, 여기 앉아서 좀 쉬세요."

"으응… 의건아. 가지 말랬지…"

의건이 앉았던 곳에 준영이 앉자, 잠든 줄 알았던 예지가 중얼거렸다.

"어디 안 가요. 너무 좁아서, 맞은편 소파에 앉아있을

게요."

"싫어… 멀리 가지 마…"

수마에 빠진 예지는 의건을 붙잡지 못했다. 그는 준영과 함께 소파에 사이좋게 앉아 선잠이 들었다. 두 사람이 조용해지고, 의건과 민기, 재호는 여유가 생겼다.

"존나 피곤하네…"

재호가 다른 사람은 듣지 못할 정도로 조용히 말했다. 급격한 피로가 몰려온 의건은 엄지로 눈앞머리를 마사지했다. 민기는 홀 안을 돌아봤다. 그는 사람들의 수를 세었다. 하나, 둘, 셋… 아홉. 민기는 다시 수를 셌다. 역시 아홉이었다.

"오늘 파티에 몇 명 왔냐?"

"우리 빼고 열 명."

"…근데 왜 여기에 아홉 명밖에 없냐?"

"화장실 간 거 아니야?"

재호가 대수롭지 않게 대꾸했다. 의건은 사람들의 얼굴을 확인했다. 이곳에 없는 한 명은 해주였다. 의건이 마른침을 삼켰다.

"…해주가 없는데?"

그의 말에 재호와 민기가 급하게 주위를 살폈다. 해

주는 그 어디에도 보이지 않았다. 맞은편 소파에 앉아있던 준영이 게슴츠레하게 눈을 뜨며 웃었다.

"해주는 도준이 보러 갔어."

"뭐라고요?!"

재호가 깜짝 놀라 소리쳤다. 준영이 술에 취해 뭉개지는 발음으로 중얼거렸다.

"얼굴 한 번만 보는 게 소원이래. 에이 씨! 얼굴 한 번 본다고 닳는 것도 아니고… 그냥 한 번 보게 해주고 단념하라고 하자. 불쌍하잖아."

"해주, 어디에 있어요?"

의건이 떨리는 목소리로 물었다.

"객실 맞은편에 창고가 있더라고. 거기에 숨어있다가 너희들이 사라지면 그때 객실에 가라고 했지."

재호는 객실에서 멀리 떨어지지 않은 곳에 창고가 있다는 걸 떠올렸다. 객실에서 나오고 5분은 넘게 흘렀다. 그렇다면 해주는 지금…

"이런 시발…"

민기가 자신도 모르게 욕설을 내뱉었다. 준영은 취한 와중에도 나이가 어린 동생이 욕을 했다는 걸 알아채고 화를 냈다.

“뭐? 너 지금 뭐라고 했어? 내가 술에 취했다고 욕하는 것도 모를 줄 알아?”

준영의 말이 끝나기도 전에 의건과 재호, 민기가 1층 홀을 뛰어나갔다. 세 남자가 헐레벌떡 뛰어나가는 모습을 본 준영은 눈을 억지로 떴다.

“이 새끼들이 군기가 빠져서… 서도준이 나 무시한다고 너희도 이렇게 행동하는 거야?”

그의 투덜거림을 들어주는 사람은 아무도 없었다. 예지가 그의 입을 손으로 때렸다.

“야! 조용히 하고 잠이나 자…”

“아씨! 왜 때려… 내가 해주를 도와주면 안 되는 거였나…”

준영은 무거운 눈꺼풀을 더 이상 지탱하지 못하고 감았다. 자신이 무슨 짓을 저질렀는지도 모르는 채.

7 배드트립

창고 문을 열고 나온 해주는 눈앞에 객실을 보며 웃음을 흘렸다. 얇은 문 너머로 그토록 보고 싶었던 도준이 있다. 두 사람의 사이를 훼방 놓을 사람도 없다. 객실로 향하는 발걸음이 가벼웠다.

"하…하하하하!"

해주는 사랑하는 남자를 만날 생각에 흥분된 마음을 감출 수 없었다. 1년 만에 만나는 거였다. 이 순간을 얼마나 기다렸는지 모른다. 얼굴을 보고, 사랑한다고 말해줘야지. 진심을 전하면 도준도 마음을 돌리고 다시 만나줄 거라는 상상을 했다. 해주가 고장 난 문을 잡아

당기자, 아주 쉽게 열렸다. 의자에 앉아있던 은수가 문 앞에 서 있는 해주를 보고 넋이 빠졌다.

"으, 으아악!"

정신을 차린 은수는 귀신이라도 본 것처럼 소리를 질렀다. 해주는 신경도 쓰지 않고 도준을 찾았다.

"도준오빠는 어디에 있어요?"

"미쳤어! 나가, 나가라고!"

은수는 해주에게 맞서 싸우거나, 밖으로 끌어내지 못했다. 그는 머리를 손으로 감싸며 테이블 위에 엎드려 덜덜 떨었다. 해주가 객실로 쳐들어올 줄 알았으면 절대 이곳에 남아있지 않았을 것이다. 차라리 친구들을 따라 홀로 나갔어야 했다. 은수는 해주가 너무 무서웠다. 학생 때 포악한 성질로 유명했던 학생주임보다, 군대에서 만난 선임보다, 빚을 갚으라고 문을 두드리던 빚쟁이보다 두려웠다. 고개를 두리번거리던 해주는 침대 위 불룩하게 솟은 이불을 발견하고 황홀한 표정을 지었다.

"저기 있구나… 도준오빠…"

"아, 안 돼!"

은수는 소리만 질렀지, 해주를 막아서지 못했다. 해주는 아주 느린 걸음으로 침대를 향해 다가갔다.

"제가 오빠보다 도준오빠를 훨씬 더 많이 사랑해요."

"너 가져, 서도준은 너 가지라고! 나와는 아무 사이 아니라고 몇 번을 이야기해…"

은수가 절규하듯이 외쳤다. 서도준이라면 아주 지긋지긋했다. 그러나 해주의 귀에 닿지 않았다.

"거짓말… 도준오빠 집에 일주일에 네 번이나 갔잖아요. 나는 오빠와 사귈 때도 집에 한 번밖에 못 가봤는데…"

"그건 친한 친구니까 그런 거지. 너와 도준이는 짧게 사귀었잖아. 그래서 집에 갈 기회가 적었겠지…"

"아…오빠는 오래 알고 지냈지만, 나는 짧게 스쳐 지나간 사이다? 그러니까 두 사람 사이에 끼어들지 마라?"

"내가 언제 그랬어!"

"지금 그랬잖아요."

은수는 해주에게 질려버렸다. 어떤 이야기를 해도 왜곡해서 들을 것이다. 침대로 향하던 해주가 은수에게 다가왔다. 은수는 깜짝 놀라 의자에서 일어나 구석으로 몸을 피했다.

"왜, 왜 나한테 오는 거야?"

은수의 다리가 형편없이 떨렸다. 해주는 그 모습을

보며 비웃었다.

“내가 다 봤어요. 도준오빠 집에서 나올 때마다 명품을 가지고 나오던 모습을… 저한테 자랑하려고 한 거죠? 스스럼없이 집에 들어가고, 물건도 가지고 나오는 사이라고 과시하니까 좋았어요?”

“아니야, 그건 아니야…”

은수는 시간을 돌릴 수 있다면, 도준의 말도 안 되는 제안을 받아들이지 않았을 것이다. 그리고 집안이 망했다고 주위에 알리고, 아르바이트를 하면서 성실하게 살아갔을 텐데. 그러나 너무 늦은 후회였다. 엉킨 실타래는 풀려고 노력하면 더욱 꼬였다.

“오늘이 무슨 날인지 알아요?”

“모, 몰라…”

“어떻게 모를 수 있어요? 12월 4일, 도준오빠 생일이잖아요.”

12월 3일, 요트파티가 시작됐고 밤새우면서 4일이 됐다. 오늘은 도준의 29번째 생일이었다. 전혀 몰랐다는 은수의 표정을 보며 해주는 화를 냈다.

“어떻게 그걸 잊어버려요?”

“그건…”

은수가 말을 흐렸다. 기억이 나지 않았다. 아주 중요한 게 떠오르지 않아 답답했다.

"1년 동안 도준오빠는 잠적했죠. 오늘 파티를 연다고 해서, 저는 도준오빠의 생일파티 겸 오랫동안 잠적한 이유를 알려줄 거라고 생각했어요. 그런데 아니었죠. 도대체 왜 1년 동안 서로 피한 거예요?"

"무, 무슨 소리야?"

"그걸 저한테 물어보면 어떡해요? 1년 동안 오빠들도 만나지 않았잖아요. 마치 짜기라도 한 듯이. 1년 전엔 도준오빠 집에 자주 드나들던 은수오빠도 어느날 발걸음을 끊고… 저는 '압구정 호랑이'가 크게 싸웠다고 생각했어요. 그런데 오늘 도준오빠의 시계를 보란 듯이 차고 와서 아직 사이가 좋다는 걸 알아챘죠. 도대체 뭐 때문에 1년간 만나지 않은 거예요? 도준오빠는 어디에 있었던 거고요?"

해주의 질문은 은수를 혼란스럽게 만들었다. '압구정 호랑이'가 1년 동안 모이지 못한 이유는… 그 이유는… 은수는 머리가 깨질 것처럼 아팠다.

"말해주지 않아도 상관없어요. 도준오빠한테 직접 들으면 되니까."

해주는 은수를 등지고 침대로 다가갔다. 침대에 걸터앉은 해주는 세상을 다 가진 얼굴이었다. 두툼하게 솟은 이불 아래 그토록 사랑한 도준이 누워있다는 사실에 심장이 터질 것처럼 뛰었다. 은수는 바닥에 털썩 주저앉았다. 이제 모든 게 끝이었다. 이불을 들치면 도준이 죽었다는 걸 해주가 알아챌 거다. 시체를 은닉하기 위해 저질렀던 일도 모두 들킬 것이다. 은수는 두 손으로 머리를 감쌌다. 나쁜 여행의 끝이 좋을 리 없었다. 객실에 도착한 의건과 민기, 재호가 깜짝 놀라 소리쳤다.

"헉! 최은수! 뭐 하고 있어?"

"…시발…"

그들은 망연자실한 얼굴로 해주를 바라봤다. 세 남자의 소란에도 해주는 고개를 돌리지 않고 이불만 내려다봤다.

"도준오빠… 내가 얼마나 보고 싶어 했는지 알아요?"

해주가 꿈에 젖은 목소리로 말했다. 그가 이불에 손을 댔다. 오랜만에 도준을 볼 생각에 떨린 해주는 쉽게 이불을 걷지 못했다. 해주를 말릴 수 있는 사람은 아무도 없었다.

선착장에 도착했습니다. 즐거운 여행이 되셨길 바랍니다.

요트가 선착장에 도착했다는 안내방송이 들렸다. 한쪽 구석에 주저앉아있던 은수는 슬금슬금 객실 문 쪽으로 이동했다.

"오빠도 내가 보고 싶었지? 하고 싶은 말이 너무 많아."

해주가 이불을 걷자, 네 남자는 누가 먼저라고 할 것도 없이 복도로 뛰쳐나갔다. 재호가 좌절하며 소리쳤다.

"씨발! 좆됐어, 이제!"

"이게 다 너 때문이야, 박재호!"

민기가 재호의 어깨를 잡아 뒤로 당겨 넘어트렸다. 우당탕! 재호가 복도를 나뒹굴었다.

"저 새끼가 끝까지!"

"다 같이 좆될 수 없잖아?"

재호가 다시 일어나 그들을 따라 달렸다. 1층홀을 지나치자, 시끄러운 소리에 소파에서 잠을 청하던 준영과 예지가 부스스 일어나 고개를 두리번거렸다.

"너희들 어디 가?"

준영이 물어봤지만, 이미 네 남자의 뒤꽁무니도 보이

지 않았다. 요트에서 제일 먼저 내린 건 민기였다. 이어 의건과 은수, 재호도 따라서 내렸다. 해주가 도준의 시체를 봤다는 공포심에 무작정 도망쳤으나, 어디로 가야 하는지 알 수 없었다. 그러나 민기는 확실한 목적지가 있는 것처럼 뛰었다. 그를 따라 뛰던 은수가 물었다.

"김민기! 어디로 가는 거야?"

"경찰서."

"뭐? 경찰서?"

민기의 입에서 나온 단어에 깜짝 놀란 의건이 되물었다.

"박재호가 꾸민 짓이잖아. 우리는 동조하지 않았다고 밝혀야지."

민기가 불안정한 호흡을 내뱉으며 뛰었다.

"씨발놈아! 누명 씌우지 마. 나도 가만히 안 있어!"

뒤처지던 재호가 온 힘을 끌어모아 뛰었다. 그들의 눈앞에 해양경찰서가 보였다.

"야, 잠깐만! 진짜 경찰서로 갈 거야?"

"우리 생각 좀 정리하자!"

의건과 은수는 민기와 재호를 말렸지만, 듣지 않았다. 민기와 재호는 경찰서를 향해 뛰었다.

"난 죄가 없어! 박재호, 너 인생 그렇게 살지 마."
"김민기, 너야말로 죗값 받을 준비해!"
민기와 재호는 끝까지 싸웠다. 동시에 경찰서 문을 잡고, 서로 먼저 들어가려고 힘겨루기하느라 쿵쾅거렸다. 당직 근무를 서고 있던 경장 고준모가 문 앞에서 난동을 부리는 두 사람을 발견하고 다가와 문을 열었다.
"무슨 일 있으십니까?"
아직 해가 뜨지 않은 새벽이라, 준모는 취객이라고 생각했다. 종종 술에 취해 친구와 싸우고 경찰서로 오는 민원인이 있었다.
"이 새끼가 사람을 죽였어요!"
재호가 민기를 가리키며 소리쳤다.
"아뇨, 거짓말이에요! 이 놈이 마약을 가져와서 나눠줬어요! 그 마약을 먹고 친구가 죽었어요. 일부러 죽이려고 수작을 부린 거예요!"
"듣지 마세요! 다 지어내는 말이에요!"
"자, 우선 진정하시고요…"
준모는 횡설수설하는 두 사람을 진정시키기 위해 노력했다. 그러나 그들은 듣지 않고 자신의 말이 맞다고 떠들어댔다.

"제 말만 믿으시면 돼요!"

"아니, 저 새끼는 입만 벌리면 구라라서, 들을 필요 없어요!"

준모의 만류에도 두 사람은 입씨름을 했다. 그는 우선 그들의 주장을 정리해서 확인했다.

"그러니까, 마약을 했다는 거죠?"

준모는 네 남자의 얼굴을 확인했다. 뒤늦게 의건이 눈치를 보며 얼굴을 가렸지만, 이미 누군지 알아본 후였다. 조금 전, 라면을 먹으면서 보았던 유명 드라마 속 남자 주인공으로 출연한 배우였다. 유명 연예인의 마약 투약은 연예 기자들이 좋아할 이슈였다. 준모는 오늘 연예면 뉴스가 마약 파문으로 도배되겠다고 생각했다.

"…네. 마약을 한 건 맞아요."

재호가 기어들어 가는 목소리로 대답했다.

"그리고 사람이 죽었다고요?"

"…네."

"시체는 어디에 있나요?"

"여기 앞, 선착장에 정박한 요트에 있습니다."

민기가 손으로 경찰서 밖 선착장을 가리키며 말했다.

"우선 같이 가시죠."

이른 아침이라 경찰서에는 당직을 서고 있던 준모밖에 없었다. 살인사건이라면 긴급 호출을 하는 게 맞지만, 이들의 주장만 들어서는 사실이라고 판단할 수 없었다. 술과 마약에 취한 사람들은 실제와 환각을 구분하지 못하고 허황된 이야기를 늘어놓곤 했다. 준모와 네 남자는 함께 경찰서를 나섰다. 정박한 요트에 다가가 승선하고 내부를 살폈다. 1층홀에서는 술에 취한 사람들이 잠들어 있었다.

"시체는 객실에 있어요."

민기가 객실 쪽으로 걸어갔다. 훤히 열린 객실 안으로 침대에 걸터앉아있는 해주의 뒷모습이 보였다. 은수의 몸이 사시나무처럼 떨렸다. 준모가 해주를 가리키며 물었다.

"저 여성분은 누구죠?"

아무도 해주에 대해 입을 열지 못했다. 네 남자는 눈이라도 마주칠까 봐 고개를 푹 숙였다. 사랑하는 도준이 죽었다는 걸 알아챘으니, 죽자 살자 달려들 게 뻔했다. 아무것도 모르는 준모는 해주의 뒷모습을 멀뚱히 쳐다봤다. 등을 지고 있던 해주가 천천히 몸을 돌렸다. 그는 네 남자를 죽일 듯이 노려보며 말했다.

"…였어…"

낮게 속삭이는 해주의 목소리는 알아듣기 어려웠다. 의건은 고개를 들어 그를 쳐다봤다. 해주는 눈물로 엉망이 된 얼굴로 소리쳤다.

"날 속였다고!"

그는 이불 안에 깔려있던 베개를 집어 던졌다.

"서도준을 어디에 숨겼어!"

침대에서 일어난 해주가 재호에게 달려들어 멱살을 잡았다.

"당장 말해! 도준 오빠가 어디 갔는지!"

재호는 고개를 들지 못하고 손가락으로 침대를 가리켰다.

"저기, 저기 있잖아!"

재호의 손가락 끝을 따라 해주의 고개가 돌아갔다. 그리고 다시 재호를 노려봤다.

"나랑 장난치는 거야? 도준오빠가 어디 있어? 없잖아!"

의건이 재호의 멱살을 쥔 해주의 손을 잡아 내렸다.

"해주야. 네가 지금 많이 힘들 거 알아… 그렇지만 현실을 받아들여야지."

의건은 기분이 씁쓸했다. 좋든 싫든 오랜 친구였다. 친구의 죽음을 직면하고 받아들이기 고통스러웠다. 도준을 사랑한 여자의 심정은 오죽할까. 의건은 침통한 표정으로 고개를 숙였다. 준모는 천천히 객실 내부를 돌아봤다. 그는 침대를 살펴보고 재호에게 물었다.

"시체가… 어디 있다는 거예요?"

준모의 질문에 네 남자가 고개를 들었다.

"치, 침대 위에…"

은수가 어렵게 말을 꺼냈다. 준모는 손으로 침대를 가리키며 말했다.

"침대 위요? 아무것도 없잖아요."

준모의 말에 네 남자가 침대를 쳐다봤다. 재호가 눈을 크게 뜨며 주저앉았다.

"서도준 시체가… 또 사라졌어?"

"시체라니… 무슨 말을 하는 거예요, 지금?"

해주가 떨리는 목소리로 물었다.

"어디에 뒀어? 침대 위에 있던 서도준의 시체를 어디에 감췄냐고!"

민기가 해주의 양팔을 잡고 다그쳤다. 해주는 이해할 수 없는 눈으로 민기를 쳐다봤다.

"침대 위에는 아무것도 없었다고요!"

"…아무것도… 없었다고?"

네 남자가 넋이 나간 얼굴로 서로 쳐다봤다. 이제, 환각에서 깨어날 시간이었다.

* * *

1년 전, 강원도의 한 별장.

"야. 여기는 어떻게 알고 예약했냐?"

재호가 머리 위에 쌓인 눈을 털며 현관문을 닫았다. 미리 도착한 도준과 의건, 민기, 은수가 테이블에 앉아 술을 마시며 그를 반겼다.

"아는 지인에게 하루 빌렸어."

도준이 치즈를 입에 넣으며 말했다. 재호는 비어있는 그의 옆자리에 털썩 앉았다. 장시간 운전을 해서 피곤이 역력한 얼굴이었다.

"내비게이션이 고장 난 줄 알았어. 이런 첩첩산중에 별장이 있을 줄이야."

"나도. 여기선 살인이 일어나도 모르겠는걸."

"살인? 너 요즘 스릴러 영화 찍는다더니 말을 해도…"

민기가 헛소리하지 말라고 하자, 의건은 어깨를 으쓱했다. 재호가 손에 들고 있던 케이크 박스를 테이블 위에 올렸다.

"오늘 서도준 생일이잖아."

"케이크를 누가 먹는다고 사 왔어?"

도준은 자신을 위해 케이크를 사 온 재호에게 고마워하기는커녕 핀잔을 줬다. 단 걸 좋아하지 않는 그는 평소 케이크를 입에 대지도 않았다.

"이 새끼는 고맙다고 하진 못할망정…"

"그래. 서도준, 네 생일 축하한다고 사 온 건데 그게 뭐냐? 생일인데 초라도 불어야지."

의건이 케이크를 꺼내 박스 위에 올렸다. 생일 초를 꽂고, 라이터로 불을 붙였다.

"생일 축하 노래 부를까?"

은수가 친구들에게 묻자, 도준은 고개를 저었다.

"됐어, 징그럽게 노래는 무슨."

"싫어하면 더 하고 싶어지는 거 모르냐? 야, 노래 시작해. 생일 축하합니다~ 생일 축하합니다~"

민기의 선창을 시작으로 생일 축하 노래를 부르기 시

작했다. 노래가 끝나기도 전에, 도준은 생일 초를 불어서 꺼버렸다.

"아직 노래가 다 끝나지도 않았는데 초를 끄냐?"

"소원은 빌었어? 너 그냥 껐지?"

의건과 재호가 도준에게 잔소리를 했다.

"노래는 다 들은 셈 치고, 소원은 아까 빌었어."

도준이 건성으로 대답했다.

"생일파티는 서울에서 하지, 왜 여길 온 거야? 내가 여자 지인 좀 불렀을 텐데."

재호가 아쉬워하며 입맛을 다셨다. 도준의 생일파티라고 하면 오겠다는 여자들이 많은데, 남자끼리 있으려니 칙칙했다.

"발정 났냐? 아주 여자라면 사족을 못 쓰지. 박재호, 너 자연의 아름다운 풍경 보는 거 좋아하잖아. 여기가 안성맞춤 아니야?"

도준의 뼈있는 말에 재호가 화제를 전환했다.

"너희는 생일선물도 안 사 왔어?"

"우리 사이에 무슨 생일 선물… 갖고 싶은 건 알아서 사기로 했잖아."

민기의 말대로, 그들은 생일에 선물을 주고받지 않았

다. 생일인 당사자가 한턱내는 게 전부였다. 돈이 없는 것도 아니고, 친구들끼리 돈을 모아서 선물을 사줄 필요도 없었다. 늘 그랬는데 오늘따라 재호가 딴지를 걸었다.

"나는 선물 사 왔는데…"

재호가 주머니에서 작은 지퍼백을 꺼냈다. 그 안에는 투명한 필름 조각들이 들어있었다. 그들은 대번에 그게 무엇인지 알아챘다.

"약쟁이가 그냥 올 리가 없다고 생각했어. 최고의 생일 선물을 준비했네"

민기가 키득거리며 지퍼백을 집어 들었다.

"이게 연예인들 사이에서 제일 유행하는 약이래. 한 번 맛보면 헤어 나오질 못한다는데?"

재호가 자신만만하게 약의 효과를 보장했다. 의건의 표정은 밝지 않았다.

"나는 썩 내키지 않는데… 요즘 연예계 마약주의보 내린 거 몰라?"

"그럼 너는 빠지던가."

민기가 지퍼백에서 필름을 꺼내 혀 위에 올리며 말했다.

"그래. 싫다는 놈에게 억지로 권하진 않을게. 가격도 비싸거든."

재호가 도준과 은수에게 필름을 하나씩 나눠주며 약 올렸다.

"와. 이거 쩐다. 효과도 엄청 빨리 오네."

민기의 눈이 풀리더니 히죽히죽 웃음을 흘렸다. 결국 의건도 유혹에 넘어가고 말았다. 그는 재호에게 손을 내밀었다.

"시발. 모르겠다. 박재호, 나도 줘."

"개가 똥을 끊지, 우리가 약을 끊겠냐? 우린 안 걸려. 서도준이 다 막아줄 거야."

의건에게도 약을 나눠준 재호가 도준을 쳐다보며 말했다. 재벌 3세의 빽은 든든했다. 그러나 도준은 어림없다는 표정을 지었다.

"개소리하지 마. 인생은 각자도생이야. 너희 중 한 명이라도 걸리면 바로 손절이야. 경찰 조사받아도 서로 팔아넘기진 말자."

도준이 혀에 필름을 올리며 말했다. 재호도 과장된 제스추어로 동조했다.

"그래. 같이 약한 사람 불면 감형해 준다면서. 우리는 그러지 말자. 한 명이 독박쓰고 시원하게 다녀오자. 나중에 서도준이 호텔 물려받으면 마약 했다는 걸로 협박해서 스위트룸에서 무료 숙박하는 건 어때?"

재호의 장난에 도준이 큭큭대며 웃었다.

"지랄하네. 너희가 날 협박해? 반대겠지. 나는 혼자 안 죽어. 알지? 귀신이 되어서도 너희 쫓아다닐 거야. 그러니까 허튼 생각은 하지도 마."

도준의 의미심장한 말에 네 남자는 입을 다물었다. 그는 정말 그러고도 남을 사람이었다. 각자 말 못 할 비밀을 숨긴 채 어색한 기류가 흘렀다.

"이거 기분 하이해지네…"

도준이 의자에 깊이 기댔다. 그들은 마약이 주는 환각에 취하기 시작했다.

소파에 누워있던 은수가 눈을 번쩍 떴다. 그는 머리가 깨질 듯이 아파 인상을 찌푸렸다. 약에서 깰 때 극심한 두통이 찾아왔다. 재호가 준 마약 필름의 절반만 투약했는데도 똑같이 고통스러웠다. 이래서 약쟁이들은 약에서 깨지 않도록 계속 약을 찾는 것이었다. 상체를 일으켜 소파에 앉은 은수는 양 팔을 벅벅 긁었다. 약을 한 다음날에는 팔다리가 가려워 긁다 보면 하얀 피부가 붉게 부어올랐다. 은수는 갈증을 느끼고 자리에서 일어나 주방으로 향했다. 냉장고 문을 열고 큰 생수통을 꺼내 벌컥벌컥 마셨다. 정신을 차린 은수는 친구들의 상태를 살폈다.

의건은 술을 마시던 테이블에 고개를 박고 잠이 들어 있었다. 그가 최근 촬영 중인 대본에는 알아볼 수 없는 그림이 잔뜩 그려져 있었다. 마약에 취한 의건의 습관이었다. 민기는 거실 바닥에, 재호는 침대가 있는 큰방에서 코를 골며 자고 있었다. 도준의 모습은 보이지 않았다. 그의 핸드폰이 테이블 위에 있는 걸 보면 집에 돌아간 건 아니었다. 만취한 상태로 멀쩡히 운전하는 건 불가능했다. 은수는 도준이 산책을 나간 거라고 생각했다. 성인 남자라서 걱정되지 않았다. 180cm가 넘는 체격 좋은 남자가 위험에 빠지는 일은 거의 없으니까. 은수는 입안이 텁텁해 양치질할 생각으로 화장실 문을 열었다.

"어?!"

놀란 은수가 소리를 질렀다. 도준이 화장실에 있었다. 그것도 쓰러진 채로. 그의 얼굴은 바닥을 향해 있었다.

은수가 도준의 어깨를 잡고 위를 바라보도록 몸을 돌렸다. 그의 입가에는 토삿물이 하얗게 묻어있었다.

"야, 서도준. 괜찮아?"

은수가 도준의 입가에 묻은 토를 손으로 닦아냈다. 더럽다는 생각은 전혀 들지 않았다. 그는 도준의 뺨을 가볍게 쳤다.

"정신 차려!"

은수는 도준의 상체를 일으켜 세웠다. 그의 몸이 축 처졌다. 마치 살아있는 사람이 아닌 것처럼.

"너 왜 그래…"

은수의 머릿속에 불안한 생각이 떠올랐다. 그는 세차게 고개를 저었다. 그럴 리 없다. 서도준이 죽다니, 말도 안 되는 소리다.

"도준아. 서도준…"

은수가 떨리는 손으로 그의 코에 손을 댔다. 숨결이 느껴지지 않았다. 은수가 뒤로 넘어지며 엉덩방아를 찧었다. 도준의 몸이 바닥으로 쓰러졌다.

"뭐, 뭐야…"

자리에서 일어나던 은수는 미끄러운 슬리퍼 때문에 몸이 크게 휘청였다. 간신히 몸의 중심을 잡고 화장실을 뛰어나갔다. 제일 먼저 테이블에 엎드려 자는 의건을 흔들어 깨웠다.

"정의건! 일어나봐! 지금 잘 때가 아니야!"

"으음… 조금만… 이따가 이야기하자…"

지금 무슨 일이 일어났는지 모르고, 의건이 잠꼬대했다. 은수는 그의 어깨를 잡아 강하게 뒤로 젖혔다. 비몽사몽인 의건의 얼굴에 대고 소리쳤다.

"지금 이럴 때가 아니야! 서도준이… 죽었어!"

"…뭐? 무슨 소리를 하는 거야…"

그제야 의건이 눈을 게슴츠레 뜨며 물었다. 은수는 다급한 얼굴이었으나, 그는 느긋했다. 입을 크게 벌려 하품하며 어깨를 잡고 있는 은수의 손을 툭 쳐냈다.

"이건 무슨 신종 장난이야?"

"뭐?"

의건은 은수가 시답잖은 장난을 친다고 생각했다.

"일찍 일어나서 겨우 이런 걸 짜고 있었어? 우리 중에 이런 허접한 거짓말에 속을 호구가 있어 보여?"

의건이 나른하게 웃으며 말했다. 은수는 발을 동동 굴렀다. 어제까지 잘 놀던 친구가 죽었다고 하면 누구라도 이런 반응을 보일 것이다. 백번 말하는 것보다, 눈으로 확인시켜 주는 게 빠르다. 은수는 손가락으로 화장실을 가리켰다.

"장난 아니야! 화장실, 화장실에 가 봐."

"화장실? 거기에 뭘 꾸며놨어?"

의건이 천천히 자리에서 일어났다. 그는 은수의 깜찍한 거짓말에 속아주는 셈 쳤다. 무슨 장난을 치는 건지 몰라도 배우인 의건도 속을 정도로 완벽한 연기였다. 놀란 표정과 말투 모두 수준급이었다. 그가 화장실에 가자, 바닥에 쓰러진 도준이 보였다. 그러나 의건은 여전히 평온했다.

"어이쿠. 도준이가 쓰러져있네."

"빠, 빨리 가서 깨워봐… 단순히 쓰러진 게 아니야… 내가 확인했어…"

은수가 의건의 어깨를 밀었다. 도준에게 한 발 더 다가간 그는 질 낮은 장난에 놀아줄 생각이 없었다. 결벽증에 가까운 도준이 화장실 바닥에 누워있는 걸 보고 놀라긴 했다. 망가지는 걸 참지 못하면서 입에 토사물까지 묻힌 거 보니 꽤 열심히 준비한 모양이었다. 의건은 도준을 내려다보며 물었다.

"야, 너 언제부터 이런 유치한 장난에 장단을 맞춰줬

어?"

의건은 끝까지 믿지 않았다. 결국 은수가 그를 밀치고 도준에게 다가갔다. 사후경직이 일어나 뻣뻣하게 굳은 몸을 붙잡고 흔들었다. 미동도 하지 않는 도준을 붙잡고 눈물을 터트렸다.

"흑… 진짜라고… 거짓, 흡… 거짓말 아니고… 흐윽… 진짜로 서도준이 죽었다고!"

"야…"

은수의 눈물에, 의건이 그제야 상황의 심각성을 눈치챘다. 그는 도준의 앞에 쭈그려 앉아 은수가 했던 것처럼 코밑에 손을 댔다. 그리고 오른쪽 가슴과, 경동맥이 있는 목에 차례대로 손을 댔다. 살아있는 사람이라면 응당 펄떡펄떡 뛰어야 할 곳들이, 제 기능을 하지 않았다.

"씨발… 이게 무슨 일이야?"

"모, 몰라… 어떡해…"

"일단 재호와 민기도 데리고 와."

어쩔 줄 몰라하는 은수에게 의건은 친구들을 데려오라고 지시했다. 은수가 화장실을 나가고 의건은 도준의 가슴을 압박하며 심폐소생술을 했다. 이미 한참 늦은 것 같지만 지푸라기라도 잡는 심정으로 최선을 다했다. 곧 잠에서 덜 깬 민기와 재호가 머리를 긁적이며 등장했다.

"일어나자마자 뭐하냐?"

민기가 의건을 보며 물었다. 의건은 들은 체도 하지 않고 두 손으로 도준의 가슴을 힘차게 눌렀다. 시체에 심폐소생술을 하는 건 의미 없는 일이다. 의건은 두 손을 떼고 바닥에 주저앉았다.

"너희 도대체 뭐 하는 거야?"

"서도준은 왜 화장실에 뻗어있어?"

민기와 재호의 질문이 쏟아졌으나 명쾌하게 대답할 수 없었다. 의건과 은수가 아는 건 도준이 죽었다는 거, 딱 하나였다.

"…서도준이 죽었어."

"뭔 개소리야. 그걸 누가 믿어?"

의건의 침통한 목소리에 재호가 비웃었다.

"…와서 봐. 직접 확인해 보라고."

의건이 손가락을 까딱이며 말했다. 그제야 재호와 민기는 웃음기를 지우고 도준에게 다가갔다. 민기가 사후경직이 일어나 딱딱하게 굳은 도준의 손을 잡았다.

"으악!"

민기가 도준의 손을 놓으며 소리쳤다. 살아있는 사람의 체온이 아니었다. 재호가 도준의 어깨를 잡고 흔들었지만 죽은 사람이 깨어날 리 없었다.

"이, 이게 대체 무슨 일이야?"

장난이 아니다. 재호가 믿을 수 없다는 듯이 중얼거렸다. 은수가 잔뜩 겁을 집어먹은 채로 말했다.

"내가 제일 먼저 일어났는데… 서도준이 안 보이더라고. 화장실에 들어왔다가 쓰러져 있는 걸 발견했는데 이미… 늦은 것 같아."

"…일단 경찰에 신고하자."

지금 그들이 할 수 있는 건, 신고하는 것 외에 아무것도 없었다. 의건이 주머니에서 핸드폰을 꺼내 들었다. 그가 키패드를 터치하기 전에, 재호가 손을 막았다.

"경찰에 신고하면… 우리가 마약을 했다는 걸 들켜."

재호는 경찰조사 받는 게 두려웠다. 그는 이들에게 마약을 공급하기까지 했다. 의건과 은수, 민기보다 더 무거운 처벌을 받을 게 뻔했다. 게다가 마약을 투약한 횟수도 월등하게 많았다. 세 사람은 초범이니 집행유예가 나올 확률이 높지만 재호는 달랐다. 실형이 나오지 않는다고 확답할 수 없다. 의건이 재호의 손을 떨쳐내며 신경질을 부렸다.

"어쩌라고! 나도 지금 미치겠어. 여기까지 어떻게 올라왔는데, 제대로 해보기도 전에 끝났어. 이건 빼도 박도 못하잖아. 소속사에 위약금을 물어주고 계약 해지를 하게 될 거야. 광고회사에서 피해보상을 해달라고 요구할 거고…"

의건이 아랫입술을 깨물었다. 사랑받는 국민배우가 되는 게 목표였다. 단역과 조연부터 차근차근 밟아 올라온 그는 라이징스타로 떠오르고, 이제 제대로 자리매김할 일만 남았다고 생각했다. 광고주가 선호하는 배우 1위를 차지하고, 출연료도 천정부지로 치솟고 있었다. 하지만 이제 모든 게 끝났다.

"야. 너만 좆된 줄 알아? 나도 샐러드 회사 대표야. 오너 리스크로 회사 이미지 박살 나는 건 어떻게 할 건데? 마약 투약한 대표가 운영하는 샐러드가 퍽이나 먹고 싶겠다. 사람들이 마약 샐러드라고 비웃을 텐데…"

민기가 머리카락을 거칠게 쓸어 넘겼다. 은수도 울상이 되어 말했다.

"나도 아버지가 가만히 있지 않을 거야… 하라는 공

부는 하지 않고 마약이나 했다는 걸 알면 집에서 내쫓을 거라고."

모두 자신이 제일 큰 피해자라고 호소했다. 친구의 죽음은 마음 아프지만, 현실을 직시하지 않을 수 없었다. 차라리 같이 마약을 하다가 죽은 게 아니라 사고나 지병으로 죽으면 이런 반응을 보이지 않았을 것이다.

"그래서 어쩌라고? 이대로 없던 일로 할까?"

의건이 아무렇게나 던진 말에 민기가 고개를 번쩍 들었다. 그의 눈이 위험하게 빛났다. 세 남자는 눈빛의 의미를 알아챘다.

"야, 시발… 그건 아니지. 김민기."

의건이 그를 말렸다. 친구가 죽었는데 없던 일로 하자니, 말도 안 되는 소리였다. 그러자 재호가 조심스럽게 입을 열었다.

"우리만 입 다물면 되는 거 아니야?"

"야, 너희 진짜…"

의건이 재호와 민기를 번갈아 쳐다봤다. 사람이 할 짓이 따로 있지, 절대로 안 되는 행동이었다. 하물며 도준은 그들의 오랜 친구였다. 생판 모르는 남에게도 이런 짓을 하면 안 된다. 그러나 민기와 재호의 생각은 달랐다.

“의건아. 너도 잘 생각해 봐. 이대로 마약 한 거 들키면 너 재기할 수 있을 것 같아?”

그러나 의건은 쉽게 흔들리지 않았다.

“서도준이 죽은 걸 숨기다가 들키면? 그때는 우리 싹 다 구속되는 거야. 형량도 훨씬 높을 거야. 차라리 마약했다고 인정하고 처벌을 받는 게 나아. 우리 이번에 한 것도 그래픽 좀 보는, 그런 마약이었잖아.”

의건은 애써 긍정적으로 생각했다. 성적 흥분을 일으키는 게 아니라 환각을 보는 마약이다. 일이 너무 힘들어서, 마음이 너무 괴로워서 잘못된 선택을 했다고 읍소하면 된다고 생각했다. 그러나 재호는 그가 행복회로를 돌리지 못하게 했다.

“맞아. 이번엔 그랬지. 근데 너 검사 들어가면 이번에 한 것만 밝혀질 것 같아? 마약을 공급한 나를 쥐잡듯이 파고들 거야. 그러면 전에 투약한 마약들도 걸려. 너 MDMA, 필로폰도 했잖아. 대중이 전처럼 깨끗하고 순수한 청년으로 볼까?”

의건이 이마를 손으로 짚으며 소리쳤다.

“씨발! 그래서 어쩌자고. 서도준이 죽은 걸 숨기자고?

걸리면? 그때는 우리 진짜 좆되는 거야. 살인방조죄 같은 죄목이 추가되고 형량도 훨씬 무거워질 거라고!"

"안 들킬 생각을 해야지, 들킬 생각부터 하면 어떡해?"

민기는 지금까지 보지 못했던 독한 표정을 지으며 말했다. 의건은 섬찟해하면서 그를 나무랐다.

"김민기. 정신 똑바로 차려. 이게 영화나 드라마인 줄 알아? 안 들키는 게 가능할 것 같아?"

"우리가 모두 노력하면 불가능하진 않다고 봐."

"그게 무슨 개소리야…"

"말 그대로야. 내가 신문을 보다가 통계를 하나 봤는데… 우리나라에서 실종되는 사람이 연간 수천 명이래."

민기는 얼마 전에 본 기사를 떠올리며 말했다. 행방불명 등 가족의 품으로 돌아가지 못하는 실종자 수가 매해 늘어가고 있다는 글이었다. 의건이 어이없는 얼굴로 물었다.

"…그래서 서도준을 실종한 것처럼 꾸미자는 거야?"

민기가 고개를 끄덕였다.

"여기는 산속의 별장이잖아. 그리고 서도준의 핸드폰, 차, 모든 게 있어. 정의건. 여기를 촬영 세트장이라고 생각해. 시나리오는 짜여있고, 우리는 그 위에서 움직이는 배우인 거야."

"네가 짠 시나리오를 들어나 보자. 얼마나 대단한지."

의건은 민기의 생각을 들어보려고 했다. 민기는 잠시 생각하고, 천천히 입을 열었다.

"별장 주인에게 잘 놀고 간다는 문자 메시지 남기고 서도준의 가족에게 당분간 여행을 떠날 거니까 연락하지 말라고 문자를 보내두는 거지. 우리에게도 여행 중이니 나중에 만나자고 메시지를 보내두는 거야."

민기의 시나리오는 심플했다. 그의 핸드폰이 있으니, 가족과 지인에게 메시지를 보내는 건 어렵지 않았다. 잠자코 듣고 있던 재호가 물었다.

"그럼, 시체는 어떻게 할 건데?"

"…차에 태워서 벼랑 끝으로 밀어버리자. 마치 사고 난 것처럼."

재호는 고개를 저었다. 그가 제안한 방법은 형편없었다. 미봉책에 불과했다.

"고작 며칠을 번다고 달라지겠어? 위치추적을 하면 금세 시체를 찾을 텐데."

"아니. 위치추적 못해."

"왜? 서도준이 실종되면 경찰에 신고할 테고, 그러면 핸드폰 위치추적을 할 거 아니야."

"성인 실종은 범죄에 연루되지 않는 이상 위치추적 못 해."

민기가 확신에 찬 목소리로 말했다. 그가 본 기사엔 성인 실종 수사에 대한 애로사항이 잘 드러나 있었다. 흥미로운 주제라서 읽어봤는데, 이렇게 도움이 될 줄은 몰랐다.

"도대체 왜? 당연히 실종되면 위치추적을 해야 하는 거 아니야?"

"성인 실종은 아동과 달라. 가정폭력이나 가족과 함께 있고 싶지 않아 집을 나간 것일 수도 있으니까. 성인은 실종돼도 가출인으로 분류될 뿐이야."

"시발, 김민기, 아는 게 많아서 좋겠다. 너희 진심이야?"

의건은 두 사람의 말을 반신반의하며 물었다. 실종이니, 경찰 수사니 이런 말들이 비현실적으로 들렸다. 서도준의 생일을 축하하러 모였다가 사망을 은폐하기 위해 머리를 맞대고 있으니, 영화가 따로 없었다. 의건은 구석에 카메라가 숨겨져 있고, 문을 열고 MC가 들어와서 이 모든 게 몰래카메라였다고 소리칠 것 같다는 생각이 들었다. 하지만 애석하게도 모두 현실이었다. 민기는 진지하게 말했다.

"지금 내가 장난치는 것처럼 보이냐? 서도준이 죽은 걸 평생 숨길 수는 없겠지. 사망일을 속이자는 거야. 시체가 부패하면 사인을 밝히기도 어려울 테고, 사고로 사망했다고 처리될 거야. 마약에 취해 가드레일을 받고 낭떠러지에서 떨어져 죽었다는 건 전혀 이상하지 않아. 막말로 우리가 서도준을 칼로 찌르길 했어, 아니면 망치로 내려쳤어? 타살 흔적은 전혀 없어. 운이 좋게 넘어가면 우리의 죄는 덮어지는 거고, 만약 우리와 함께 있었다는 걸 걸려도 잡아떼면 돼. 여기에 CCTV도 없잖아. 그냥 산책 나간 줄 알았고, 우리는 먼저 집에 갔다고 하면 끝이야."

속사포처럼 말을 쏟아낸 민기가 숨을 돌렸다.

"삼인성호(三人成虎)라는 말 모르냐? 사람이 셋이면 없던 호랑이도 만들어 낸다고 하잖아. 우리가 입만 맞춘다면 서도준 혼자 마약을 하다가 사고당해서 죽은 걸로 할 수 있어. 우리의 몸에서 마약이 검출되지 않을 때까지, 시간이 필요해. 그동안 염색하고, 제모해야지. 그 후엔 참고인 조사를 받아도 전혀 걱정할 게 없어."

말을 끝낸 민기가 의건, 재호, 은수를 차례대로 쳐다봤다.

"어떻게 할래? 내 의견에 동의하는 사람?"

제일 먼저 재호가 손을 들었다. 민기가 그럴 줄 알았다는 표정으로 그를 쳐다봤다. 쭈뼛쭈뼛 눈치를 보며 은수도 손을 들었다. 민기는 아직 손을 들지 않는 의건을 바라봤다. 세 남자의 시선을 느낀 의건이 자포자기하는 심정으로 물었다.

"우선 어떤 거부터 해야 하는데?"

민기가 미소 지었다. 네 남자의 의견이 하나로 모아졌다. 손이 많으니, 일은 빠르게 정리됐다. 도준의 핸드폰을 이용해서 별장을 빌려준 지인에게 잘 이용했다는 메시지를 보냈다. 가족과 지인, 친구들에게는 장기 여행을 다녀오겠다고 문자메시지를 보냈다. 도준의 바지 주머니 속에 핸드폰을 넣고 차에 태웠다. 산꼭대기에 올라가서, 도준의 차를 절벽 아래로 밀어버렸다. 민기는 벼랑 아래로 떨어진 도준의 차를 확인했다. 차를 끌고 별장으로 내려오는 동안, 아무도 말하지 않았다. 별장에서 뒷정리를 마치고 마당으로 모일 때까지 무거운 침묵만이 그들을 감쌌다. 친구의 시체를 유기하고 무슨 대화를 나누겠는가. 민기는 눈앞에 서 있는 세 친구를 바라봤다. 어떤 말을 해야 할지 고민하던 그는 떨어지지 않는 입을 열었다.

"…고생했어."

"…이제 갈까?"

"그래. 조심히 들어가."

"어. 나중에 보자."

네 남자는 서로 얼굴도 쳐다보지도 못하고 어색하게 인사했다. 그들은 한시라도 이곳에 있고 싶지 않다는 듯이, 차에 올라탔다. 별장 앞마당에 세워져 있던 네 대의 차가 빠르게 빠져나갔다.

그렇게 1년 동안 그들의 단체메시지방은 조용했다. 먼저 연락할 엄두를 내지 못했다. 재호가 마약에 취해 다시 연락하기 전까지.

8 추락

수진은 거울 속에 비친 자신의 옷매무새를 정돈했다. 단정하게 드라이한 머리, 과한 메이크업이 눈을 사로잡았다. 뉴스 세트장 안의 밝은 조명은 진한 메이크업도 자연스럽게 만들었다. 대학교를 졸업하자마자 지역 방송국 아나운서 공채에 합격한 그는 벌써 1년째 오후 뉴스를 진행하고 있다. 수진은 뉴스 대본을 떠올리며 멘트를 읊었다.

"한명 그룹 창업주 손자 서 씨가 1년 전 마약을 투약하다가…, 큼큼. 마약 투약을 하다가 사망한 것으로 밝혀졌습니다."

수진이 매끄럽게 발음하기 위해 목소리 톤을 낮췄다. 오늘 뉴스의 메인은 당연히 서도준의 사망과 관련된 사건이었다. 젊은 재벌 3세의 사망은 충격적이었지만, 그의 절친한 친구들이 벌인 엽기적인 시체 유기로 더욱 주목받았다. 사람들이 모이기만 하면 서도준 사망 사건을 이야기하기에 바빴다. 수진도 문제의 현장에 있던 사람으로 마음이 불편했다. 유명 배우와 친해지고 싶어 요트 파티에 참석했다가 엄한 사건에 휘말릴 뻔했다. 그렇게 무서운 사람들인 걸 알았다면 아예 친해질 생각도 하지 않았을 것이다. 수진은 의건의 전화번호를 물어보지 않아서 천만다행이라고 생각했다.

뉴스가 시작되기 10분 전, 수진은 뉴스 세트장으로 발을 옮겼다. 데스크에 앉은 수진은 뉴스 대본을 다시 한번 되뇌며 큐사인이 떨어지기까지 입을 풀었다. 뉴스가 시작되기 10초 전. 수진은 허리를 곧게 세우고 표정을 정돈했다. 카메라의 붉은 빛을 보며 눈동자를 총명하게 빛냈다. 5, 4, 3, 2, 1! 큐사인과 함께 수진이 인사했다. 카메라 옆에는 뉴스 대본을 실시간으로 띄워주는 프롬프트가 있었다.

"안녕하십니까. INS 발 빠른 뉴스, 강수진입니다. 한

명 그룹 창업주 손자 서 씨가 1년 전, 마약을 투약하다가 사망한 것으로 밝혀졌습니다. 서 씨와 함께 있던 지인들은 같이 마약을 투약한 혐의가 밝혀지는 게 두려워 시체를 은닉하며 미궁으로 빠질 뻔한 사건이었는데요. 이들이 마약에 취해 자백하며 진실이 드러났습니다. 현장에 나가 있는 최영우 기자와 연결하겠습니다."

수진은 프롬프트 옆, 방송 화면을 확인했다. 수진의 얼굴을 비추던 화면에는 언론사 인터뷰를 했던 도준의 사진과 영상이 틀어졌다. '한명 그룹 창업주 손자 서도준, 1년 전 사망'이라는 자막이 쓰여있었다. 다시 화면이 바뀌면서, 손에 하얀 알약이 든 지퍼백을 들고 있는 기자의 모습이 보였다.

"이게 바로 신종마약 '캐치'입니다. 투약한 사람은 강력한 환각과 환청을 겪게 돼서, 향정신성 마약으로 분류되고 있는데요. 서 씨의 지인들은 요트파트를 하기 전, '캐치'를 투약하고 환각과 환청에 시달린 것으로 알려졌습니다."

현장 화면으로 이어졌다. 수진은 자신이 승선했던 요트가 영상 자료로 나오자, 몸을 움찔거렸다. 선착장에 정박한 요트에는 폴리스라인이 처져있었다. 문고리가 고장 난 객실 문을 열자, 침대와 테이블, 의자가 놓인 내부가 보였다. 테이블 위에 텅 빈 증기 유리관 파이프가 클로즈업되며 '요트파티 중 신종마약 캐치 투약'이라는 자막이 달렸다. 수진은 그날 유달리 네 남자가 자리를 비운다고 생각했다. 대화를 해보고 싶어도 자리에 없어 친해질 시간이 없었다. 그런데 이런 이유로 객실에 간 줄은 몰랐다. 게다가 증기로 마약을 투약했다니, 더욱 놀라웠다. 화면에는 흰 가운을 입은 의사가 등장했다.

"신종마약 '캐치'는 강한 환각과 환청을 보여주는 아주 위험한 약입니다. 현실과 구분하기 어려울 정도죠."

"실제로는 존재하지 않는 사람과 함께 있다고 생각할 수도 있나요?"

기자의 질문에 의사가 차분히 대답했다. 화면 하단에는 비닐팩 속에 들어있는 알약을 쏟는 영상이 함께 나왔다.

"그게 바로 환각과 환청입니다. 존재하지 않는 것을 보고, 소리를 듣고, 감각을 느끼기도 하거든요. 사람이나 괴물, 기괴한 그래픽을 봤다고 주장합니다. 자리에 없던 사람도 봤다고 착각할 수 있죠. 환각의 종류는 아주 다양하거든요."

"환각으로 사람을 볼 수도 있다고 하셨는데요. 그렇다면 네 명의 사람이 동시에 같은 환각을 보고, 환청을 듣는 게 가능한가요?"

기자의 질문에 의사가 곧바로 대답하지 못하고 잠시 뜸을 들였다. 수진도 진지한 표정으로 의사의 인터뷰 영상에 집중했다. 서도준 사망 사건이 많은 사람의 입에 오르내리는 이유였다. 한 명도 아니고 무려 네 명이 서도준의 환각을 보고 환청까지 들었다. 일반적으로 이해할 수 없는 기이한 일이었다. 마치 귀신에 씌인 것 같았다.

"그 부분에 대해서는 저도 명료하게 설명드리기 어렵습니다. 환각제의 정확한 원리는 아직 명확하게 밝혀지지 않았거든요. 그동안 의식적으로 억눌렀던 기억이 마약을 투약하면서 튀어나오고, 기억의 오류가 생긴 것으로 보입니다. 서씨가 이미 1년 전에 죽었다는 사실을 잊은 게 특이한데요. 친구가 죽었다는 죄책감을 회피하기 위해 기억을 조작한 것으로 보입니다. 한 명이 환각을 보자 주위에서 동조한 것으로 보이고요. 의학적으로 설명하긴 어려운 일입니다."

"혹시 귀신에 씐 건 아닐까요?"

기자의 질문에 의사는 정중히 답변을 거부했다.

"그 부분에 대해서는 의사인 제가 대답할 영역이 아닌 것 같습니다."

의사와 인터뷰 영상이 끝나고, 해양경찰서의 외경이 보였다. 경찰서 문 앞에 서 있는 기자가 멘트를 읊었다.

"캐치에 중독된 이들은 요트에서 내리자마자 경찰서로 달려가서 범죄사실을 자백했습니다. 요트에 서씨의 시체가 있다며 살해한 사람으로 서로를 지목한 것인데요. 마침 당직 중이던 고준모 경장이 현장에 출동해 확인했습니다."

경찰 제복을 입은 준모가 정자세로 앉아 인터뷰에 응했다. 처음 방송 카메라 앞에 서본 그는 잔뜩 긴장한 채로 말했다.

"새벽에 네 명의 남자가 들어오더니, 횡설수설하면서 사람이 죽었다고 주장했습니다. 같이 마약을 하다가 죽었다면서, 서로를 범인이라고 지목하더라고요. 마약중독자 중에 이상한 행동을 하는 사람이 많아서 사람이 죽었다는 건 거짓말이라고 생각했습니다. 그래도 현장 검증이 필요하니 요트에 갔고요. 시체는 발견할 수 없었습니다. 아무것도 없는 침대 위에 시체가 있다고 주장했죠. 현장에 있던 목격자를 통해 서 씨가 1년간 행방불명이었다는 걸 듣고, 범죄에 연루되었다고 판단하고 수사를 시작했습니다."

"그들이 자신의 범죄를 곧바로 시인하던가요?"

"처음에는 무조건 침대 위에 시체가 있다고 주장하더니, 어느 순간 마법에 풀린 것처럼 현실을 직시했어요. 서 씨의 행방을 캐묻자 결국 실토하더라고요. 1년 전에 강원도의 별장에서 마약을 하다가 서 씨가 사망했고, 함께 투약한 사실이 걸릴까봐 시체를 유기하기로 한 겁니다. 서 씨의 핸드폰을 이용해 지인에게 여행을 떠나겠다는 메시지도 보내 실종 수사를 하기 어렵게 만들었죠. 그리고 산속이라는 걸 이용해서 차에 시체를 태우고 절벽 밑으로 떨어트려 완전 범죄를 꿈꾼 것입니다."

준모의 말이 끝나자, 강원도 별장이 나왔다. 이어 낭떠러지 아래로 떨어져 휴지조각처럼 구겨진 도준의 차가 보였다. 영상 화면을 보고 있던 수진이 얼굴을 찌푸렸다. 모자이크 처리를 했지만 상상되어 온몸에 소름이 돋았다. 자료화면과 현장 취재 영상이 끝나고 화면에 수진의 상반신이 나왔다. 수진은 정신을 차리고 프롬프트를 읽었다.

"서 씨의 시체 유기에 가담한 사람들은 그의 오랜 친

구라고 알려져 국민에게 큰 충격을 안겨주었습니다. 특히 유명 배우 정 씨, 샐러드 체인점 대표 김 씨가 포함됐다고 알려지면서 2차 파문을 예고했는데요. 소속사 측은 전속계약 해지 사실을 밝히며 사회적 물의를 일으킨 것에 대해 사과했습니다. 샐러드 체인점은 오너 리스크에 대해 함구하고 있습니다. 한명 그룹은 피의자들의 일방적인 주장을 신뢰하지 않는다며 법적 대응을 시사했습니다. 이어서 가상화폐에 관한 이야기입니다. 미국 연방준비제도의 금리 인하에 따라…"

* * *

유전무죄 무전유죄(有錢無罪 無錢有罪)의 논리를 피부로 느끼게 되는 곳은 바로 교도소와 구치소다. 돈이 있는 범털과 빈털터리 개털은 대우가 달랐다. 브로커를 통해 돈을 건네면 여러 명과 함께 사용하는 혼거실이 아니라, 독거실로 배정될 수 있다. 또 사식도 마음대로 먹을 수 있었다. 반입이 금지된 외부 물건도 몰래 들여올 수 있었다. 그러나 아무리 배려를 받아도 구치소는 구치소였다. 사회적 지위와 명예를 내려두고 이곳에 들어왔다는 수치심은 돈으로도 지울 수 없었다. 부유한 사교모임의 상징이었던 '압구정 호랑이'는 추락했다. 주위의 부러움을 받으며 높은 곳까지 올랐던 만큼, 추락의 고통은 컸다. 술 마시며 즐겁게 놀던 영광의 시간을 뒤로하고, 좁은 구치소에 갇혀 서로 원망했다.

민기가 구치소에 들어온 지 한 달이 조금 넘었다. 그는 재호, 은수와 함께 도주의 우려가 있다며 구속영장을 발부받았다. 국회의원 아버지를 두고, 유명한 배우인 의건은 구속수사는 피했다. 그 사실을 알게 된 민기는 솟구치는 화를 삭였다. 똑같은 죄를 저질렀지만, 아버지 빽으로 구치소에 수감되지 않은 의건을 떠올리면 배가 아팠다. 1심에서 징역 5년을 선고받은 그는 2심을 앞두고 무척 예민했다. 독거실에 혼자 있으면 화가 나서 수단과 방법을 가리지 않고 밖으로 나오기 위해 노력했다. 그 결과 한 달 동안 변호사 접견만 100회를 했다. 접견실에서 변호사와 이야기를 나누며 시간을 보내려는 의도도 있고, 2심에서 무죄가 나오도록 열심히 일하라고 압박하기 위함도 있었다.

민기와 접견실에 앉아있는 이중만 변호사는 우리나라 최고 로펌의 변호사였다. 부장검사 출신으로 전관예

우를 기대할 수 있다는 말에 민기는 일부러 큰돈을 써서 그에게 사건을 의뢰했다. 국민이 집중하고 있는 사건이라 철저하게 준비하고 대비해야 최악의 선고를 피할 수 있다. 민기의 관심사는 오직 2심뿐이었다. 최고의 시나리오는 2심에서 집행유예를 받아 구치소에서 나와 자유의 몸이 되는 거였다. 1심에서 실형 5년이 나왔으니, 감형될 가능성이 높았다.

"2심에선 집행유예를 받을 수 있을까요?"

민기의 질문에 중만은 콧등까지 내려온 안경을 손가락으로 치켜올렸다. 사건의 일거수일투족을 모든 국민과 기자가 집중하고 있었다. 이런 사건은 조용히 진행되어야 유리한 법인데, 사건이 불리하게 흘러갔다. 무엇보다 사망한 도준은 한명 그룹의 손자였다. 눈에 불을 켜고 사건의 진실을 파헤치려고 달려드니 잘못했다간 역풍을 맞을 수 있다. 아주 까다로운 사건을 맡은 중만은 최선을 다하고 있었다.

"일단 최대한 자료를 모으고 있습니다. 서도준 씨의 사망과 직접적인 연관이 없다는 점, 당시 공황장애가 있어 정신과 치료받았던 내역으로 심신미약 상태였다고 강조할 겁니다. 게다가 마약 초범이고, 사업을 운영하면서 미혼모 센터에 기부한 내역도 제출할 예정입니다."

"여학생들에게 생리대 기부도 했어요. 주 고객이 여성들이라 여성 단체에 기부를 많이 했으니 어필해 주세요."

"네. 비서에게 자료 전달 받았습니다."

"2심에서는 무조건 집행유예가 나오게 해주세요. 하다못해 불구속 수사라도 받고 싶어요."

"구속적부심사제도를 청구했지만, 쉽지 않아요. 무엇보다 피해자의 사망 이유를 위조하자고 적극적으로 나섰기 때문에 죄질이 나쁘다고 보고 있고요."

"아니! 다른 놈들도 다 똑같아요. 근데 왜 내가 독박을 쓰는 거예요?"

"다른 분들도 동조를 하긴 했지만, 나서서 사건을 위조하자고 했기 때문에…"

"자기들도 살겠다고 동조한 거잖아요! 근데 이럴 땐 쏙 빠지고 내 잘못이라고요?"

중만은 입을 다물었다. 다혈질인 민기는 한 번 폭발해서 소리를 지르기 시작하면 아무도 말리지 못했다. 민기는 한시라도 빨리 구치소에서 벗어나고 싶었다. 자유를 만끽하면서 슈퍼카에 예쁜 여자를 태우고 드라이브를 떠나고 싶었다. 일상으로 돌아가기 위해 로펌에서 책정한 의뢰비보다 더 건넸다. 신경을 더 써달라고 성의를 표시했다. 중만이 하라는 건 모두 했다. 진술서도 달달 외워갔고, 매일 반성문을 써서 판사에게 제출했다. 민기가 할 수 있는 건 모두 했지만, 문제는 피해자가 도준이었다. 아무리 민기가 개인 사업을 운영하는 부자라고 해도 한명 그룹과 대적할 순 없었다. 한명 그룹은 도준의 죽음을 쉬이 받아들이지 않았다. 도준은 엽기적인 사건의 피해자라면서, 마약도 그들이 억지로 투약한 거라고 역공을 펼쳤다. 그는 이미 죽었지만, 마약 중독자로 실추한 명예라도 회복하겠다고 나섰다. 만약 의건과 민기, 재호, 은수가 아무것도 없는 일반인이었다면 누명을 뒤집어쓸 수도 있었다. 변호사를 고용해 하나하나 반박해 나가면서 도준이 과거부터 마약을 투약한 사실을 밝혀냈다. 중만은 민기의 흥분을 가라앉히기 위해 노력했다.

"지금 상황이 썩 나쁜 건 아니에요. 박재호 씨와 최은수 씨의 상황이 어떤지 아시잖아요."

마약을 공급한 재호는 실형 7년을 선고받았고, 의건, 은수는 실형 3년을 선고받았다. 민기는 도준의 사망 사건을 위조하는데 앞장섰다는 이유로 5년 형을 받았다.

민기는 이 점을 억울해했다. 모두 동의하지 않았으면 그의 계획도 실행되지 않았을 것이다. 그들의 의지로 선택했는데 먼저 나섰다고 혼자 더 많은 형을 받는 게 불만이었다.

"걔네는 알 바 없고요. 박재호야 마약을 공급했으니 당연히 실형을 살 거고, 최은수는 돈이 없어서 변호사 선임 못한 걸 어떻게 하겠어요? 자기 팔자지. 전 무조건 정의건과 같은 형을 받을 거예요. 그래서 많은 돈을 주고 당신을 선임한 거라고요. 부장판사 출신 변호사님."

민기가 살벌한 얼굴로 중만을 노려봤다. 중만은 이럴 때마다 사임하고 싶었다. 의뢰비를 많이 준다고 덥석 사건을 맡는 게 아니었다. 피 말리는 압박을 주니 스트레스가 극심했다. 민기는 의건을 심하게 견제했다. 국회의원 아버지를 등에 업고 불구속수사 중인 그가 얄미웠다. 너무 힘들어서 마약에 손을 댔다는 언론플레이를 볼 때마다 화가 치밀었다.

"정의건은 3심까지 가면 집행유예 나오겠죠? 1심에서 실형 3년 나왔으니까요."

중만이 대답하지 않자, 민기가 언성을 높였다.

"네? 대답해 보세요."

"…그럴 확률이 높죠."

중만의 대답에 민기의 눈이 뒤집어지는 건 당연했다.

"나는! 나는 안 되는데 왜 정의건은!"

화가 난 민기가 테이블을 손으로 내리쳤다. 중만이 크게 놀라며 몸을 뒤로 물렸다. 그는 주머니에서 손수건을 꺼내 이마에서 흐르는 땀을 닦았다. 민기가 폭주하기 시작하면 말릴 수 없었다. 이럴 때는 빨리 도망치는 게 상책이다. 무서워서 피하는 게 아니라, 더러워서 피하는 거였다. 중만은 서둘러 서류가방을 챙기고 자리에서 일어났다.

"다음 재판 때까지 증거를 더 보강하겠습니다. 최대한 2심에서 감형될 수 있도록 노력하겠습니다."

민기는 중만의 말이 귀에 들어오지 않았다.

"내가 한두 푼 주고 당신을 고용한 줄 알아? 제대로 일을 하라고! 구치소 안에서 썩기 싫어!"

발작하듯이 소리를 지르는 민기를 보며, 중만은 울리지도 않는 핸드폰을 확인했다. 그리고 곤란한 얼굴로 말했다.

"지금 한명 그룹 변호사에게 전화가 와서요. 내일 다시 오겠습니다."

중만은 자리에서 일어나 민기에게 꾸벅 인사를 하고 접견실을 나갔다.

"이봐! 거짓말이지? 당신 어디가! 나 데리고 나가!"

민기가 급하게 접견실을 나가는 중만의 뒤통수에 소리를 쳤지만, 그는 뒤도 돌아보지 않았다.

"1204, 서신 왔다."

방 한구석에 앉아 몸을 웅크리고 있던 은수는 교도관의 말에 몸을 움찔거렸다. 은수는 자리에서 일어나 독거실 철문 앞으로 다가갔다. 원래 마른 체형이었던 그는 한 달 새 살이 더 빠졌다. 앙상한 팔다리는 부러질 것 같았다. 은수는 서신을 주워 방 한가운데로 가져왔다. 서신을 보낼 사람은 단 한 명뿐이었다. 그의 부모나 지인은 접견을 신청하지, 인터넷 서신도 사라진마당에 손편지를 보내지 않았다. 은수는 서신의 봉투를 뚫어져라 쳐다봤다. 보내는 이의 이름에는 '박해주'라는 이름 세 글자가 적혀있었다. 하얀 얼굴이 더욱 창백하게 질렸다.

얼마 전까지만 해도 은수는 다른 미결수들과 함께 혼거실에 있었다. 그러나 환각으로 죽은 사람을 보고 이상 행동을 한 네 남자에 대한 사람들의 관심이 높아지며 독거실로 옮기게 됐다. 같은 방을 사용하는 미결수들이 마약으로 인해 환각을 본 것이냐, 아니면 귀신에게 홀린 거냐고 하루 종일 물어보니 특단의 조치를 내린 것이다. 브로커를 통해 돈을 건네고 처음부터 독거실을 사용한 민기, 재호와 달리 은수는 뒤늦게 다른 사람들과 분리됐다. 그러나 은수의 정신은 이미 많이 피폐해진 상태였다. 사람들의 말대로 귀신을 본 것인지, 아니면 마약에 취한 건지 구분이 되지 않았다. 꿈에 도준이 등장하는 날에는 옷이 흠뻑 젖어서 깼다. 몸이 안 좋을 때는 도준의 환각을 보거나 환청을 듣기도 해서, 정신과 약을 처방받았다. 확실히 약을 먹으니 헛것이 보이는 일은 많이 줄어들었다. 일각에서 정신병을 핑계로 감형받으려고 애쓴다고 했지만, 일일이 대응할 힘도 없었다. 차라리 구치소 안에 있는 게 마음이 편했다. 해주가 접견 신청을 하기 전까지만 해도 말이다. 접견 신청을 받고 바로 거절했다. 그러자 서신을 보내기 시작했다. 은수는 서신의 봉투를 뚫어져라 쳐다봤다.

"후우…"

은수가 시끄럽게 뛰는 심장을 진정시키기 위해 크게

숨을 내쉬었다. 혼거실에서 다른 미결수들에게 도준의 귀신에 홀린 거냐는 질문을 듣는 것보다 해주의 편지를 보는 게 더 힘들었다. 안 보고 싶지만, 볼 수밖에 없었다. 해주가 무슨 말을 했을지, 어떤 생각을 하고 있는지 궁금하고, 두려웠다. 모르고 공포에 떠는 것보다 아는 게 낫다고 생각했다. 그래서 두려움을 무릅쓰고 편지를 읽었다. 편지의 내용은 늘 비슷했다. 도준에 대한 그리움, 그리고 그를 그렇게 만든 네 남자에 대한 원망이었다. 해주는 그들을 용서하지 않겠다고 했다. 오늘 도착한 서신도 그전의 내용과 별반 다르지 않을 것이다. 은수는 떨리는 손으로 봉투를 열어 서신을 꺼냈다. 또박또박 정갈한 글씨체가 A4용지를 채웠다.

은수오빠. 나 해주예요. 변호사를 통해 알아보니, 오빠가 3심에서는 집행유예가 나올 확률이 높다고 들었어요. 도준오빠를 기만했는데 고작 집행유예라니… 처음에는 화가 났는데 다시 생각해 보니까 잘된 일인 거 있죠? 국가가 오빠에게 벌을 줄 수 없으면 다른 방법을 찾아보면 되는 거였어요. 나는 오빠가 구치소에서 나오는 날만 기다리고 있어요.

은수의 숨소리가 거칠어졌다. 아직 편지를 절반도 읽지 못했지만, 더 이상 읽지 않아도 알 것 같았다. 해주가 무서운 계획을 세우고 있다는 걸. 은수는 재판받는 것보다 해주가 더 무서웠다. 집행유예를 선고받고 구치소에서 나가게 되는 그날, 무슨 일이 일어날까? 밝게 웃는 해주의 모습을 떠올린 은수는 발작하며 쓰러졌다.

* * *

추운 겨울이 가고, 봄이 찾아왔다. 준영은 바비큐 그릴 위 노릇노릇하게 익어가는 고기를 뒤집었다. 그가 사는 단독주택의 마당은 찾아온 손님으로 복작였다. 정우가 쌈 채소를 씻어 오자 예지와 수진이 그가 앉을 자리를 마련해줬다. 요트파티 이후 부쩍 친해진 이들은 종종 만나며 친하게 지냈다.

"고기 때깔 봐. 완전 맛있겠지?"

준영이 접시에 고기를 담아 정우에게 건넸다.

"냄새부터 장난 아닌데요. 많이 드세요."

정우가 접시를 예지와 수진의 앞에 내려뒀다. 그는 준영이 들고 있는 고기 집게를 받아들며 말했다.

"형님, 이제 제가 구울게요. 편히 드세요."

정우가 팔을 걷어붙이고 나서자, 수진이 눈치를 보며 쟁반 위에 놓여있는 고기 집게에 손을 뻗었다. 그러자 예지가 손을 잡아 말렸다.

"여기까지 와서 일하려고 그래? 눈치 보지 말고 얘네들이 구워주는 고기나 편하게 먹자."

"예지 말이 맞아. 수진아, 너는 맛있게 먹어."

준영의 배려에 수진은 고기 집게 대신 젓가락을 쥐었다. 노릇노릇하게 잘 구워진 고기를 한 점 입에 넣고 오물오물 씹었다. 주말이라 늦게 일어난 수진은 오늘 첫 끼였다.

"완전 맛있어요. 오빠도 어서 드세요."

준영이 고기를 굽는 정우의 입에 쌈을 싸서 넣어줬다.

"정우야. 너도 먹으면서 구워."

정우가 쌈을 씹으며 준영에게 엄지를 치켜세웠다. 두 남자의 다정한 모습을 본 예지가 눈을 가늘게 뜨고 물었다.

"너희 되게 친해 보인다?"

입안이 쌈으로 가득 찬 정우 대신 준영이 대답했다.

"우리 완전 친하지. 요트파티 때 처음 봤는데 성격이

아주 좋더라고."

"와. 너 그날, 기억나?"

예지가 눈을 동그랗게 뜨고 묻자, 준영이 고개를 좌우로 저었다. 여러 가지 종류의 술을 섞어 마셔서 금세 취했다. 원래 만취하면 자주 블랙아웃이 되는 그는 요트파티에서 있었던 일이 선명하게 기억나지 않았다. 준영은 드문드문 정우와 웃고 떠들었던 게 떠올랐다. 무슨 대화를 했는진 모르겠지만 꽤 즐거웠었다.

"아니. 만취해서 기억은 잘 안 나는데 내가 정우한테 의형제 맺자고 했대."

"푸하하. 의형제?"

"어. 멋있지? 말 나온 김에 우리도 모임 하나 만들까? '대치키즈' 어때."

준영의 촌스러운 작명 센스에 예지의 표정이 싸늘하게 굳었다. 대치키즈, 네 사람 모두 대치동에서 태어난 토박이라는 의미의 모임명이었다. 부유한 동네 출신인 걸 어필할 수 있어서 좋다고 생각한 준영과 달리 예지는 마음에 들지 않았다.

"완전 별로야. 대치키즈는 원래 있던 말이잖아. 대치동에서 자란 애들이라는 뜻인데, 우리가 키즈냐?"

"나이는 중요하지 않아. 마음이 중요한 거야. 아이돌 그룹명도 이미 다 큰 성인인데 소녀, 주니어, 키즈 다 쓰는 거 모르냐?"

예지의 반론에 준영은 설득력 있는 주장을 펼쳤다. 그러나 예지도 만만한 상대가 아니었다.

"그 사람들은 처음 그룹을 만들었을 때 소녀, 주니어, 키즈였잖아. 우리는 이제 만든 모임인데 키즈가 가능키나 하냐? 우리 30대 중반이야. 남들이 들으면 욕한다, 욕해."

"그럼 네가 추천해 봐."

"나도 마땅히 떠오르는 건 없어. 근데 대치키즈는 모임명을 너무 대충 지은 거 같잖아. 최소한 '압구정 호랑이' 정도는 되어야지."

예지가 '압구정 호랑이'를 언급하자 준영이 크게 비웃었다.

"'압구정 호랑이' 뒤진지가 언제인데~ 나는 그런 얄팍한 사교 모임을 만들고 싶은 게 아니야. 근본있는 사교모임이라고."

준영의 말대로, '압구정 호랑이'는 요트파티 이후 와해됐다. 애초에 공적인 모임이 아니라 친목 모임에 불과

했으니 공식 폐지가 된 건 아니지만 이제 없어진 것과 다름없었다. 한 명은 죽고, 네 명은 사망 은폐 및 마약 투여로 재판을 받고 있다.

"'압구정 호랑이'의 끝이 그럴 줄 누가 알았어? 난 진짜 놀랐어."

예지가 믿기지 않는다는 듯이 말했다. '압구정 호랑이'는 남들이 부러워하고 끼고 싶었던 사교 모임이었다. 끈끈한 우정을 과시했던 그들이 서로 손절하고 범법자가 될 줄 아무도 몰랐다. 수진도 예지의 말에 깊이 동감했다.

"그때도 말씀드렸지만 저는 의건오빠와 친해지고 싶어서 간 거였거든요. 방송에서 보이는 이미지는 매너 있고 반듯했잖아요. 그런데 마약을 투약하고 시체 은닉까지 했다니… 그런 사람인 줄 전혀 몰랐어요."

준영은 재호가 요트파티에 초대한다고 연락한 날을 떠올렸다.

"나는 갑자기 재호에게 연락이 와서 놀랐거든. 1년 동안 '압구정 호랑이'가 아주 조용했잖아. 모임에 불러도 안 나오고. 그게 서도준이 죽어서였다니… 너무 소름 끼쳐."

"어쩐지 서도준한테 연락을 해도 안 받더라고."

"난 서도준이 나한테 화가 난 게 있는 줄 알았어. 마침 요트파티에 '압구정 호랑이' 모두가 온다길래 얼굴 좀 보고 풀려고 했지."

최근 사업을 확장한 준영은 바빴지만 없는 시간을 만들어서 파티에 참석했다. 관리해 두면 좋은 1등급 인맥이었다. 의건, 재호, 민기, 은수와 자주는 아니더라도 분기에 한 번씩 연락했는데, 유독 도준과 연락이 닿지 않았다. 오해가 있다면 얼굴 좀 보고 풀려고 파티에 왔는데 내내 얼굴을 보여주지 않아 화가 났었다. 그런데 아예 요트에 없었을 줄이야.

"원래 서도준은 중요한 일 아니면 콜백 잘 안 하잖아. 한명 그룹에서도 실종된 걸 쉬쉬했고… 그래서 모두 몰랐던 거지. 만약 걔네들이 자백하지 않았으면 완전 범죄가 됐을지도 몰라."

예지는 온몸의 솜털이 삐죽 서는 느낌이 들어 몸을 부르르 떨었다. 듣고 있던 수진이 흥미로운 이야기를 꺼냈다.

"다른 것보다… 네 명이 동시에 환각을 본 것도 이상하지 않아요? 제가 뉴스를 진행하면서 의사가 인터뷰한 영상을 봤는데 의학적으로 설명을 못하더라고요."

서도준의 사망 소식이 뉴스에 보도되며 요트에서 벌어진 기이한 사건이 주목받았다. 마약에 취한 네 명의 남자가 죽은 친구의 환각을 봤다고 하니, 여러 프로그램에서 앞다퉈 이 사건을 다뤘다. 신종마약 캐치의 강력한 환각과 환청이 알려지며 경험하고 싶다는 사람들이 생겼다. 캐치를 투약하면 보고 싶은 사람을 볼 수 있다는 소문이 퍼지면서 구매를 원하는 사람들이 늘어나자, 정부는 대대적으로 캐치 유통 단속에 나섰다.

정우는 핸드폰을 꺼내 커뮤니티에 접속했다. 조회수가 높은 인기글은 모두 요트 환각 사건과 관련된 내용이었다. 정우는 그중 한 게시글을 클릭했다.

"인터넷에서 다들 이 이야기만 하잖아요. 우리나라 네티즌 수사대의 정보 수집력이 웬만한 탐정보다 나은 거 아시죠? 서도준 원혼설이 제일 그럴싸하더라고요. 이대로 가출한 거로 끝나면 시체 수습도 못하니까 억울해서 모습을 드러낸 거라고…"

"에이, 무슨 말도 안 되는 소리를 해! 세상에 귀신이 어디 있냐? 캐치가 원래 환각을 보고 환청을 듣게 하는 약물이잖아. 마약 해서 헛것을 본 거라니까."

현실주의자 준영이 정우의 주장에 찬물을 끼얹었다. 그는 귀신이나 초과학적인 현상은 아예 믿지 않았다. 그러나 정우는 의견을 굽히지 않았다.

"형님. 일단 들어보세요. 우선 요트파티를 한 날, 도준 형님 생일이라는 거 아시죠? 우리가 만난 건 3일이지만, 같이 밤새워서 생일이 되었다고 하더라고요."

12월 4일은 도준의 생일이었다. 생일이 되면 지인을 불러서 크게 파티를 여는 민기, 재호와 달리 도준, 의건, 은수는 소수의 사람만 불렀다. 도준은 메신저의 생일 알람도 꺼둬서 정확한 생일을 아는 사람이 없었다. 그날이 도준의 생일이었다는 걸 아는 사람은 해주뿐이었다.

"작년 생일에 죽었으니 요트파티를 한 날이 딱 1주기였죠. 그리고 요트 번호판이 SD-1204이라는 거 있죠? 마치 도준 형의 이름 일부분과 생일을 조합한 거 같잖아요. 그리고 의건형, 민기형, 은수형, 재호형이 만난 시간이 언제인 줄 아세요? 12시래요. 그리고 도준 형을 만났다고 주장하는 시간은 오후 2시 40분. 그럴싸하지 않아요?"

"그렇다면 왜 시간이 12시 4분이 아니라 2시 40분이냐? 억지로 끼워맞추기한 티가 나네. 그냥 말 지어내기 좋아하는 사람들이 꾸며낸 거야."

"마약을 해서 시간을 잘못 본 것일 수 있죠! 원래 귀신이 가장 활발한 시간이 새벽 3시부터 5시 사이래요. 그래서 형님들이 그 시간에 귀신을 보고 요트에서 뛰어내린 거죠."

"말도 안 돼. 그냥 피곤해서 헛것을 본 거야."

준영은 정우의 말에 수긍하지 않았다. 그러나 예지와 수진은 정우의 말을 진지하게 듣고 고개를 끄덕였다. 예지가 핸드폰 화면에 뉴스 화면을 재생해서 준영에게 보여줬다.

"민준영, 너 MBS 뉴스 영상 못 봤어? 객실 침대에서 영혼 같은 게 찍혔잖아!"

예지가 보여준 영상은 MBS 7시 뉴스였다. 현장 취재를 나간 기자의 카메라가 요트 내부를 촬영했는데 객실 침대에서 하얀 연기가 피어오르더니 순식간에 사라진 것이다. 일각에서는 이 연기가 영혼이라느니, 연기를 매직아이로 보면 도준의 얼굴이 보인다느니 말이 많았다.

"어휴. 그만해. 오죽했으면 한명 그룹에서 공식 입장문 냈더라. 과도한 추측 및 루머 생산을 그만두라는 거 못 봤어?"

준영은 헛소리하지 말라고 했으나, 이들은 서도준의 원한설에 과몰입한 상태였다. 조용히 듣고 있던 수진도 거들고 나섰다.

"이게 보통 사건이어야 넘어가죠. 무속인들도 개인 방송에서 서도준 사주 분석했는데 호락호락한 사람이 아니래요. 원한이 너무 깊어서 성불하지 못하고 구천을 떠돌고 있다고 하더라고요. 저는 마약 때문에 환각을 봤다는 것보다, 귀신이 씐 거라는 게 더 납득돼요."

정우가 고개를 끄덕이며 말했다.

"도준이 형은 죽어도 화제를 모으더라고요. 언론사 인터뷰 사진과 개인 SNS가 공개되면서 잘생겼다고 난리 났잖아요, 잘생겨도 화제성은 별개인 거 같은데 그 형을 보면 도화살이 있는 거 같아요."

서도준 원한설에는 극구 부인하던 준영이 이번엔 고개를 끄덕이며 인정했다.

"맞아. 솔직히 '압구정 호랑이' 하면 서도준이었지. 그 잘난 정의건도 서도준과 있으면 묻히더라."

그들을 잘 모르는 일반인은 '압구정 호랑이'라는 사교 모임을 대표하는 사람이 정의건이라고 생각할 수도 있다. 그러나 지인들은 서도준의 존재감을 더욱 크게 봤다. 서도준이 없는 '압구정 호랑이'는 이빨 빠진 호랑이나 다름없었다.

"그렇지. 서도준이 없으면 뭐… '압구정 호랑이'라고 불러주는 사람도 없었을걸? 솔직히 '압구정 호랑이'도 구려. 그냥 서도준 때문에 멋있어 보인 거지."

준영은 열등감이 아니라, 진심이었다. 예지는 어깨를 으쓱이며 말했다.

"서도준, 서도준 하다보니까… 떠오르는 사람이 있네."

"…박해주요?"

정우가 해주의 이름을 언급하자, 예지가 고개를 끄덕였다. 원래 친하지 않았던 사이지만, SNS를 통해 근황을 확인할 수 있었는데 그날 이후 업로드가 멈췄다. 준영은 해주의 이름을 들은 것만으로도 치가 떨렸다.

"몰라. 난 걔 무서워. 괜히 엮였다가 인생 나락 갈 것 같아. 파티 장소는 어떻게 알고 온 거야?"

"걔라면 흥신소 고용해서 알아내고도 남아."

준영과 예지는 뜬금없이 요트파티에 등장한 해주에 대해 의문을 가졌다. 해주가 화두에 오르자 안절부절못하던 수진이 결국 이실직고했다.

"사실… 해주에게 요트파티 주소를 알려준 게 저예요."

정우는 은연중에 눈치채고 있어서 크게 놀라지 않았지만, 전혀 몰랐던 준영과 예지는 눈을 크게 뜨고 물었다.

"너 걔랑 친해?"

"아뇨. 친한 건 아니고 그냥 SNS 친구였어요. 집안도 부유하고 어린 나이에 회계사 시험에 합격한 수재. 그렇게 알고 있었어요. 스토킹을 당하면 당하지, 할 줄은 꿈에도 몰랐어요. 그랬다면 당연히 요트 선착장을 알려주지도 않았을 거예요. 다른 분들께 너무 죄송했어요…"

수진이 잔뜩 주눅 든 목소리로 말했다. 해주를 초대해서 많은 사람을 불편하게 만들었다. 즐거워야 할 파티 분위기가 박살 난 것도 그의 탓이었다. 예지는 낄낄거리며 웃었다.

"뭘 그런 걸로 사과를 해? 됐어. 걔는 네가 알려주지 않았어도 어떻게든 왔을 거야. 무섭긴 했지만 그날 좀 재미있었어. 걔 아니면 누가 '압구정 호랑이'를 벌벌 떨게 만들어? 그런 캐릭터도 하나 있어야지."

예지는 만취해서 기억이 절반 이상 사라진 와중에도

선명하게 기억나는 장면이 있었다. 건장한 남자 네 명이 해주 앞에서 쩔쩔매던 모습은 죽어도 잊지 못할 것이다. '압구정 호랑이'를 겁먹게 할 유일무이한 여자였다. 물론, 살면서 다시 만나고 싶은 유형의 인간은 아니었다. 정우는 메신저 친구목록을 보며 말했다.

"전 해주 전화번호 차단했어요."

"전 그 이후로 해주에게 연락받은 적은 없는데 무섭긴 해요. SNS도 하지 않는 걸 보면 조용히 살 생각인 거 아닐까요? 좋아하던 남자도 그렇게 됐으니…"

"해주 눈 못 봤어? 걔는 절대 조용히 지낼 애가 아니야. 분명 무슨 짓을 꾸미고 있을걸? 서도준의 시체를 은닉하고 모르는 척했으니 얼마나 화가 나겠어."

준영의 말에 예지가 고개를 끄덕였다.

"정의건과 최은수는 3심 가면 집행유예 나올 것 같던데. 박재호와 김민기는 실형받을 확률이 높아 보이고."

"정의건은 구속 영장 받고도 기각 됐잖아. 국회의원 아빠 빽이 좋긴 좋아."

같은 범죄에 휘말려도 얼마나 가담했는지에 따라 구형이 달라졌다. 시체를 은닉하자고 앞장선 민기와 마약을 공급한 재호는 실형을 피하기 어려웠다. 그래도 해주에겐 솜방망이 처벌이었다.

"서도준이 죽었는데 친구들은 멀쩡히 돌아다니는 거 보면… 박해주 눈 돌겠는데?"

"…조만간 해주 소식을 사회면에서 보게 될지도 모르겠네."

네 사람은 등골이 오싹했다. 준영은 고개를 절레절레 흔들었다.

"사건의 현장에 우리가 있었다는 게 신기해. 살면서 경찰조사는 처음 받아봤어."

"저는 경찰서에서 연락이 와서 엄청 놀랐어요."

수진의 목소리가 떨렸다. 그때를 생각하면 지금도 심장이 벌렁거렸다.

"마약 검사할 때 엉엉 울었어요. 태어나서 한 번도 마약이라는 걸 한 적도, 본 적도 없는데 검사를 받다니… 억울한 누명이라도 쓸까 봐 무서웠는데 그냥 형식적인 절차라고 걱정하지 말라고 하더라고요. 당연히 마약 성분은 검출되지 않았고요."

태어나서 처음으로 방문한 경찰서에서 마약 검사와 서도준 사망사건에 대한 참고인 조사를 받으니 당연히 무서울 수밖에 없었다. 마약을 하지 않았지만 며칠을 뜬 눈으로 밤을 지새웠다. 마약 성분이 검출되지 않았다는 결과지를 받고 나서 안도했다.

"내가 걱정하지 말라고 했잖아. 하지도 않은 마약이 검출될 리 없지."

정우는 경찰조사 내내 지나치게 걱정하는 수진을 달래줬다. 마약을 한 적이 없는 두 사람은 음성 반응이 나왔다.

"나와 예지는 위험할 뻔했지?"

준영이 큭큭거리며 예지의 팔뚝을 잡았다. 정우, 수진과 달리 두 사람은 여러 차례 마약을 투약한 경험이 있었다.

"나 이제 절대 약 안 하려고."

예지가 단호하게 말했다. 그때 받았던 스트레스는 상상 이상이었다. 믿을만한 마약 판매상이 2년 전 구속된 후로, 하급품을 파는 판매상만 달라붙어서 약을 하지 않은 게 천만다행이었다. 그러지 않았다면 마약 파문으로 줄줄이 엮여 들어갈 뻔했다. 준영은 캔맥주를 마시며 분위기를 전환했다.

"아무튼 이제 '압구정 호랑이'는 없어. 우리가 새로운 모임을 만들어 주도해 보자."

준영의 말에 정우가 적극적으로 동의했다.

"저도 모임이 있다면 들어가고 싶어요. '압구정 호랑이'가 좀 부러웠거든요. 말 그대로 '영앤리치'잖아요. 그중에 몇 형님은 핸섬하기까지 했으니, 그냥 다 가졌죠. 잘난 남자들의 의리! 평생 가는 친구! 너무 부러웠어요."

"의리가 다 얼어죽었다. 걔네는 이제 철천지원수(徹天之怨讐)야."

예지의 말에 정우가 시무룩한 표정을 지었다.

"제가 '압구정 호랑이' 형님들과 같은 고등학교 나왔다고 말씀 드렸죠? 진짜 대단했어요. 학교에서 '압구정 호랑이' 모르면 간첩이었다니까요. 남자들의 우상이었고, 영웅이었어요. 친해지고 싶어도 함부로 다가갈 수 없었죠. 오죽하면 교무실에 있는 졸업사진도 싹 다 오려 갔다니까요."

"뭐? 야. 인기 연예인도 그렇게 안 하겠다."

준영이 믿을 수 없다는 듯이 말하자, 정우가 억울해했다. 지금 '압구정 호랑이'의 명성이 추락했다고, 대단했던 과거도 퇴색되는 게 싫었다.

"와. 진짜라니까요. 졸업사진을 행운의 부적같이 들

고 다녔어요."

정우는 뺨을 긁적이며 말을 덧붙였다.

"…사실 저도 그중 한 명이었거든요. 저는 완전 레어템을 가져서 다들 부러워했어요."

정우가 지갑 속에 보관해 두었던 사진을 꺼냈다. 교복을 입고 있는 도준과 의건, 은수, 민기, 재호가 익살스러운 포즈를 취하고 있는 단체 사진이었다. 준영이 사진을 빼앗아 예지와 함께 구경했다.

"너는 징그럽게 왜 이런 걸 들고 다녔어?"

"징그럽다뇨! 저한테는 우상이었다고요, 우상."

"근데 도준이, 의건이, 은수는 자연미남이 맞네."

예지는 그 와중에도 잘생긴 삼인방의 얼굴에만 집중했다. 준영은 금세 흥미를 잃고 정우에게 사진을 건넸다. 정우가 사진을 받다가 실수로 떨어트렸는데, 하필 화로 위였다. 불 사이에 떨어진 사진이 열기로 오그라들었다. 놀란 정우가 사진을 꺼내기 위해 불 속으로 손을 집어넣었다.

"앗, 뜨거워!"

"야! 거기에 손을 넣으면 어떡해?"

화로의 뜨거운 열기에 정우가 급하게 손을 뺐다. 예지

가 정우의 손을 살피며 걱정했다. 사진이 불에 타들어가기 시작했다. 뒤늦게 준영이 고기 집게로 사진을 집어주려고 하다가 이내 포기했다.

"야. 늦었다."

사진의 가장자리가 까맣게 타들자, 정우는 슬픈 얼굴로 지켜봤다.

"내 하나뿐인 사진…"

"그런 거는 가지고 있어 봐야 부정만 타."

준영은 정우가 슬퍼하지 않도록 위로했다.

"맞아. '압구정 호랑이' 전성기 때라면 네 말대로 행운의 부적이라고 볼 수 있지만 지금은 아니야. 너도 괜히 귀신 들린다? 차라리 잘됐네. 이런 건 태워서 없애야 문제 안 생기잖아. 맞다, 내가 이번에 홍콩 펀드에 투자했는데 수익이 얼마인지 알아?"

준영과 예지는 다른 이야기로 화제를 옮겼다. 정우는 화로 속의 사진이 타들어 가 재가 될 동안 눈을 떼지 못했다. 학창 시절 우상의 추락은 추억을 빛바래게 했다. 이내 정우도 타버린 사진에서 시선을 떼고, 즐겁게 이야기를 나누는 사람들의 대화에 끼어들었다. '압구정 호랑이'가 아닌, 새로운 사람들과 즐거운 추억을 만들기 위해서.

배드트립: 마약에 취해 최악의 환각/환청에 시달리는 것을 뜻하는 은어.

작가의 말

안녕하세요, 이나래입니다. 제 세 번째 소설 〈배드트립〉을 읽어주셔서 감사합니다. 〈배드트립〉은 제목 자체가 강력한 스포일러인데요. 마약 소재인 만큼 환각을 보고, 환청을 듣는 에피소드를 넣고 싶었어요. 마침 〈배드트립〉이라는 마약 은어가 실제로 있더라고요. 요트 여행 중 마약으로 인해 일어난 사건이니 제목으로 딱 맞다고 생각했어요. 말 그대로 나쁜 여행이라는 중의적인 뜻도 있고요.

압구정 호랑이의 다섯 남자가 매력적으로 보이게 많이 노력했어요. 말 그대로 영앤리치로 설정했는데요. 도준, 의건, 은수는 영앤리치앤핸섬까지 더한 사기캐로 구상했어요. 남들의 보기에는 너무 멋진 다섯 남자지만, 실상은 곪을 대로 곪은 사이를 표현해 보고 싶었거든요. 겉으로 보이는 게 전부가 아니다! 라는 생각으로요. 여기에 사랑에 미친 해주까지 등장하며 〈배드트립〉을 끌고 나갔습니다. 사실 해주의 이야기를 에필로그로 풀어볼까, 고민하다가 너무 과한 느낌이라 덜어냈어요. 때로는 모두 보여주는 것보다 상상이 더 무서운 법이잖아요?

과거 회상을 제외하고 요트 안에서 벌어지는 사건이라서 그랬을까요? 신기할 정도로 술술 써졌어요. 장소의 한계가 있어서 전작 〈ㅈㄱ거래〉의 분량을 생각했는데, 훨씬 긴 글이 탄생했어요. 이야기가 길어진 만큼 지루하진 않았을까, 걱정이 되더라고요. 재미있게 읽어주신다면 정말 기쁠 것 같아요.

〈배드트립〉은 올해 말쯤 출간될 예정이었는데, '2024 경기도 우수 출판물 제작지원'에 선정되면서 생각보다 빠르게 나왔습니다. 좋은 기회를 주신 경기도 콘텐츠 진흥원에도 감사의 인사를 드립니다. 다음 소설도 열심히 준비하고 있어요. 곧 나올 것 같습니다. 그때 다시 인사드리겠습니다. 늘 건강하시길 바랍니다. 감사합니다!

배드트립

초판 1쇄 발행 2024년 7월 5일

지은이 이나래
교정 BRK
디자인 호랭이
펴낸곳 미싱링크
출판등록 2023년 3월 15일 제393-2023-000015호
이메일 missing_link1@naver.com

ISBN 979-11-986481-2-9
잘못 만들어진 책은 구입한 곳에서 교환해드립니다.

이 도서는 〈2024 경기도 우수출판물 제작지원〉 사업 선정작입니다.